Krischan Koch
Schnappt Scholle

Gerade erst wurde Hans-Peter Scholz aus der Flensburger JVA entlassen, schon plant der Altganove, den alle »Scholle« nennen, mit seinen langjährigen Bandenmitgliedern den nächsten Raubzug. In der Raiffeisenbankfiliale in Fredenbülls Nachbarort Schlütthörn liegen vor allem die Wocheneinnahmen von den Schiffen der Nordfriesischen Fährreederei. Von der örtlichen Bäckerei aus will die Crew einen Tunnel in den Tresorraum graben. Da trifft es sich gut, dass Scholles Knastbruder Timo Grosche als gelernter Bäcker gerade die verwaiste Bäckerei im Ort übernommen hat. Als aber eines Morgens ein Toter in schwarz-weiß karierter Bäckerhose in der Sperrmüllpresse aufgefunden wird, geraten Scholles Grabungsarbeiten ins Stocken, die Region hat eine Bäckerei-Krise und der unterbeschäftigte Fredenbüller Polizeihauptmeister Thies Detlefsen endlich wieder einen Mordfall!

Krischan Koch wurde 1953 in Hamburg geboren. Die für einen Autor üblichen Karrierestationen als Seefahrer, Rockmusiker und Kneipenwirt hat er sich geschenkt. Stattdessen macht er Kabarett und Kurzfilme und schreibt Filmkritiken u. a. für ›DIE ZEIT‹ und den NDR. Koch lebt mit seiner Frau in Hamburg und auf der Nordseeinsel Amrum, wo er mit Blick aufs Watt seine Kriminalromane schreibt. Mit seinem Helden, dem Fredenbüller Dorfpolizisten Thies Detlefsen, verbindet ihn die Liebe zur Nordsee, zu Krabbenbrötchen und einem chronisch krisengeschüttelten Fußballverein.

Krischan Koch

Schnappt Scholle

Ein Küsten-Krimi

dtv

Von Krischan Koch
sind bei dtv außerdem erschienen:
Flucht übers Watt
Venedig sehen und stehlen
Rote Grütze mit Schuss
Mordseekrabben
Rollmopskommando
Dreimal Tote Tante
Backfischalarm
Pannfisch für den Paten
Mörder mögen keine Matjes
Friedhof der Krustentiere
Der weiße Heilbutt
Mord im Nord-Ostsee-Express

Originalausgabe 2023
© 2023 dtv Verlagsgesellschaft mbH & Co. KG,
München
Umschlaggestaltung: dtv
Umschlagillustration: Gerhard Glück
Satz: C.H.Beck.Media.Solutions, Nördlingen
Gesetzt aus der Garamond 10,4·/15,2·
Druck und Bindung: Druckerei C.H.Beck, Nördlingen
Printed in Germany · ISBN 978-3-423-21852-8

Für Sabine und Paul

»Wenn ihr das Ding durchziehen wollt,
dann braucht ihr eine Crew,
die genauso verrückt ist wie ihr.«

Elliott Gould alias Reuben Tishkoff
in ›Ocean's Eleven‹

I

Fünf Wochen bis Pfingsten

»Scholle! Scholle! Scholle!«, hallt es im Sprechchor durch die Trakte und die hohe Halle der Justizvollzugsanstalt Flensburg.

»Grüß die Frauen von mir, Scholle!«

»Scholle, immer schön sauber bleiben!«

Viele seiner Mithäftlinge stehen vor ihren Zellen im oberen Stock in dem offenen Gang am Geländer. Die Männer rufen und ziehen Blechgeschirr und Besenstiele ratternd über die Eisengitter des Geländers. Sie johlen, mehrere klatschen, während ihr Mitgefangener durch die große Gittertür hindurch die lange Treppe aus dem Obergeschoss ohne übertriebene Eile fast majestätisch hinunterschreitet. Hinter ihm fällt eine zweite, schwere Gittertür krachend ins Schloss. »Wir sehen uns, Scholle!«

»Scholle, lass dich nich wieder schnappen!«

Altganove Hans-Peter Scholz, genannt Scholle, ist allseits beliebt, bei den Knackis und sogar bei den Vollzugsbeamten. Die JVA Flensburg ist sein Zuhause. Sein halbes Leben hat er hier verbracht. Nach kurzen Zeiten in Freiheit ist er immer wieder zurückgekehrt. Aber damit soll jetzt endgültig Schluss sein.

Der altgediente Schließer seines Zellentraktes gibt ihm die Hand. »Ich sag mal nich … du weißt schon … also, tschüss, Scholle, und alles Gute!«

»Scholle, mach kein' Scheiß«, ruft einer von oben. Der schmächtige kleine Altknacki sieht durch das zwischen den Stockwerken gespannte Stahlnetz noch einmal nach oben und nickt. Das grelle Deckenlicht fällt in seinen dünnen, flusigen Haarkranz. Er lächelt nicht, aber innerlich grinst er breit. Scholle kann seinen Auszug aus dem Knast genießen, im Gegensatz zu seinem ewigen Rivalen und Erzfeind Ronnie Damaschke, dem vor wenigen Wochen ein spektakulärer Ausbruch aus der JVA Flensburg gelungen war.

»Grüße an Grosche!«, schreit ihm noch eine einzelne Stimme vom äußersten Ende des Zellentraktes hinterher. »Sag ihm, wir vermissen seinen Bienenstich.«

»Er soll ab und zu mal 'n Blech vorbeischicken«, ruft ein anderer.

Scholles Zellennachbar Timo Grosche wurde vor zehn Tagen entlassen und wird schon schmerzlich vermisst. Timo hatte während der Haft eine Bäckerlehre absolviert und mit seinen Vollkornbroten und Butterkuchen aus der Anstaltsbäckerei den gesamten Knast und auch mehrere belieferte Hotels an der Flensburger Förde in Verzücken versetzt.

Scholz ist längst im Rentenalter und würde sich liebend gern zur Ruhe setzen. Aber eine Rente hat er nicht zu erwarten. Einen letzten großen Coup will er deshalb noch drehen, das Super-Ding, von dem er immer geträumt hat.

«Das Hirn«, wie Scholle sich selbst gern nennt, will es allen noch mal zeigen. Denn seine bisherigen Coups sind fast alle danebengegangen. Aber jetzt soll es endlich mal klappen. Ein Ausrufungszeichen will er noch setzen, und danach soll dann tatsächlich Schluss sein. Scholle träumt von einer Finca auf Mallorca … oder vielleicht doch lieber von einer kleinen Ferienwohnung an der Ostsee mit Blick auf die Lübecker Bucht.

Eigentlich wollte der Altganove schon immer mit einer elfköpfigen Gang den Tresor des Casinos in Travemünde knacken. Doch die Hälfte von ›Scholles Eleven‹ sitzt dummerweise gerade im Knast. Außerdem hat das altehrwürdige Casino an der Ostsee während seiner letzten Haftzeit endgültig seine Pforten geschlossen.

»Ich hab umdisponiert«, offenbart er seinem langjährigen Weggefährten Charly Kegel, der ebenfalls gerade entlassen worden ist. »Statt Spielbank machen wir die Raiffeisenbank in Schlütthörn.«

»Sch-sch-Schlütthörn?« Kegel ist noch nicht ganz überzeugt. »Wo soll dat denn sein?«

»Ruhiges kleines Kaff oben in Nordfriesland. Wir müssen kleinere Brötchen backen.« Und das meint er wörtlich. Scholle hat eine Idee.

2

»Antje, der Heringsburger schmeckt irgendwie ...« Postbote Klaas druckst herum, während er auf dem Brötchen herumbeißt. »Wie soll ich dat sagen? Anders.«

»Und dat Mettbrötchen ...« Dorfpolizist Thies überlegt. »Dat Mett is wie immer, aber ...«

»Ja, ich weiß.« Die Imbisswirtin windet sich.

Auch die Kriminalhauptkommissarin Nicole Stappenbek, die mit ihren beiden Söhnen zu einem zweiten Frühstück vorbeigekommen ist, macht kein ganz glückliches Gesicht, als sie in ihren sonst so geliebten Croque »Störtebeker« beißt. »Ich muss Klaas recht geben, dat schmeckte früher ... irgendwie anders.« Sie wirft einen kritischen Blick auf das lange Fischbrötchen, das diesmal deutlich weniger lang ist. Baby Fiete lässt die Brötchendiskussion kalt. Der Kleine schlummert selig in einer Babyschale auf einem Barhocker neben Bounty an Stehtisch Eins.

»Er sieht die Lage ganz relaxed«, stellt der Althippie fest, eine Hand sicherheitshalber immer an der Babyschale.

Sein großer Bruder Finn füttert derweil sein Meerschweinchen Matze, das er mal wieder in den Imbiss mitgebracht hat, mit einem Brötchenrest. Dem Nager schmeckt es im Gegensatz zu den anderen.

»Wat soll ich machen, mein Brotlieferant is weg.« Antje klingt richtig verzweifelt. »Der Bäcker in Schlütthörn hat im Augenblick dicht.«

Die Fredenbüller Zweigstelle der Husumer Bäckerei Hansen hat schon seit Längerem geschlossen, und jetzt sind auch Laden und Backstube der Filiale in Schlütthörn verwaist. Dabei hatte man hier eigentlich gerade einen neuen Bäckermeister gefunden, der die Backstube kurz in Betrieb genommen hatte und vor ein paar Tagen auf Nimmerwiedersehen verschwand. Man hat fast den Eindruck, seit sich der alte Hansen zur Ruhe gesetzt hat, ist die ganze Bäckereiszene Nordfrieslands in Turbulenzen geraten. Eine Großbäckerei aus Neumünster mit dem putzigen Namen »Backecke« kauft im Augenblick alle Bäckereien auf und schreckt dabei auch vor rabiaten Praktiken nicht zurück.

»Tja, ich musste jetzt erst mal die eingepackten Dinger von Ahlbeck drüben aus'm Edeka nehmen. Dat sind eben nich die Brötchen von Hansen.«

»Die suchen wohl schon wieder 'n neuen Bäcker und sind da angeblich in Gesprächen.« Klaas hat statt Fischbrötchen jetzt einen Kaffee vor sich. »Hat mir Wencke Petersen von der Raiffeisenbank erzählt. Dat is ja gegenüber, und die sind wohl im Gespräch wegen Kredit oder so.«

»Man gut, dat ich zu meinem Putenschaschlik ›Hawaii‹ keine Brotbeilage hab.« Der ehemalige Landmaschinenvertreter Piet Paulsen pult in aller Seelenruhe ein Fleischstück von seinem Spieß.

»Ich kann auf Brötchen auch gut verzichten.« Der Schimmelreiter löffelt Antjes Kartoffelsalat, während er den »Explosion Compact« mit Münzen füttert. Der junge Polizeianwärter Ole Matthiesen, der seinen ersten Fredenbüller Einsatz im letzten Jahr dank seiner dicken Thermo-Unterwäsche knapp überlebt hat, steht daneben und beobachtet fasziniert die rotierenden Früchte des Daddelautomaten.

Meerschweinchen Matze lässt sich das Brötchen derweil schmecken. Weil Finn ein bisschen eifersüchtig auf seinen kleinen Bruder ist, hat ihm sein Vater Niggemeier den Nager geschenkt. Seitdem hat Nicoles Ältester nur noch das Meerschweinchen im Kopf und außerdem Fußball. Seit letztem Jahr spielt er bei der SG Schlütthörn bei den C-Junioren, die nach einem guten Start in die Saison momentan nur noch verlieren.

»Komm, Finn, so schlecht wart ihr gar nich«, versucht Piet ihn zu trösten.

»Wir haben uns einfach nich belohnt.« Finn klingt wie ein Fußballprofi vor der Fernsehkamera. »Aber wir machen eine Entwicklung.«

»Aber auch in die richtige Richtung?«, gibt Bounty zu bedenken.

»Die letzten vier Spiele habt ihr verloren.« Die Bemerkung kann sich Klaas nicht verkneifen.

»Liegt aber auch daran, dass Finn die Doppel-Sechs alleine spielen musste«, analysiert Paulsen fachkundig.

Finn sieht die anderen traurig an und wendet sich zum Trost dem Meerschweinchen zu.

Antje schiebt das Fußballthema gleich beiseite. »Ich hab für Matze sonst auch noch ein paar Salatblätter«, bietet sie an. »Er is ja eigentlich Vegetarier, wie Susi damals.« Imbisshündin Susi horcht auf.

»Oder 'n Stück Schaschlik?«, schlägt Paulsen vor.

»Nee, Piet' lass mal lieber.« Nicole winkt ab. »Auf gar keinen Fall darf er Zwiebeln oder Knoblauch.«

»Dann bekommt er Blähungen, und das ist für Meerschweinchen tödlich«, weiß Finn.

»Nich nur für dat Meerschweinchen. Dat fehlt noch, dass die Riesenmaus uns hier die ganze Bude vollpupst.« Thies hat heute nicht die allerbeste Laune.

Mit seinem Quietschen, Fiepen und Zähneknirschen macht Matze nicht nur Imbisshündin Susi, sondern die ganze Imbissbelegschaft verrückt.

»Aber Obst darf er? Oder?« Paulsen pult ein Stück Ananas von seinem Hawaii-Spieß und hält es dem Nager hin. »Wenn er futtert, fiept er wenigstens nich.«

3

Als sich die klapprige Tür der »Hidden Kist« öffnet, ist es plötzlich still an Grill und Stehtischen. Nicht mal das Meerschweinchen gibt einen Furz von sich. Alle drehen sich nach dem Fremden um, der den Imbiss betritt.

»Wer sind Sie denn?«, will Piet Paulsen wissen.

»Mein Name is Dennis Wiese ...«

»... und ich bin Ihr Zugbegleiter«, wird er gleich von Thies unterbrochen. »Alles klar, ich kenn ihn doch. Von unserem letzten Fall im Nord-Ostsee-Express.« Wiese war sogar ein Tatverdächtiger gewesen, doch der Verdacht hatte sich dann nicht bestätigt.

»Is ja geil, der Schaffner.« Bounty, der auf der Parisreise ebenfalls dabei war, nickt ihm lachend zu.

»Ja, nee.« Wiese winkt ab. »Ich bin nich mehr Nord-Ostsee-Bahn. Ich mach hier jetzt *Fiber to the Home*«, was bei ihm eher nach Grippe als nach Glasfaser klingt. Er deutet auf das Namensschild an seinem Overall.

Die gesamte Imbissbelegschaft sieht ihn fragend an. Thies ist gleich aufgefallen, dass Dennis im Schaufelbagger vorgefahren ist, dessen Motor die Eingangstür des kleinen Imbisses zum Vibrieren gebracht hat. Außerdem trägt er keine Bahnuniform mehr, sondern einen orangen

Arbeitsanzug mit der Aufschrift *Norddeutsche Glasfaser* auf der Brusttasche.

»Ich verleg jetzt Kabel für dat schnelle Internet, von Bezirk 698 Bongsbüll verlegen wir die B 75 kreuzend in die Bezirke 756, 378, 812 mit den Gemeinden Fredenbüll, Reusenbüll, Schlütthörn.« Es klingt wie eine seiner Durchsagen als Zugbegleiter. »Eins nach dem andern graben wir uns durch.«

»Statt Bummelzug jetzt schnelles Internet?« Nicole grient ihn an.

»Mit der Bahn nach Paris hat dat ja nich so geklappt.« Piet Paulsen sieht ihn über die Gleitsichtbrille an.

Meerschweinchen Matze fiept, und Schäfermischling Susi gähnt.

»Ja, is tatsächlich schneller als die Bahn. Kein Witz. Norddeutsche Glasfaser, wir stehen für den digitalen Fortschritt.« Wiese blickt Beifall heischend in die Runde. »Wir sind der Digitalversorger für ganz Norddeutschland.«

»Und jetzt erst mal 'n schnelles Fischbrötchen.« Antje sieht ihn unternehmungslustig an.

»Ja, wir hatten letztes Jahr doch diese leckeren Brötchen im Nord-Ostsee-Express, weil wir da kein Bordbistro hatten, und da dachte ich ...«

»... holst du dir hier auf die Schnelle in der ›Hidden Kist‹ 'n kleinen Imbiss raus«, bringt Bounty den Satz zu Ende.

»Ja, wir graben ganz in der Nähe, da bin ich mit meinem Bagger in 'n paar Minuten hier.« Er deutet auf den vor der Tür stehenden kleinen Raupenbagger.

Der Schimmelreiter wirft einen skeptischen Blick auf das orange Fahrzeug.

»Dann haben wir jetzt demnächst alle dat schnelle Internetz, oder wie seh ich dat?« Paulsen blickt ihn fragend an, während er sich in Zeitlupe eine Ananasfaser aus den großen Zähnen pult.

»Wir verlegen erst mal dat Leerrohrnetz. Wann dann die Glasfaser reinkommt … da bin ich nich mehr zuständig. Aber zunächst bekommt jeder dat Leerrohr vors Haus. Dat nennt sich schneller und kosteneffizienter FTTH-Ausbau.«

»FdH? Wat war das noch?«, überlegt Antje und reicht Dennis sein Fischbrötchen über den Glastresen.

»Das bedeutet, dass dat Schaschlik nur noch halb so lang is.« Paulsen schiebt in aller Ruhe das nächste Putenstück von seinem Spieß.

»F-T-T-H«, stellt Wiese richtig. »*Fiber to the Home.*«

»Oder auch *Fiber*!«, korrigiert Bounty in der korrekten englischen Aussprache.

Dennis und auch die anderen hören gar nicht richtig hin.

»Wir sorgen dafür, dass dat *Fiber* direkt zu dir ins Haus kommt.«

Paulsen ist bei Dennis Wieses Ausführungen richtig warm geworden. Ihm stehen die Schweißperlen auf der Stirn.

Und auch Polizeianwärter Ole Matthiesen beschwert sich mal wieder über die Hitze in der »Hidden Kist«. Die rotierenden Kirschen in dem »Explosion« und das Glasfaser-Fieber haben ihn ins Schwitzen gebracht.

»Dat bringen der Grill und die Fritteusen so mit sich.«
Antje zuckt mit den Schultern.

Kommissarin Nicole schüttelt den Kopf. »Ole, vielleicht solltest du um diese Jahreszeit einfach mal die Thermo-Unterwäsche auslassen.« Doch ohne die mag Ole gar nicht mehr zum Dienst erscheinen, seit sie ihm bei seinem ersten Einsatz vor einem Jahr das Leben gerettet hat.

Dennis Wiese, Klaas und Piet Paulsen kühlen sich derweil mit einem Getränk ab.

4

Freiheit ist richtig Stress. Nach seiner Entlassung aus der JVA Flensburg hat Hans-Peter Scholz alle Hände voll zu tun. In Gedanken hat er seinen großen Coup schon seit einiger Zeit im Knast vorbereitet. Das Ding muss Pfingsten über die Bühne gehen. Und gerade jetzt haben sich ein paar günstige Umstände ergeben. Die Zeit drängt. Bis Pfingsten ist es nicht mehr lange hin. Scholle muss schnellstens sein Team aus Spezialisten zusammenstellen.

»Du musst die Abläufe verstehen, den Grundriss kennen, und du brauchst ein gutes Team«, weiß Hans-Peter Scholz. »Du brauchst Spezialisten!«

»Wir brauchen ein T-t-team, das genauso irre ist wie wir«, stottert sein alter Weggefährte Charly Kegel. Der Pyrotechniker und Sprengstoffspezialist hat von dem Anstaltspsychologen ganz neue Begriffe gelernt. »Wir brauchen *Fellowship* und einen guten *T-teamspirit.*« Charly kommt in seinem Ruhrpott-Slang immer mal ein bisschen ins Stottern, das Zünden von Dynamitstangen und Plastiksprengstoff geht ihm dagegen stets prompt und fließend von der Hand. Er sieht seinen Komplizen eindringlich an. »Aber wir müssen die Sache auch gut durchplanen.«

Scholz ist sein Kumpel, aber ein paar Zweifel bleiben.

Kegel wiegt den Kopf. Scholle wird schnell mal wütend, und das hat ihm immer wieder im Wege gestanden. Der Giftzwerg hat schon viele kleine und große Dinger gedreht, aber eigentlich sind alle schiefgelaufen. Charly war fast immer dabei, und oft genug sind sie danach zusammen eingefahren. So etwas schweißt zusammen. Und diesmal wollen sie gemeinsam richtig absahnen.

Die Raiffeisenbank in Schlütthörn hat Scholz schon seit Längerem im Auge. Hier werden regelmäßig die Wocheneinnahmen von den Schiffen der Nordfriesischen Fährreederei im Tresor zwischengelagert. Zum Ferienbeginn und vor allem am Pfingstwochenende ist der Tresor besonders gut gefüllt. Und da will Scholz zuschlagen. Als er von der leerstehenden Bäckerei gegenüber der Bank erfuhr, hatte «das Hirn» gleich einen Geistesblitz. Er ist kein rabiater Bankräuber, Scholle bevorzugt das Florett. Gewalt lehnt er ab. Mit seinem Team, den geschrumpften »Eleven«, will er sich von der Backstube im Keller der Bäckerei durch einen unterirdischen Tunnel in den Tresorraum der Raiffeisenfiliale graben.

Da passt es natürlich ausgezeichnet, dass sein letzter Zellennachbar Timo Grosche während der Haft eine Bäckerlehre absolviert und sogar seinen Meister gemacht hat. Ein echter Glücksfall. Zu den Grabungsarbeiten in der Backstube muss Scholle ihn allerdings erst noch überreden. Eigentlich will Grosche sauber bleiben und sein Geld jetzt auf ehrliche Weise verdienen.

»Timo, für mich ist es auch das letzte Mal. Und wir stören dich nicht beim Backen. Du hast mit der ganzen Sache gar nichts weiter zu tun«, versichert Scholle ihm. »Du backst deine Brötchen, von den Grabungsarbeiten bekommst du gar nicht viel mit. Und oben im Laden kann der Verkauf ganz normal weiterlaufen, das heißt, das muss sogar weiterlaufen. Und wenn wir mit der Grabung durch sind, machen wir das Loch einfach wieder zu, und nichts ist gewesen.«

Grosche ist zunächst noch skeptisch. Aber die Bäckerei in Schlütthörn reizt ihn eigentlich sehr. Von so einer eigenen Bäckerei hat er zuletzt immer geträumt. Und warum soll er nicht das eine mit dem anderen verbinden? Wenn durch Scholles Tunnelbau für ihn ein schönes Startkapital in die Kasse kommt, wäre das ja nicht zu verachten. Vielleicht kann ja Timos Bewährungshelferin Imke Schlotterbeck-Thran behilflich sein. Frau Schlotterbeck-Thran hat sich schon rührend für ihren Schützling eingesetzt. Irgendwie hat die fürsorgliche Sozialpädagogin einen Narren an Timo gefressen und vor allem an seinem Gebäck. Sie glaubt fest an Grosches Resozialisierung und will ihn dabei mit allem Engagement unterstützen.

Um die Anmietung der Bäckerei sollen sich Grosche und seine Bewährungshelferin kümmern. Ein Bäckermeister, ein Sprengstoffspezialist und »das Hirn« sind an Bord, aber damit ist das Team noch lange nicht komplett. Bevor er seine Truppe für den Schlütthörner Supercoup zusammen hat, muss sich Scholle erstmal auf die Suche machen.

Ohne den Safeknacker Rusty Ralf wird gar nichts laufen. Auch Bruno Buschke, genannt Bubu, ist als Spezialist für Transporte, Grabungs- und Stemmarbeiten aller Art fest eingeplant, weiß aber noch nichts von seinem Glück. Im Knast hat der Hundertfünfzigkilomann den schmächtigen Scholle früher schon so manches Mal aus Handgreiflichkeiten mit rabiaten Mithäftlingen herausgehauen. Die Schlangenfrau Samira, der ehemalige Star des kleinen »Zirkus Zamproni«, die als Fassadenkletterin bei einigen Einbrüchen ein zwischenzeitliches Gastspiel hatte, war eigentlich für die Umgehung der Lichtschranken im Travemünder Spielcasino eingeplant. Aber gibt es in der Raiffeisenbank Schlütthörn überhaupt Lichtschranken? Auf jeden Fall ist bei dem Schlütthörner Coup Akrobatik gefordert, da ist sich Scholle sicher. Und dann bringt Charly Kegel auch noch Horst, den Major, ins Gespräch.

Scholles spontane Begeisterung hält sich in Grenzen. »Sein albernes kariertes Jackett muss er bei den Tunnelgrabungen dann aber mal ablegen«, grummelt Scholz. Der Gentleman-Gauner und selbsternannte geniale Stratege Horst könnte dem »Hirn« seine Position als Chef der Truppe streitig machen.

5

»Sagt mal, Thies und Klaas, ihr müsst nachher mal mit anfassen.« Antje presst Kaffeepulver in das Sieb der italienischen Kaffeemaschine. »Die alte Fritteuse muss für 'n Sperrmüll an die Straße gestellt werden.«

»Dat geht aber nich mit in die Presse vom Sperrmüllwagen.« Piet Paulsen kennt sich nicht nur mit Landmaschinen aus.

»Sondermüll, sozusagen.« Klaas nimmt seinen Kaffee in Empfang.

»Aber nehmen die auch mit.« Der ehemalige Zugbegleiter und jetzige Glasfasermann Dennis Wiese scheint sich noch besser auszukennen. Er steht mit einem Milchkaffee am Tresen. An einen der beiden Stehtische hat sich der neue Imbissgast noch nicht herangetraut. »Dat wird rizirkelt.«

Er stellt die Tasse auf den Tresen zurück und verabschiedet sich nach draußen zu seinem Schaufelbagger. »Ich muss denn mal wieder. Bis Pfingsten wollen wir mit dem Kabel bis Schlütthörn durch sein. Heute müssen wir mal richtig Strecke machen, von Bezirk 698 in den 812 rein, und um Punkt Sechzehnuhrfünfzehn is Feierabend, kurz vor Bushaltestelle Reusenbüll/Westernkoog.« Es klingt schon wieder wie eine Durchsage in der Bahn. So ganz kann Wiese noch nicht aus seiner Haut.

Meerschweinchen Matze mampft genüsslich, begleitet von laut vernehmlichen Schmatzgeräuschen, inzwischen das vierte Stück Putenschaschlik und hat dabei jetzt offenbar auch einen Zwiebelring erwischt.

»Onkel Piiiiet, bist du verrückt geworden!« Finn gerät sofort in Panik. »Matze darf doch keine Zwiebeln und keinen Knoblauch. Das ist tödlich für ihn.«

»Ach, so 'n kleiner Zwiebelring wird ihn schon nich umbringen.« Paulsen sieht die Sache gelassen. Die ganze Belegschaft lauscht schon nach verdächtigen Geräuschen. Nur Susi liegt gelangweilt in ihrem Körbchen neben dem Glastresen. Bisher pest Matze immer noch quietschfidel zwischen Schirmständer und Barhockern umher. Sein Fiepen übertönt sogar den Sound des »Explosion«, der vom Schimmelreiter und Polizeianwärter Ole Matthiesen mit Münzen gefüttert wird.

Das Tierleben in »De Hidde Kist« ist reicher geworden, und auch außerhalb des Imbisses verändern sich in Fredenbüll gerade ein paar Dinge. Im »Salon Alexandra« wird die Haarmode gerade mal wieder auf den neusten Stand gebracht. Und in dem ehemaligen Fredenbüller Ladengeschäft der Bäckerei Hansen residiert nach jahrelangem Leerstand seit Kurzem Onno und Huberta von Rissens Sohn mit einem Maklerbüro. Doch im Schaukasten von »Askan von Rissen – Real Estate Nordfriisk« hängt nur das vergilbte Exposé der abrissreifen Hühnerhalle von Geflügelbaron Dossmann, die nach einem Dioxinfund in seinen Eiern vor längerer Zeit von behördlicher Seite geschlossen worden war. Daneben wellt sich ein verblasstes Blatt mit einer Computersimulation von Piet Paulsens Ferienwohnung an der Costa del Sol, die sich nun schon seit fünfzehn Jahren in der Bauphase befindet. Im Grunde hat der Fredenbüller Rentner die spanische Residenz längst abgeschrieben und stattdessen seinen Altersruhesitz auf dem Barhocker an Stehtisch Zwei gefunden. Große Hoffnungen auf einen Verkauf der unvollendeten Immobilie macht Askan von Rissen Paulsen auch nicht mehr. Dafür hat er jetzt angeblich bei der Verpachtung der Bäckerei in Schlütthörn seine Finger im Spiel. Der erste große Deal von »Real Estate Nordfriisk«.

Und dann tauchen in der »Hidden Kist« in der letzten Zeit immer wieder Unbekannte auf. »Leute, die du hier noch nie gesehen hast.« Piet klingt fast entrüstet.

»Wieso, wer denn?«, will Antje wissen.

Bounty deutet mit einem Blick zu dem Polizeianwärter vor dem Daddelautomaten. »Zum Beispiel der ehemalige Zugbegleiter. Mein Name ist Dennis Wiese …« Der Althippie grient. »Unser Bordbistro bedient Sie gerne. Als heutiges Angebot empfehlen wir Ihnen Putenschaschlik ›Hawaii‹.«

»Einen Moment mal, da hab ich auch noch 'n Wörtchen mitzureden.« Bei Piet schrillen gleich alle Alarmglocken. »Nich dass hier im Imbiss gleich waggonweise die Gäste einfallen und mir mein Schaschlik wegfuttern.«

»Is doch gar nich schlecht, dat in Fredenbüll wieder 'n büschen mehr los ist.« Antje wittert gleich neue Gäste für ihren Imbiss. »Auch der Tourismus kann gern wieder anziehen. Die beiden Zimmer in der Pension bei Renate sind doch seit Ewigkeiten nich belegt.«

»Ist aber schon wieder was los.« Nicole lässt ihren Blick durch den gut besetzten Imbiss schweifen und beißt in ihren Croque.

»Dat is ja schön und gut, wenn der Imbiss läuft, aber 'n Mordfall haben wir deshalb noch lange nich.« Thies pustet in seinen Kaffee und macht dabei gar kein glückliches Gesicht.

»Na, nu beruf es mal nich«, meint Antje entrüstet.

»Sei doch froh«, findet auch Nicole.

»Nicole, wir haben seit über einem Jahr keinen Mord gehabt, in der ganzen Region nich. Wenn dat so weitergeht, dann machen sie dir dein schönes kleines Kommissariat in Husum wieder dicht … von meiner Fredenbüller Wache will ich gar nich reden.«

»Thies, komm mal runter. Genieß es doch einfach mal, dass es ein bisschen ruhiger ist.« Nicole ist froh, dass sie nach der Geburt von Fiete etwas mehr Zeit für ihre beiden Söhne hat. Erstmals genießt sie das Familienleben. Seit einem Jahr wohnt sie mit Niggemeier, mit dem sie ja eine höchst wechselvolle Liaison verbindet, und den beiden gemeinsamen Söhnen zusammen in dem stilvoll renovierten Reetdachhaus am Deich. Niggemeier ist von seiner ersten Frau geschieden, und Nicole hat neulich sogar einmal von Hochzeit gesprochen. Die Imbissbelegschaft ist im Augenblick noch skeptisch. Niggemeier ist immer noch Lehrer am Husumer Theodor-Storm-Gymnasium und hat regelmäßigen Kontakt zu seiner alten Familie. Und Nicole findet sich weiterhin zum zweiten Frühstück in der »Hidden Kist« ein.

Das Meerschweinchen Matze hat jetzt auch die letzten Krümel des pappigen Fischbrötchens aufgeknabbert und flitzt weiter pfeifend mit seinem flauschigen Fell über das Laminat des Imbisses, das selten so sauber war. Durch das Fiepen wacht auch Baby Fiete auf. Es schreit nicht, sondern strahlt Bounty an.

»Na, Fiete, voll die *good vibrations*.« Auch der Althippie grient und ordert bei Antje heißen Kakao und Schokoriegel.

Und dann stehen plötzlich die nächsten beiden neuen Gäste in »De Hidde Kist«, ein jüngerer Mann in Sportjacke mit kahlrasierten Schläfen und einem kurzgeschnittenen Haarstreifen in Form eines Pfeiles, der mitten auf dem Kopf unternehmungslustig nach vorn zeigt. Er ist in Begleitung einer Frau in einem grellfarbig geringelten Pullover unter einer dekorativ abgeschabten alten Lederjacke. Ihre wilden dunklen, von ein paar grauen Strähnen durchzogenen Locken werden von zwei Lederspangen mit indianischem Muster gezähmt. So recht passen die beiden nicht zusammen. Irgendwie kommt Thies die Frau bekannt vor, und auch Nicole sieht sie prüfend an. Die Frau nickt den beiden zu, während der Typ in der Sportjacke gleich ein Fischbrötchen ordert.

»Ja, wir kennen uns. Aus dem Strafvollzug. Schlotterbeck-Thran.« Weiter kommt sie gar nicht.

»Sie sind Bewährungshelferin!«, fährt Thies gleich dazwischen. »Und er hier is …«

»Das ist der Timo«, unterbricht Frau Schlotterbeck-Thran den Polizisten gleich wieder mit sanfter Stimme. »Timo Grosche. Er hat gerade seinen Bäckermeister gemacht, und wir haben hier gleich einen Termin gegenüber im Maklerbüro.« Sie sieht aufmunternd zu ihrem Schützling, der gerade in einen Matjesburger beißt. Die gesamte Imbissbelegschaft ist verstummt und mustert die beiden Gäste interessiert.

Timo kaut bedächtig das Fischbrötchen, als prüfe er den Geschmack. Er wiegt den Kopf. Antje, Klaas und Paulsen blicken etwas ratlos.

»Marinade ist ja eins a«, befindet Timo. »Aber mal eine Frage, wo kommen diese Brötchen her?«

6

Scholle und Charly Kegel sind in einem alten Ford Pinto unterwegs durch die platte norddeutsche Landschaft. Charly hat den altersschwachen amerikanischen Oldtimer auf die Schnelle von einem Kumpel organisiert, der mit Autos handelt, deren Vorbesitz nicht immer ganz eindeutig geklärt und in den Fahrzeugpapieren dokumentiert ist. Charly hat nicht nur ein Faible für Sprengstoff, sondern auch für amerikanische Oldtimer. Bei dem Pinto kann er eins mit dem anderen verbinden. Das Ford-Modell hatte nämlich in den Neunzehnhundertsiebziger- und -achtzigerjahren besonders in den USA für Schlagzeilen und zahlreiche Prozesse gesorgt. Nach Auffahrunfällen war regelmäßig der Tank des Wagens explodiert. »Der P-Pinto hat seinen Tank da, wo es wehtut«, meint Charly mit westfälischer Gelassenheit. Auf den kleinen, fast unbefahrenen Straßen an der Küste ist die Wahrscheinlichkeit von Auffahrunfällen sowieso eher gering. Während Kegel nach seiner Entlassung aus dem Knast den hohen Himmel und die Weite der Landschaft einatmet, ist Scholle in Gedanken bei der Zusammenstellung seines Teams.

Die Wohnung von Rusty Ralf im Gewerbegebiet von Neumünster haben sie, ohne lange zu suchen, schnell gefunden. Der Tresorknacker ist heimatverbunden, aber zurzeit außer Haus.

»Ralf is im ›Bumerang‹, normalerweise«, gibt eine Nachbarin den beiden gleich sehr bereitwillig Auskunft.

»Bumerang?«, fragt Scholle nach.

»Ja, ›Bumerang‹, nachmittags is er immer wieder zurück.«

Scholle guckt noch fragend.

»Dat is die ehemalige ›Kanalklause‹. Hat die Bewirtung gewechselt, dat is hier gleich um die Ecke.«

Scholz und Kegel haben ihren alten Bekannten sofort gesichtet. Er ist neben dem Wirt hinterm Tresen der einzige Mann im »Bumerang«. Außer ihm sitzt noch eine alterslose Frau in Trainingsjacke an einem der Tische vor einem Glas Cola, in dem vermutlich nicht nur Cola ist. Ralf führt an der Theke voll konzentriert, aber mit leicht flattriger Hand gerade einen Doppelten »Oldesloer« zum Mund. Scholle und Charly sehen sich stirnrunzelnd an.

»Na, Rusty, alles klar so weit?« Scholz schlägt seinem Komplizen von etlichen schiefgelaufenen Coups kameradschaftlich auf den Rücken, wobei der dünne Tresorknacker fast von seinem Barhocker kippt.

»Ja, wat soll sein.« Es wirkt so, als brauche er einen Moment, um seine alten Komplizen zu erkennen. Einen sonderlich fitten Eindruck macht Ralf nicht. Seine Augen sind gerötet, er hat sich seit Tagen nicht rasiert, und seine strähnigen Haare könnten mal wieder einen Schnitt oder zumindest eine Wäsche vertragen. Doch jetzt fährt Leben in Rustys alte Knochen.

Nach drei weiteren Getränken auf Scholles Rechnung hat Rusty den Schlütthörner Tresor in Gedanken schon geknackt. Aber bis dahin wird Ralf seine momentanen Trinkgewohnheiten radikal umstellen müssen. Zurzeit hat er sogar Probleme, nach der allabendlichen Rückkehr aus dem »Bumerang« mit dem Schlüssel seine eigene Haustür zu knacken. Aber angesichts der neuen Aufgabe blüht er jetzt regelrecht auf.

»Manni, mach mir mal … tja …« Der Tresorspezialist muss noch überlegen. «Gib mir mal 'n schönen Kirsch-Bananen-Saft«, ordert er mit schwerer Zunge. Ralf tut so, als hätte er den Entzug damit schon erfolgreich hinter sich gebracht.

»Bis Pfingsten musst du jetzt erst mal bei Kirsch-Banane bleiben.« Scholle sieht ihn streng an. »Wollen mal hoffen, dass dat reicht, damit du wieder 'ne ruhige Hand bekommst.« Er hält die gestreckten Arme mit ruhigen abgespreizten Fingern vor sich.

»Bleibt ja noch 'n büschen Zeit. Ihr müsst schließlich erst noch den Tunnel graben, ehe ich an die Lady rankomme.« Auch Rusty grinst, streckt die Hände über die Theke und lässt alle zehn Finger tanzen.

Scholles nächste Station ist das Fitnesscenter »Funky Fit« im nordfriesischen Luftkurort Leck. Die ehemalige Schlangenfrau Samira empfängt Scholz und seinen Komplizen Kegel im hautengen violetten Gymnastikanzug. Die rote Löwenmähne hat sie mit einem Frotteestirnband gebändigt. Sie springt förmlich aus einem Nebenraum hinter den Empfangstresen. Im Gegensatz zu Tresorknacker Ralf macht Samira, die eigentlich Sandra heißt, einen topfitten Eindruck. Die beiden Männer sind beeindruckt. Im ersten Moment hält Samira die beiden für neue Teilnehmer ihrer Bengali-Gymnastik, aber dann hat sie Scholle erkannt. Und als »das Hirn« ihr von dem geplanten Coup, von Tunnelgrabungen, von Lichtschranken und einer Millionenbeute vorschwärmt, ist auch Samira gleich Feuer und Flamme. In ihrem momentanen Job im Fitnesscenter fühlt sich die ehemalige Zirkusartistin arg unterfordert, zumal ihre Workouts wenig Zuspruch finden. Bengali-Gymnastik hat sich im nordfriesischen Leck noch nicht recht durchgesetzt. Sie ist für neue Herausforderungen bereit. Und mit dem Einsteigen in Wohnungen, Büros und Geschäfte hat sie schließlich auch schon Erfahrungen. Dass sie dabei mit Scholles Gegenspieler Ronnie Damaschke zusammengearbeitet hat, stört diesen nicht weiter. Im Gegenteil, Scholz gefällt die Vorstellung, dass er Damaschke seine ehemalige Partnerin ausspannt.

»Sie sieht immer noch gut aus«, stellt Sprengstoffexperte Charly Kegel fest, als die beiden Männer wieder in ihrem Pinto unterwegs sind.

»Mal sehen, ob wir sie überhaupt brauchen.«

»Sie is auf jeden Fall gelenkig. Beim Thema F-F-Fitness können wir uns 'ne Scheibe von ihr abschneiden.«

»Charly, wir wollen keinen Yogakurs machen, wir wollen 'ne Bank ausrauben.«

»Na klar, aber 'ne Frau in der Gang is fürs B-Betriebsklima doch gar nich schlecht.«

»Kann aber auch 'ne Menge Ärger machen.« Scholle fährt sich unruhig durch den filzigen Haarkranz. Er scheint so seine Erfahrungen gemacht zu haben. Aber eigentlich hat er Samira auch gern dabei.

7

In dem Schaufenster, wo vor Jahren noch ein Brotrad und ein Korb mit alten Brezeln vor sich hin trockneten, hängt jetzt unter dem Firmennamen »Askan von Rissen Real Estate Nordfriisk« auf der Scheibe ein großes Schild: *Wir suchen Immobilien.* Sonderlich erfolgreich war von Rissen junior bei der Suche bislang offenbar nicht. Auch das Marketing für die beiden Ladenhüter, Dossmanns marode Hühnerhalle und Piet Paulsens unvollendetes Feriendomizil, läuft auf Sparflamme. Askans aktuelle Hoffnungen ruhen auf seinem dritten Objekt, Hansens Bäckereifiliale in Schlütthörn.

Bewährungshelferin Imke Schlotterbeck-Thran betritt mit ihrem Schützling Timo Grosche das Maklerbüro. Chef Askan von Rissen nimmt sie sofort in Empfang. Er trägt ein reichlich eng sitzendes Tweed-Jackett, eine auffällige Reiterhose und dieselben hochgeknöpften gestreiften Hemden mit weißem Piccadilly-Kragen und goldener Nadel wie sein Vater, der Dorfadlige Onno von Rissen. Und auch sein Tonfall ist ähnlich gestelzt, aber netter.

»Frau Schlotterbeck ... ähh ... Thran? Und Herr Grosche?« Askan kommt mit großer Geste und übertrieben geschäftsmäßig auf die beiden zu, als handle es sich um die Abwicklung eines millionenschweren Objekts. »Von

Rissen.« Sie begrüßen sich mit Handschlag. »Hatten Sie eine angenehme Fahrt zu uns hoch nach Fredenbüll?«

»Ja, wir sind gut durchgekommen«, nickt Timo Grosche. »Ist hier oben ja auch nich viel Verkehr.«

»Nehmen Sie doch Platz. Kann ich Ihnen einen Kaffee anbieten?«

»Wir hatten gerade. Oder für dich. Timo?« Die Bewährungshelferin sieht ihren Schützling fürsorglich an, der mit einem kurzen Kopfschütteln antwortet. Die beiden setzen sich. »Wir waren gerade in diesem tollen kleinen Imbiss hier im Ort.« Frau Schlotterbeck-Thran lächelt ihn an.

»›De Hidde Kist‹«, bestätigt der Makler.

»Ja, war lecker. Nur die Brötchen … na ja.« Timo verzieht das Gesicht.

»Da gibt es in Zukunft dann ja vielleicht Aussicht auf einen besseren Lieferanten.« Von Rissen lächelt gequält.

Der haftentlassene Grosche sieht sich in dem Büro um. Von Rissen hat renoviert und dafür den Schimmelreiter und die Firma »Tapeten Tobarben« hinzugezogen. Aber Timo meint, noch Relikte des ursprünglichen Bäckerladens zu erkennen. In dem Regal mit den Immobilienbroschüren lagen früher sicher mal die Vollkornbrote. Seit seiner Bäckerlehre hat er einen Blick dafür.

Auf dem Tisch steht ein kleines Modellhaus, daneben liegen Formulare, Stifte und ein Taschenrechner, Schlüsselanhänger und eine Broschüre von »Real Estate Nordfriisk«. *Wir möchten, dass Sie sich bei uns zu Hause fühlen.*

Timo ist schon auf dem besten Wege. Der frischgebackene Bäcker schiebt den Prospekt von sich weg.

Frau Schlotterbeck-Thran hält derweil ein anderes Papier in den Händen. *Vertrauen Sie unserem Makler-team.* Sie sieht von Rissen freundlich an. Zurzeit scheint das Team lediglich aus Askan zu bestehen.

»Sie interessieren sich für die Bäckerei in Schlütthörn?« Der Makler lehnt sich in seinem Freischwinger zurück.

»Ja, ich habe Ihnen in unserem Telefonat ja schon angedeutet …« Imke führt den Satz nicht zu Ende, sondern nickt dem Makler verschwörerisch zu. Timo sagt gar nichts. Aus lauter Verlegenheit greift er noch mal zu der Broschüre. Sein Blick ist nach unten gerichtet. Der Makler hat Timos Haarpfeil auf dem Kopf im Blick.

»Ja, ja, ich weiß, natürlich.« Von Rissen macht eine Pause. Dass Timo Grosche frisch aus der JVA kommt, hat die Bewährungshelferin ihm in vorsichtigen Andeutungen nähergebracht.

»Wenn Sie die Brötchen und vor allem den Bienenstich von Herr Grosche erst mal probiert haben, dann bleibt Ihnen gar keine andere Wahl.« Frau Schlotterbeck spricht mit weicher, verständnisvoller Sozialpädagoginnen-Stimme. Mit ihrem unkonventionellen Outfit könnte sie aber auch genauso gut einen Musikclub für junge Bands auf dem Lande leiten. Sie lächelt von Rissen an und zieht ihre Haarspange zurecht.

»Ich bring sonst mal 'n paar Stücke vorbei.« Timo wirft sich ins Zeug.

»Die Situation ist noch nicht ganz geklärt«, fährt von

Rissen fort und klappt eine Mappe mit einem Exposé des Objektes auf. »Ich will ganz offen sein, eigentlich hatten wir schon jemand für die Bäckerei. Ihr Kollege wollte gleich in der Backstube loslegen und hatte sogar schon die Schlüssel. Normalerweise machen wir das nicht, bevor nicht alles unterzeichnet ist.« Der Makler windet sich. Er hat in dem Geschäft auch noch keine richtige Erfahrung. »Und jetzt ist der Mann plötzlich verschwunden. In der Bäckerei ist er nicht, und bei mir hier ist er auch nicht wieder aufgetaucht. Unter uns, ein sehr seltsames Verhalten.«

Grosche und Frau Schlotterbeck-Thran sehen ihn erwartungsvoll an.

»Für mich ist die Sache damit im Grunde genommen erledigt. Ein paar Schlüssel fehlen jetzt, aber …« Von Rissen zögert.

»Da kommen wir sonst auch ohne Schlüssel rein.« Timo kennt sich schließlich nicht nur mit Sauerteig aus.

»Ich habe schon noch einen Schlüssel in petto.« Der Jungmakler nickt und verzieht den Mund zu einem Lächeln. »Es gibt da noch ein paar andere Interessenten. Ein Maklerkollege aus Bredstedt hat Interesse an dem Ladengeschäft. Ich bin da, ehrlich gesagt, etwas zurückhaltend. Unser Geschäftsmodell kann nicht sein, dass wir uns gegenseitig die Maklerbüros vermitteln.« Er streicht sich vorsichtig über den akkuraten Haarschnitt. »Dann gibt es da noch einen anderen Interessenten, zu dem ich bisher nur telefonisch Kontakt habe. Der wollte da so einen Ein-Euro-Laden oder so aufmachen. Ich weiß nicht recht.« In das Wort Ein-Euro legt er seine ganze Verachtung. »Und wie Sie vielleicht schon gehört haben, hat außerdem eine Großbäckerei aus Neumünster großes Interesse, aber …«

»Sie wollen lieber die kleinen lokalen Gewerbetreibenden unterstützen«, führt Imke Schlotterbeck-Thran den Satz zu Ende und nickt dem Makler freundlich aufmunternd zu. »Schön. Das ist doch wichtig.«

»Wir müssen natürlich über die Courtage und eventuelle Sicherheiten sprechen.« Askan von Rissen rutscht in seinem Stuhl nach vorne.

»Es gebe da vielleicht Möglichkeiten, von Behördenseite gewisse Unterstützungen …« Viel konkreter will Frau Schlotterbeck im Augenblick auch nicht werden.

»Sie haben das in unserem Telefonat bereits angedeutet.«

»Das wäre doch schön, wenn wir dem Timo da eine Chance geben würden.« Imke klingt wie in einem Resozialisierungsseminar. Mit ihrer verständnisvollen Stimme ist sie auf dem besten Weg, den kühlen Makler in seinen schicken Reithosen um den Finger zu wickeln.

»Eine zweite Chance, ja, ja.« Askan sieht die Bewährungshelferin erst noch zögerlich an, und dann fällt sein Blick auf den optimistisch in die Zukunft zeigenden Haarpfeil auf Timo Grosches Kopf.

8

Bei hundertfünfzig auf der Autobahn nach Süden verschluckt sich der Vergaser des Pinto ein paarmal. Auch im Innenraum des Oldtimers stinkt es beißend nach Benzin. Scholz wirft seinem Kumpel einen skeptischen Blick zu und rutscht nervös auf dem Beifahrersitz hin und her.

»Ganz ruhig«, brummt der Sprengstoffexperte, zündet sich eine Zigarette an und rutscht etwas tiefer in den beigefarbenen Kunstledersitz. »Nur wenn uns einer hintendrauf rauscht … dann kann dat u-ungemütlich werden.« Kegel liebt das Spiel mit dem Feuer. Seine Stellung als Sprengmeister hatte er nach mehreren folgenschweren Fehlzündungen allerdings verloren, und auch das zwischenzeitliche Engagement als Feuerwerker für nächtliche Events war nach den schweren Verbrennungen etlicher Festgäste gleich wieder beendet. Der Einbruch in eine Fabrik für Silvesterraketen hatte mit einem Großbrand, der Evakuierung eines ganzen Kieler Stadtteils und für Charly mit einer mehrjährigen Haftstrafe geendet. Kegel nutzt jede Gelegenheit, etwas in die Luft gehen zu lassen. Wenn es irgendwo knallt oder brennt, ist Charly meist nicht weit. Dabei ist sich Scholle noch gar nicht ganz sicher, ob die von seinem Kumpel in der Garage einer Elmshorner Reihenhaussiedlung gehorteten Dynamitstangen in Schlütthörn wirklich zum Einsatz kommen sollen.

Die Rekrutierung der Gang ist mit längerer Reisetätigkeit verbunden. Zunächst machen sie bei Bruno Bubu Buschke Zwischenstation. Der Dreizentner-Mann würde am liebsten gleich mitfahren, als Scholz und Kegel ihn nach längerer Suche bei den Abbrucharbeiten einer stillgelegten Tankstelle an der B siebenundsiebzig bei Itzehoe aufspüren. Bruno kommt den beiden im verdreckten Blaumann, mit vollkommen eingestaubtem Gesicht und einem Riesenhammer in der Hand entgegen. Er ist als Hilfskraft bei »Klar Schiff«, einer Firma für Haushaltsauflösungen und Entrümpelungen, angestellt. Dabei ist er für die gröberen Aufgaben zuständig. »Hau weg, Bubu!«, rufen seine Kollegen nur, wenn eine Leichtbauwand, eine ausgediente Küchenzeile oder in diesem Fall das Kassenhäuschen einer Tankstelle zu Kleinholz verarbeitet werden sollen. Dann greift Bruno ohne lange Vorrede zum Vorschlaghammer. Lange Reden und ausführliche Überlegungen sind seine Sache sowieso nicht. Bubu spricht langsam, aber er fragt nicht lange.

Besondere Wertschätzung erfährt Buschke durch seine Kollegen von »Klar Schiff« allerdings nicht. Das ist bei seinem alten Freund und Komplizen Scholle ganz anders. Scholz hat immer an ihn gedacht, wenn er einen seiner Coups plante, und der schlagkräftige Bubu hat seinem Kumpel immer wieder zur Seite gestanden, wenn es im Knast Probleme mit dessen speziellem Freund Damaschke gab. Der Giftzwerg Scholle provoziert die Leute, und Bubu verarztet sie anschließend. Aber jetzt muss Scholz seinen Kumpan ein bisschen zurückhalten.

»Scholle, ich pack nur eben meine Klamotten zusammen.« Bubu, dessen Kopf wie ein zu stark aufgepumpter Fußball aussieht, würde am liebsten gleich mit den Grabungsarbeiten beginnen.

»Nich zu hektisch den Arbeitsplatz verlassen, dass fällt auf«, bremst ihn Scholle. »Wir müssen erst noch ein paar Vorbereitungen treffen, ehe wir loslegen. Aber du bist auf jeden Fall mit dabei im Team. Geht in Kürze los. Denn viel Zeit haben wir nich. Pfingsten kommt schneller, als wir denken.«

Bruno nickt voller Vorfreude auf die bevorstehende Aufgabe. »Sagst Bescheid. Ich bin dann gleich da«, verspricht er in Zeitlupe.

Zu Horst, dem Major, wie er sich gern nennen lässt, ist es eine längere Reise bis in den Harz hinunter. Dort hat er seit einiger Zeit sein Wirkungsfeld in dem verstaubten Kurort Bad Harzburg. Statt sich in Juweliergeschäften umzusehen, hat er jetzt den Schmuck und die Barschaften betuchter Witwen im Blick, die hier in Hotels, Altersruhesitzen und gehobenen Seniorenresidenzen logieren. Horst trägt karierte englische Anzüge, pflegt übertrieben altmodische Umgangsformen und hat sich einen englischen Akzent zugelegt, der bei den reiferen Damen ausgesprochen gut ankommt. Zwischen Horst und Scholz dagegen hatte es Knatsch gegeben. Vor etlichen Jahren hatten Scholle und der Major während der Geschäftszeiten bei einem Juwelier ein Diamant-Collier geklaut. Der Diebstahl war sofort aufgeflogen, und Horst hatte Scholles für einen Juwelierbesuch unpassend saloppes Outfit die Schuld gegeben. Dessen Trainingshose war in dem feinen Geschäft am Hamburger Jungfernstieg irgendwie aufgefallen. Seitdem sind die beiden alles andere als dicke Kumpel. Aber Charly Kegel hatte den Major ins Gespräch gebracht. Allein auf Scholles genialen Plan mag er sich dann doch nicht verlassen.

Es ist gar nicht so einfach, den Major ausfindig zu machen. Aber dann hatte Scholz sich an dessen Englandtick, sein Faible für deutsche Mittelgebirge und nach längerem Nachdenken auch an sein englisches Pseudonym erinnert. Tatsächlich hatte er sich unter dem Namen Horst Hazelspoon in einer Pension des unteren Preissegments gegenüber dem Gütergleis des Bad Harzburger Bahnhofs angemeldet, wo die beiden ihn allerdings nicht antreffen. Horst verbringt die Tage im »Café Bellissimo« am Kurgarten. Als Scholle und Kegel das Café betreten, drehen sich sämtliche Gäste an den gedeckten Tischen in ihren leicht durchgesessenen Polsterstühlen um. Irgendwie passen die beiden nicht ins Bild. Es duftet nach Kaffee, Allzweckreiniger und »4711«. Der Major sitzt bei einem Cappuccino mit Schlagsahne und einer Mokkabuttercremetorte an einem Fensterplatz vor einem von einer Rüschengardine umkränzten Stoffgerbera-Strauß. Hose und Anzugweste haben das unvermeidliche große grellfarbige Karomuster, das Jackett hängt über einem der Stühle am Tisch. Er trägt eine gelblich getönte Riesenbrille und ein eng am Kopf klebendes Toupet, das kaum als natürliches Haar durchgeht.

Von seinem Platz aus hat er das ganze Lokal und mögliche Opfer im Blick. Auch Hans-Peter Scholz und seinen Kollegen Kegel hat er sofort gesichtet. Er wirft einen abschätzigen Blick auf Scholles billige Klamotten. »*Fancy outfit*. Immer noch denselben Herrenausstatter?«

»Und du immer noch so 'n Schmacht auf fette Torten?« Scholle ist sichtlich bemüht, sich nicht provozieren zu lassen. »Horst, wie gehen die Geschäfte?«

»Gar nicht schlecht. Es sei denn, ihr funkt mir hier jetzt dazwischen.« Sein Blick wandert zu einer mit einer dicken Perlenkette behängten älteren Dame und dann wieder verächtlich zu dem Outfit der beiden Ganoven.

»Interesse an einem Job?« Scholz kommt gleich zur Sache.

»Wo wollen wir denn rein?« Horst stochert in der Buttercremetorte.

»Schlütt … hörn«, verkündet Scholle mit Pathos in der Stimme, dass aus dem nordfriesischen Kaff auf einmal ein magischer Ort wird.

»Wo bitte?« Der Bad Harzburger Witwentröster zieht die Gabel aus dem Tortenstück.

»Raiffeisenbank Schlüttütütthörn«, stottert Charly Kegel.

»Schon überlegt, wie wir da hineinkommen sollen?« Der Major kommt gleich auf den Punkt. »Bei ihren Sicherheitssystemen haben die Banken mittlerweile mächtig aufgerüstet.«

»Reinspringen und abgreifen, und im Notfall lassen wir das 'n bissgen k-k-knallen.« Charly Kegel sieht die Sache pragmatisch. »Für den Ablauf, wie das Ganze vonstattengehen soll, da kommst du jetzt ins Spiel.«

»Pssst!« Scholle ermahnt seinen Kumpel, nicht zu laut zu sprechen. Aber die Damen am Nebentisch machen nicht den Eindruck, dass sie noch besonders gut hören. »Wir graben uns von der gegenüberliegenden Bäckerei durch einen Tunnel in den Tresorraum der Bank, wo am Pfingstwochenende die gesamten Einnahmen der Nordfriesischen Fährreederei liegen«, flüstert Scholz leise, aber auf einmal sehr aufgeregt. Der filzige Haarkranz schimmert in der Kaffeehausbeleuchtung. »Rusty macht die Kiste auf, und dann spazieren wir ganz gemütlich aus der Bank wieder raus. Das wird der Coup des Jahrhunderts!«

Die vorstehenden Augen des Majors hinter den gelben Brillengläsern sind auf einmal hellwach. Horst scheint Feuer gefangen zu haben. Auch er könnte eine Finanzspritze gebrauchen. Ganz so erfolgreich ist er bei den Bad Harzburger Witwen offenbar doch nicht.

»*Alright*, auf drei Dinge kommt es an«, doziert er mit sonorer Stimme in gekünstelt englischem Akzent. »Wir müssen die Örtlichkeit kennen, wir benötigen einen präzisen Plan und das Timing muss stimmen.«

»Nich zu vergessen dat p-passende Eckwippment.« Charly Kegels Augen leuchten, als hielte er bereits eine Dynamitstange mit brennender Zündschnur in der Hand.

9

Vier Wochen bis Pfingsten

Mit der Anmietung der Bäckerei hat es tatsächlich geklappt. Der zwischenzeitliche Mieter hat sich offenbar aus dem Staub gemacht. Und statt für den Ein-Euro-Laden, den Maklerkollegen oder den Großbäcker hatte »Von Rissen Real Estate Nordfriisk« sich für Timo Grosche entschieden. Frau Schlotterbeck-Thrans Sozialpädagoginnen-Charme hatte offenbar gewirkt. Aber vielleicht hatten die anderen ihr Interesse auch zurückgezogen. Die Bewährungshelferin ist ganz happy, Timo Grosche natürlich auch, der Ex-Knacki zeigt es nur nicht so. Makler von Rissen hatte vor Ort gleich eine Sektflasche geköpft, Imke Schlotterbeck in der »Hidden Kist« einen Imbiss besorgt, und dann hatten die drei im leeren Laden angestoßen. Timo hatte seine karierte Bäckerhose schon dabeigehabt und hätte am liebsten gleich den Ofen angeworfen. Bei dem kleinen Umtrunk in dem leeren Ladengeschäft war richtig Stimmung aufgekommen.

»Er sieht ja aus wie ein Schnösel, so eine aalglatte Maklertype, aber dann ist er eigentlich richtig nett«, fand Imke Schlotterbeck und war mit Askan sogar ein bisschen ins Flirten gekommen.

Inzwischen hat Timo Grosche den Bäckereibetrieb aufgenommen. Mit langen Vorreden hält er sich nicht auf. Auch ein neues Schild mit dem Namen *Küstenbäckerei Backbord* ist bereits in Auftrag gegeben. Neben dem schon laufenden Betrieb sind noch ein paar Renovierungsarbeiten im Gange. Von Rissen hatte dafür »Tapeten Tobarben« empfohlen. Aber das übernehmen dann doch lieber die Mitglieder von Scholles Gang, die jetzt einer nach dem anderen eintrudeln. »Wir können hier niemand gebrauchen, der uns dazwischenfunkt.« Scholz behält den Überblick. Einen ersten großen Sack mit Altlasten hatten Grosche und Scholle schon entsorgt, bevor der Rest der Crew angerückt war. Das musste nun wirklich niemand mitbekommen.

Inzwischen ist Bubu Buschke den ganzen Tag in Aktion. Zwischendurch muss er zum Teigkneten ran. Aber vor allem ist der Dreizentner-Mann damit beschäftigt, altes Mobiliar zu entsorgen, zurückgelassene Mehlsäcke und eine überdimensionale Metallschüssel, in der man einen ganzen Bäckerlehrling verschwinden lassen könnte. Im Gegenzug trägt er die neuen Gerätschaften rein, Backbleche, Backpinsel und Gärkörbe, aber heimlich auch Spaten, Spitzhacken, Stemmeisen und Hammer. Und dann hat Bruno auch schon mit den ersten Stemmarbeiten in der Backstube begonnen. Bubu ist begeistert dabei. Die ersten Säcke hat er gleich mit Schutt und Erde gefüllt und zur Abfuhr bereitgestellt. Er muss nur aufpassen, dass er mit dem Mehl und dem Bauschutt nicht durcheinanderkommt.

»Nicht dass der Mörtel im Sauerteig landet«, sorgt sich Timo. Er befürchtet vor allem, dass die Tunnelbauer entdeckt werden könnten. Aber im Augenblick können sie den Krach und den Dreck noch als Renovierungsarbeiten ausgeben.

Rusty Ralf, der sich auch mit Elektrik auskennt, sieht sich die alten Apparaturen in der Backstube an, die dringend einer Inspektion bedürfen. Er bringt den Spiralkneter wieder in Schwung und den klemmenden Teigteiler. Bei der Brötchenpresse, die keine Brötchen mehr pressen will, stößt er jedoch an seine Grenzen. Die Kabel im Inneren des Apparates fordern Feinmotorik. Und nach seinem noch nicht lang zurückliegenden Abschied aus dem »Bumerang« hat Rusty im Augenblick alles andere als eine ruhige Hand.

»Scheißschnaps«, flucht Ralf mit Blick auf den zitternden Schraubenzieher in seinen Händen, während im Kabelsalat der Apparatur die Funken sprühen.

»Ganz ruhig, Rusty, bis Pfingsten is ja noch 'n bü-büschen hin«, versucht der danebenstehende Charly Kegel ihn zu beruhigen.

Der Major ist dabei, detaillierte Zeichnungen anzufertigen, um den Coup genaustens zu planen. Er flaniert die zwischen Bank und Bäckerei liegende Fußgängerzone auf und ab, für den Tunnelverlauf misst er Schritte ab und taxiert durch die getönte Riesenbrille die Winkel. Scholz findet das Vorgehen reichlich auffällig, schon wegen seines großkarierten Jacketts und des wenig glaubwürdigen Toupets. Und dass er bei seinen Recherchen immer eine

Zeitung unter dem Arm trägt, macht die Sache nicht weniger verdächtig. Am liebsten hätte der Major seine detaillierten Pläne stolz im Laden an die Wand gehängt, das hatte Scholle gerade noch verhindern können. Zum Hacken und Schaufeln ist er sich zu fein. Und im Laden auszuhelfen kommt für ihn momentan auch nicht infrage. Die Morgenschicht im Verkauf an der Bäckertheke übernimmt derweil Schlangenfrau Samira. Andere Mitarbeiter kann Grosche zurzeit nicht anheuern. Vor fremdem Personal ließen sich die Grabungsarbeiten im Keller wohl kaum verheimlichen.

Samira schlägt bei der Kundschaft gleich ein und wird von einer Frau auch wiedererkannt.

»Machen Sie in Leck nich diese bengalische Gymnastik? Wir haben uns schon immer gefragt, wieso eigentlich bengalisch? Is dat mit Feuerwerk?«

Charly Kegel, der in Blaumann und mit einer Werkzeugkiste in der Hand vorbeikommt, wird gleich hellhörig.

»Bengali, das ist indisch«, erklärt Samira, während sie geschmeidig und mit der ganzen Kraft aus ihrer Mitte ein friesisches Vollkornbrot einpackt. »Eine Yoga-Gymnastik.«

Gleich in den ersten Tagen besuchen auffällig viele männliche Kunden den neuen Laden. Die Bredstedter Müllabfuhr, die im Bezirk gerade Sperrmüll abfährt, hat hier schon mehrmals Station für ein zweites Frühstück gemacht, und viele ältere Herren lassen sich von der rassigen Samira gern mal ein Sechskornbrötchen »Blanker

Hans« mehr in die Tüte packen. Auch aus den benachbarten Ortschaften, aus Reusenbüll, Neutönninger Siel und Fredenbüll kommen die ersten Kunden. Der Küstenbäcker »Backbord« scheint einzuschlagen.

Für Scholle klappt die Bäckerei etwas zu gut, schließlich haben er und seine Gang andere Pläne. Abends, nach Ende der Öffnungszeiten, wenn keine Kundschaft mehr kommt und auf der Straße vor der Bäckerei nichts mehr los ist, tritt Scholle vor die Tür des Ladens und wirft einen sehnsüchtigen Blick auf die Nordfriesische Raiffeisenbank. Sein großer Traum vom Travemünder Spielcasino ist es zwar nicht, und Scholles »Eleven« sind arg geschrumpft. »Stattdessen jetzt ›Scholles Seven up‹«, grinst er und ist dabei doch bester Dinge. Er zündet sich eine Zigarette an und sieht sich die Plakate im Schaufenster an. *Wir machen den Weg frei. Die Raiffeisenbanken.*

10

»Sach mal, Heike, wat is hier denn auf einmal los?« Thies staunt über den reich gedeckten Frühstückstisch.

»Wieso?«, fragt die Frau des Fredenbüller Polizei-hauptmeisters mit gespielter Unschuldsmiene.

»Na ja, statt Sechskorn-Müsli auf einmal Sechskorn-Brötchen.« Thies beißt in das knusprige, mit Mettwurst vom Biohof Brodersen belegte Brötchen. »Jo, kann man essen.« Aus Thies' Mund ist dies das höchste Kompliment.

»Dat is der neue Bäcker von Hansen in Schlütthörn, das heißt, dat is nich mehr Hansen, sondern jetzt ... wie war das?« Heike überlegt. »Steuerbord? Nee ... Back-bord!«

»Fast besser als Hansen früher«, konstatiert Thies mit vollem Mund.

»Dein Brötchen, dat is 'n ›Blanker Hans‹, und dies hier heißt ›Kliffkante‹.« Heike hat die Produktpalette der »Küstenbäckerei Backbord« schon voll drauf.

Als sie grade ein weiteres Brötchen aus dem Korb nimmt, klingelt Thies' Handy. Nicole ist dran. Im Hin-tergrund sind Imbissgeräusche aus der »Hidden Kist« zu hören.

»Wo bist du, Thies?«

»Wieso? Zuhause beim Frühstück.«

»Seit wann frühstückst du zuhause?«

»Ja, Heike hat Brötchen besorgt von diesem neuen Bäcker …« Weiter kommt er gar nicht. Die Kommissarin unterbricht ihn sofort.

»Bäcker ist ein gutes Stichwort. Thies, wir haben einen Toten, sieht aus wie ein Bäcker.«

»Mord?« Von einem Moment zum anderen fährt Leben in den Fredenbüller Polizeihauptmeister.

»Das werden wir uns vor Ort ansehen, deshalb rufe ich an.«

»Wo?«

»Bei Dossmann, da ist gerade die Sperrmüllabfuhr …«

»Hat er seine alte Hühnerhalle jetzt auf 'n Sperrmüll gestellt, oder was?«

Nicole geht auf den Spruch nicht weiter ein. »Da hängt ein Toter wohl schon halb in der Presse.« Nicole klingt gehetzt. »Ich bin noch in der ›Hidden Kist‹, aber gleich da.«

Der ehemalige Geflügelbaron Dossmann ist für die beiden Polizisten ein alter Bekannter. Gleich in ihrem ersten Mordfall hatten sie mit ihm zu tun. Und in einem anderen Fall hatte ein in Nordfriesland untergetauchter Mafioso in Dossmanns grausam überfüllter Hühnerhalle eine wilde Schießerei angezettelt, bei der das zerrupfte Federvieh gleich reihenweise zu Tode kam. Insbesondere Nicole ist nicht gut auf den ungehobelten Großbauern und früheren Funktionär des Geflügelzüchterverbandes zu sprechen.

Als Thies sich zu Fuß Dossmanns Anwesen nähert, sieht er schon den orangen Müllwagen an der Einfahrt stehen. Am Rand liegen mehrere Teile einer voluminösen Polstergarnitur und etliche Schrankelemente. Bei Dossmanns steht offenbar gerade ein Möbelaustausch ins Haus. Nicole ist auch bereits vor Ort. Von der »Hidden Kist« ist es nicht weit. Im Augenblick steht sie mit zwei Männern in Orange noch etwas ratlos vor dem offenen Heck des Wagens mit der großen Presse, die den eingeworfenen Sperrmüll gleich vor Ort zusammenquetscht.

Die Presse und auch der Motor des riesigen Fahrzeugs sind ausgestellt. Zwischen den beiden dicken Stahlplatten der Presse klemmt schon halb zerdrückt und in das Innere des Autos hineingezogen ein Polstersessel, Teil einer voluminösen Polstergarnitur in ockerfarben gewürfeltem Kunstsamt, die Thies und Nicole von früheren Befragungen im Hause Dossmann noch dunkel in Erinnerung haben. Aber den Sessel beachten sie gar nicht. Alle starren fassungslos auf die große alte, durch die Presse aufgebrochene friesische Truhe. Das Holz ist zersplittert, zwischen den zerborstenen Teilen liegt ein Mann, in einer weißen Jacke und einer schwarz-weiß kleinkarierten Bäckerhose. Ein Teil der Hose und das dazugehörige Bein sind von den stählernen Schaufeln der Presse bereits erfasst und nicht mehr zu sehen.

»Sieht tatsächlich nach 'nem Bäcker aus«, stellt Thies fest. »Aber von hier is der nich.«

»Ist Ihnen gar nicht aufgefallen, dass in der Truhe einer drin ist?« Die Kommissarin sieht die beiden Männer von der Abfallwirtschaftsgesellschaft Nordfriesland kurz an, dann wieder auf die karierte Hose.

»Is eigentlich normal.« Der kleine Mann in Orange zieht an seiner Zigarette.

»Das finden Sie normal?« Die Kommissarin ist entrüstet.

»Wir sagen immer, gebündelt hinlegen, nicht einzeln. Und die Schränke als Ganzes zusammenlassen, weil, dat is für uns dann einfacher zu laden. Dann kann ich das mit dem Kollegen in einem hier hinten in die Sammelwanne reinschmeißen, und die hydraulische Presse nimmt sich das gleich, und der Fall is erledigt.« Der Mann scheint die Situation noch gar nicht ganz realisiert zu haben.

»Für uns ist dat sauberes Arbeiten«, schaltet sich sein Kollege ein. »Manche nehmen die Möbel auseinander, und dann bleibt die Hälfte auf der Straße liegen. Nich schön fürs Straßenbild. Und wir dürfen dann alles einsammeln.«

»Aber hier war alles vorbildlich hingestellt«, stellt der kleine Dicke klar.

So genau wollen Thies und Nicole es eigentlich auch nicht wissen. Aber für die beiden Sperrmüllleute gibt es kein Halten mehr. Offenbar versuchen sie damit ihren Schock über den grausigen Fund zu kompensieren. Vor allem wollen sie klarstellen, dass sie keine Schuld am Tod des Bäckers trifft.

»Wir fahren alles ab, was am jeweiligen Tag bis sieben Uhr zur Abholung bereitgestellt und für die Restmülltonne zu sperrig ist.«

»Diesen Klopper von Polstersofa kriegst ja nich in die Tonne rein.« Der Kleine in Orange zeigt auf den ausladenden Dreisitzer in gewürfeltem, nicht mehr ganz taufrischen Kunstsamt.

»Is euch nich aufgefallen, dat die Kiste schwer war? Da war schließlich einer drin«, unterbricht Thies ihn.

»Wir nehmen alles mit, was nich länger als zwei Meter und nich schwerer als siebzig Kilo is, dat is so festgeschrieben. Und viel schwerer war er auch nich.«

»Dat wiegen wir nich nach«, ergänzt sein Kollege großzügig. »Wir wollen auch eine reibungslose Abholung gewährleisten.« Die beiden tun so, als seien Thies und Nicole zur Müllberatung gekommen.

»Ganz so reibungslos ist es hier ja offensichtlich nicht gelaufen«, geht Nicole jetzt dazwischen.

»Wieso, dat war alles normaler Sperrmüll. Nur gefährliche Stoffe, Chemikalien, Farben und so weiter müssen extra, und Elektrogeräte, dat geht alles gesondert zum Recycling.« Nicole muss gleich an Antjes ausrangierte Fritteuse denken. Doch der kleine Dicke ist mit seiner Einführung in die Welt der Abfallentsorgung noch nicht fertig. »Aber er hier gehört eindeutig nich dazu.«

»Dat is dann … na ja … ein Fall für die thermische Verwertung«, erklärt sein Kollege.

»So weit sind wir noch nich«, unterbricht Thies ihn jetzt. »Erst mal muss da die Spurensicherung ran.«

Die Kommissarin hat schon das Handy gezückt, um den Gerichtsmediziner und die Kollegen von der Kieler Kriminaltechnik nach Fredenbüll zu beordern.

Die beiden Männer in Orange interessiert das wenig. »Wir müssen dann auch langsam mal weiter.« Der kleine

Dicke ist schon auf dem Weg zum Fahrerhaus des Müllwagens.

»Halt! Stopp!« Der Fredenbüller Polizeihauptmeister pfeift ihn gleich zurück. »Hier geht im Augenblick überhaupt nichts weiter. Es geht schließlich um Mord.«

»Wir haben noch 'ne Tour, sonst bleibt hier der ganze Sperrmüll auf der Straße stehen«, protestiert der andere Müllmann. »Wie sieht denn das aus? Und wieso überhaupt Mord?«

»Ja, wat denn, meinst du, der Bäcker hat sich da zum Sterben in' Schrank gesetzt?« Thies schüttelt den Kopf. »Mann, Mann, Mann.«

»Wie haben Sie den Toten überhaupt entdeckt?«, will Nicole wissen.

»Na ja.« Der Dicke tritt seine Zigarette aus. »Wir haben den Schrank da zu zweit reingeworfen.«

»Ordentlich mit Schwung. War ja nich ganz leicht.«

»Und dann hab ich aus dem Fahrerhaus die Presse angefahren, und dann hat mein Kollege auch schon geschrien.«

»Ich hab gleich gesehen, dass da einer im Schrank sitzt. Ich dachte, ich guck nich richtig.«

Zu ihrer nächsten Frage kommt die Kommissarin gar nicht. Mit wiegenden Schritten kommt Ex-Geflügelbaron Dossmann die lange, von Thujen gesäumte Auffahrt herunter.

»Gibt dat hier Probleme mit unserm Sperrmüll?«, blökt der ehemalige Großbauer.

11

Timo Grosche ist immer noch ganz durcheinander. Als er heute in aller Herrgottsfrühe verschlafen zur Morgenschicht in die Bäckerei gekommen war, traf ihn fast der Schlag. Er war von einem Moment zum anderen hellwach. An dem Pinboard neben dem Eingang, auf dem aus früheren Zeiten noch ein paar zerknitterte private Kleinanzeigen hängen, auf denen eine Haushaltshilfe gesucht oder Rasenmäher aus zweiter Hand angeboten werden, steckte mit einem Messer ein neues DIN-A4-Blatt in einer unbeholfenen Handschrift.

Achtung! Tödliche Torten! Back deine Brötchen woanders!

Timo hatte die Buchstaben fassungslos angestarrt, bis sie vor seinen Augen zu flimmern begannen und ihm ein bisschen schwindelig wurde. Was hat das zu bedeuten?

Timo ist das immer noch ein Rätsel. Den seltsamen Zettel hat er natürlich sofort vom Pinboard genommen und entsorgt und den anderen nichts davon erzählt. Inzwischen hat er längst die Brötchen und Brote, die »Kliffkanten«, »Deichdinkel«, »Wellenbrecher« und »Laugen-Wattwürmer« für den heutigen Tag aus dem Ofen geholt.

Aus der Backstube dringen immer wieder verdächtige Geräusche in den Laden. Dabei achten Timo Grosche und auch Scholz darauf, dass tagsüber, wenn die Bäckerei geöffnet hat, die Grabungsarbeiten am Tunnel nicht ganz so laut vonstattengehen. Mehrere Kundinnen haben sich schon über den Krach aus der Backstube gewundert. Aber Bubu Buschke und Charly Kegel sind kaum zu bremsen. Und auch Rusty Ralf ist froh, nach den tristen Zeiten im »Bumerang« wieder eine richtige Aufgabe zu haben. Zusammen mit Scholle sind die drei voll im Einsatz. Ein paar vorsichtige Grabungsarbeiten dürfen sie auch am Tag tätigen. Die Spitzhacke muss dann spät abends und nachts zum Einsatz kommen. Und auch die Säcke mit Bauschutt und Erde dürfen nur nach Feierabend durch den Laden transportiert werden. Charly Kegel fährt sie dann gleich im Pinto ab und entsorgt sie ein paar Orte weiter in den frisch ausgehobenen Gräben für die Glasfaserkabel.

Eine Wand der Backstube ist bereits aufgestemmt, die ersten drei Meter des Tunnels sind gegraben, der Mauerdurchbruch und das Erdreich mit Holzlatten gesichert. Wenn die Arbeiten zwischenzeitlich ruhen, wird immer wieder ein Schrank vor die Öffnung gestellt.

Weil Bubu und Charly auch tagsüber nicht ruhig sitzen können, helfen sie beim Backen mit. Während Timo Grosche den Teig für fünfzig Sauerteigbrote durch die Ausrollmaschine laufen lässt, gibt er ihnen eine Einführung in die neusten Techniken des Backhandwerks. Voller Stolz demonstriert er die Ausstattung der Backstube, die Schneidemaschine für Croissants und Plundergebäck und die manuelle Teigrollmaschine. Timo träumt von der computergesteuerten »Rollfix«. »Die haut dir mal eben fünfhundert Croissants raus. Wirken und Schneiden, alles ruckzuck.« Der Prospekt der Backmaschinenfirma mit dem Slogan *Leidenschaft für den Teig* liegt schon aufgeschlagen in seinem kleinen Büro.

»Timo, lass mal, so viel Krossangs schaff ich gar nicht«, seufzt Bubu mit einem kleinen Rülpser.

»In Flensburg hatten wir 'ne größere Ausrollmaschine, aber die hier is schon ganz ordentlich für den Anfang. Dass man die Brötchen mit der Hand formt, die Zeiten sind vorbei.«

Bubu ist derweil eifrig beim Teigkneten. Er steckt bis zu den Ellenbogen in einem riesigen Bottich. An seinen großen Händen klebt der Teig für ein ganzes Bauernbrot. Reichlich ratlos hält er Jungbäcker Timo seine Teigfinger entgegen.

»Gibt's doch nich«, stöhnt er in Zeitlupe. »Wie krieg ich den Schiet denn wieder ab?« Er klingt fast verzweifelt.

»Das geht nicht ab.« Timo Grosche blickt übertrieben ernst. »Nie mehr, langsam, aber sicher wirst du nach und nach selbst zum Brot.«

Bruno sieht ihn konsterniert an. »Nich, dass du mich gleich in' Ofen schiebst.«

»Mensch, Bubu, da passt du doch gar nich rein.« Grosche taxiert den beträchtlichen Umfang seines Komplizen in der eingestaubten Latzhose und grinst jetzt doch.

»Lass dich nich auf'n Arm nehmen!« Scholz, der dazukommt, knufft ihm in die Seite.

»Auf'n Arm nehmen? Wie soll dat denn gehen?« Der Dreizentner-Mann blickt auf die beiden herunter und schüttelt den Kopf.

Ihre gemeinsame berufliche Laufbahn, etliche fehlgeschlagene Coups und immer wiederkehrende Gefängnisaufenthalte haben Scholz und Bruno zusammengeschweißt. Gerade im Knast, bei Auseinandersetzungen mit dem cholerischen Ronnie Damaschke, hat der kräftige Bubu den älteren kleinen Scholle immer wieder aus brenzligen Situationen gerettet. Und trotz aller beruflichen Misserfolge ist der Dreizentner-Mann fest vom strategischen Talent des »Hirns« überzeugt.

»Wir haben zusammen harte Zeiten durchgemacht.« In Charly Kegels Stimme schwingt Stolz mit. Scholle, der während der Grabungsarbeiten ein Basecap der Nordfriesischen Raiffeisenbank trägt, nickt zustimmend.

»Hart? Hört doch auf, ihr habt es euch doch sogar im Knast noch gemütlich gemacht.« Rusty Ralf winkt ab.

»Das war kein verfickter Jugendknast.« Charly Kegel gibt dem Tresorknacker gleich Kontra und wird ungemütlich. »Dat war F-F-Flensburg.«

Im Laden brummt derweil das Geschäft. Samira bedient an der Theke und preist das Sortiment bei den neuen Kunden an. Aber sie interessiert sich auch sehr für den Fortgang der Grabungsarbeiten. Auffällig oft schaut sie »zu den Jungs runter«, wie sie es nennt, und bringt ihnen belegte Brötchen und einen frischen Kaffee. Nicht nur in der Gymnastikhose versprüht Samira artistischen Elan, auch im Kittel der Bäckereifachverkäuferin hat die ehemalige Schlangenfrau auf Charly, Scholle, Bubu und Rusty immer noch eine erstaunlich betörende Wirkung.

Die Truppe in der Bäckerei wächst zusammen. Nur der Major Horst ist heute noch nicht an seinem neuen Arbeitsplatz erschienen.

12

Thies und Nicole sitzen bei Dossmanns im Wohnzimmer. Bei ihren diversen Ermittlungen im Laufe der letzten Jahre haben sie hier schon des Öfteren gesessen. Geflügelkönig Hans-Werner Dossmann hatte in zwei Fällen eine undurchsichtige Rolle gespielt, und einmal war er sogar in Tatverdacht geraten.

»Kommt doch rein, Thies und Frau Kommissarin.« Frau Dossmann freut sich immer über Besuch, auch das kennen Thies und Nicole schon. »Kann ich euch wat anbieten? Aber nehmt doch erst mal Platz ...« Sie macht eine hilflose Geste. »Ja, weiß auch nich, ihr seht ja selbst.«

Die neue Sitzlandschaft aus Drei- und Fünfsitzer mit Open End, die die alte Polstergarnitur an Größe deutlich übertrifft, ist offenbar gerade angeliefert worden und noch mit Plastikfolien verhüllt. Frau Dossmann wirkt ratlos.

»Hans-Werner, zieh doch mal eins von den Plastikdingern runter, damit wir Thies und Frau Stappen ... ähh ... berg wenigstens 'n Platz ...« Mit dem Namen der Kommissarin hatte Frau Dossmann schon immer so ihre Schwierigkeiten.

»Erika, nu lass mal!«, ranzt der ehemalige Großbauer seine Frau an.

»Sonst setzt euch doch erst mal auf dat Plastik«, funkt

seine Frau gleich wieder dazwischen. »Is ja nur vorübergehend.«

»Mit dem Sperrmüll da draußen hab ich nix zu tun!«, donnert Dossmann mit rollendem R. Er streicht sich über den für sein Alter immer noch kräftigen Stoppelschnitt. Dossmann hat sich trotz aller geschäftlichen Widrigkeiten erstaunlich gut gehalten. Nur das Gesicht mit der Schweineschnute ist noch röter und der Blutdruck noch ein bisschen höher geworden.

»Wenigstens 'ne Tasse Kaffee, Frau Stappen ... ähh ..., und Thies auch?«

»Errrikaaa!« Dossmanns Tonfall wird ärgerlich. »Die beiden sind nich zum Kaffeekränzchen gekommen. Sie hatten nur eine kurze Frage, und die hab ich bereits klipp und klar beantwortet.«

»Noch nicht ganz, Herr Dossmann. Im Augenblick hab ich noch gar nichts gefragt.« Nicole sieht ihn provozierend an.

»Aber ich hab Ihnen schon alles beantwortet, verehrte Frau Kommissarin.«

Dieser selbstherrlich herablassende Tonfall hat Nicole früher schon aufgeregt. Mit dem ehemaligen Geflügelkönig verbindet Nicole eine langjährige Abneigung. Vor ein paar Jahren hat er sie noch mit »sehr verehrtes Frollein« angeredet.

»Herr Dossmann, es ist eindeutig Ihr Sperrmüll, der abgefahren werden sollte. Das können sie ja nun nicht leugnen.« Nicole gibt sich angriffslustig, Thies rutscht verlegen auf der knisternden Plastikfolie hin und her.

»Ja, wieso, dat is unsere alte Polstergarnitur«, schaltet sich Frau Dossmann wieder ein. »Wurde aber auch Zeit, dat wir jetzt mal 'ne neue kriegen. Mit dem Open Ende ohne Lehne is jetzt Geschmackssache, aber dann kann Hans-Werner beim Fernsehen mal die Beine hochlegen«, vertraut sie der Kommissarin von Frau zu Frau an. Und dann etwas leiser. »Er is ja auch nich mehr der Jüngste.«

»Errrikaaa!«, pflaumt er seine Frau an.

Nicole geht gar nicht darauf ein und wendet sich jetzt an beide Dossmanns. »Die alte, bemalte Holztruhe, in der wir den Toten aufgefunden haben, stammt doch, wie die alten Polstermöbel, ebenfalls von Ihnen?«

»Plünnkram aus 'm achtzehnten Jahrhundert, oder so!«, bellt er.

»Dieselbe Zeit, aus der auch Ihr Frauenbild zu stammen scheint.« Diese Bemerkung kann Nicole sich dann doch nicht verkneifen.

»Die war ja noch von meinen Großeltern«, erklärt Frau Dossmann. »Da war ja schon der Holzwurm drin.« Sie winkt ab.

»Und jetzt war da 'n Toter drin«, stellt Thies klar.

»Kennen Sie den Mann?«, will Nicole wissen. »Haben Sie ihn schon mal gesehen?«

»Er is ja wohl Bäcker.« Frau Dossmann hat jetzt auf dem Open End des Fünfsitzers Platz genommen. »Nich doch 'ne Tasse Kaffee?«

»Ja, nee, danke, Frau Dossmann.« Thies wirkt immer noch ungewöhnlich kleinlaut. Der ehemalige Fredenbüller Hühnerbaron ist für ihn irgendwie immer noch eine Respektsperson.

»Kennen Sie ihn aus einer Bäckerei?«, hakt die Kommissarin bei der Frau nach.

»Nee.« Sie schüttelt vehement den Kopf, als sei dies eine vollkommen abwegige Idee.

»Wir haben mit dem Mann nix zu tun, und wir haben ihn auch nich in die Truhe reingelegt«, stellt Dossmann noch mal klar.

»Wann haben Sie die Holztruhe denn rausgestellt?« Besonders plausibel erscheint es der Kommissarin nicht, dass Dossmann die Truhe mit dem Toten vor seiner eigenen Haustür für den Sperrmüll bereitgestellt hat.

»Dat haben zwei frühere Mitarbeiter von mir gemacht«, erklärt Dossmann. »Schon vor drei Tagen.«

»Dat Wohnzimmer musste doch frei sein. Gestern Nachmittag sind ja die neuen Möbel gekommen.« Für Frau Dossmann ist das ganz selbstverständlich.

Nicole gibt Thies ein Zeichen zum Aufbruch. Diese Befragung wird sie im Augenblick nicht weiterbringen.

13

Das Brummeln, Grunzen und Fiepen ist unüberhörbar. Ab und an wird es kurz von dem obligatorischen Dada-düdadadüdüdüda des »Explosion Compact« übertönt, der von Schimmelreiter Hauke Schröder mit Zwanzig-Cent-Münzen gefüttert wird. Aber dann hat Meerschweinchen Matze gleich wieder die Oberhand. Postbote Klaas unterbricht das Sortieren der Post auf Stehtisch Zwei.

»Er is hier ja jetzt wohl Stammgast?«, bemerkt Piet Paulsen mit Blick auf den haarigen Nager. Er klingt etwas ungnädig, aber dann füttert er das Meerschweinchen doch mit einem Stückchen Ananas von seinem Putenschaschlik.

»Onkel Piiiet, vorsichtig! Pass auf, keine Zwiebelringe!« Finn ist sofort alarmiert. »Du weißt doch, die können für Matze tödlich sein!«

»Ja, ja, weiß ich doch.«

»Er pfeift doch jetzt schon aus dem letzten Loch«, findet Bounty. Imbisshündin Susi knurrt zustimmend.

Auf dem Weg zur Schule hat Finn das Meerschweinchen im Imbiss vorbeigebracht. Jetzt will er es wieder abholen. Er hat sich im Imbiss mit seiner Mutter verabredet, um gegen Mittag mit Matze zum Tierarzt zu fahren. »Er fiept in letzter Zeit so komisch«, sorgt sich Finn.

»Eigentlich fiept er doch immer.« Paulsen kann keinen Unterschied heraushören.

»Aber jetzt irgendwie anders.« Finn ist sich sicher.

Dem Großteil der Stammbelegschaft und vor allem auch Imbisshündin Susi geht der Zirkus um das Meerschweinchen inzwischen etwas zu weit.

»Willst du dat Meerschweinchen nich mal zu Hrubesch und Magath mitnehmen?« Antje hat auf einmal die Idee, dass Piet Paulsens Kaninchen, die er nach den HSV-Helden aus der großen Zeit benannt hat, vielleicht die passenden Spielkameraden für seinen Matze sein könnten.

»Nee, Antje, Kaninchen und Meerschweinchen vertragen sich doch nich, das geht gar nich.« Finn ist bestens informiert.

Stattdessen wird das Meerschweinchen noch mal mit einem Fleischwürfel von Piets Putenschaschlik ruhiggestellt.

»Habt ihr schon gehört? Renate hat in ihrer Pension mal wieder 'n Feriengast«, wechselt Klaas das Thema. »Dat is, glaub ich, die erste Vermietung seit über einem Jahr.«

»Ja, nach einer Krise befindet sich die Fredenbüller Touristik im Aufwärtstrend.« Paulsen blickt nachdenklich und nagt mit seinen zu großen dritten Zähnen das letzte Stück Pute vom Spieß.

»Soll ja wohl 'n Engländer sein«, hat Antje gehört.

»Und hat offenbar denselben Schneider wie Onno von Rissen, die gleichen karierten englischen Jacketts.« Bounty schlürft die Sahne von seinem heißen Kakao.

In dem Moment wird die Tür des Imbisses ganz behutsam geöffnet. Bewährungshelferin Imke Schlotterbeck-Thran schwebt in ihrem grell geringelten Pullover unter der Lederjacke in den Imbiss. Sie hat eine große Tasche dabei, die von Antje, Susi und Matze gleich interessiert begutachtet wird. Bounty und der Schimmelreiter dagegen haben die attraktive Bewährungshelferin im Blick.

»Moiiin.« Ihre sanfte Stimme klingt wie in einem Anti-Aggressions-Training für ehemalige Gewalttäter.

»Sie sind doch hier neulich mit dem … Dings …« Piet Paulsen sucht nach Worten.

»Mit dem Timo war ich da.« Sie nickt verständnisvoll.

»Sie sind seine … Betreuerin quasi.« Klaas bündelt die sortierte Post auf dem Stehtisch.

»Hallo!« Bounty lächelt die Bewährungshelferin aufmunternd an und bietet ihr gleich einen Barhocker an Stehtisch Eins an.

14

Mittlerweile sind auch der Gerichtsmediziner und der Kollege von der Kriminaltechnik am Fundort des Toten eingetroffen. Mediziner Carstensen steht schon mitten im Laderaum des Müll-Lkw zwischen zerfledderten Zweisitzern und zerbrochenen Küchenstühlen, um einen ersten Blick auf den toten Bäcker zu werfen.

»Mord im Sperrmüll«, ruft Kriminaltechniker Mike Börnsen Thies und Nicole zu, die jetzt dazukommen. »Hatten wir bisher auch noch nicht.« Der Spusimann klettert gerade auf die Ladefläche und tritt dabei in eine angeschimmelte Pressholzplatte.

Der Mann von der Sperrmüllabfuhr hat die Presse in dem Müllfahrzeug geöffnet. Carstensen und Börnsen ziehen den Toten mit vereinten Kräften zwischen den Metallbalken der Presse heraus. Er trägt eine weiße Bäckerjacke und eine schwarz-weiß karierte Hose. Seine ganze Kleidung und auch sein Gesicht und die Haare sind grau überpudert. Aber das ist kein Staub, es sieht nach Mehl aus.

»Ist naheliegend«, brummt Carstensen. »Der Mann trägt schließlich Bäckerkleidung.« Carstensen und Spusimann Börnsen haben Probleme, in dem Gerümpel das Gleichgewicht zu halten. Der Gerichtsmediziner ist auch nicht mehr der Jüngste. Eigentlich wollte er letztes Jahr in Rente gehen. Aber dann hat er sich von der Polizeidirektion überreden lassen, zwei Jahre dranzuhängen.

»Das hier ist ja vermutlich nicht der Tatort, oder?« Nicole steht direkt vor der großen Öffnung des Müllwagens, während Thies schon mit einem Fuß hineinsteigt.

»Woher soll ich das denn wissen? Für euch muss ja auch noch ein bisschen was zu tun bleiben.« Carstensen hat mal wieder blendende Laune.

»Wieso Tatort? Wer soll ihn denn hier umgebracht haben? Dat hätten wir doch mitbekommen«, protestiert der kleine Müllmann gleich. »Und allmählich müssten wir dann wirklich mal weiter.«

»Moment, erst mal müssen wir hier unseren Kunden von Bord kriegen«, mault der Mediziner.

»Dat sind laufende Ermittlungen.« Der Fredenbüller Polizeihauptmeister macht ein wichtiges Gesicht.

Der kleine Dicke in Orange sieht schulterzuckend zu seinem Kollegen und zündet sich eine Zigarette an.

»Handelt es sich denn wirklich um Mord?«, ruft Nicole zu ihren ehemaligen Kieler Kollegen hoch. Sie bekommt jetzt auf einmal wieder Zweifel. »Könnt ihr ursächliche Verletzungen feststellen?«

»Also, wir haben mit der ganzen Sache nix zu tun«, beteuert der zweite Müllmann.

»Eines wollen wir mal festhalten, ihr habt 'n Toten in eurer Presse klemmen«, stellt Thies klar.

»Ja, weiß auch nich.« Die beiden Sperrmüller sind ratlos. »Wir haben ja schon so allerlei bei uns im Ladegut gehabt, aber 'n toten Bäcker in 'ner antiken Truhe hatten wir noch nich.«

»Gibt es irgendetwas, was auf die Todesursache hinweist?«, fragt die Kommissarin zu den Kollegen in die Sammelwanne hinauf.

»Ein Bein ist total zersplittert. Das sind Verletzungen durch die Presse des Müllfahrzeugs.« Es klingt bei Börnsen fast wie ein Vorwurf. Er ist gerade dabei, den Toten von zersplitterten Holzbeinen und Sofastoffresten zu befreien.

»Sein rechtes Bein ist vollkommen zertrümmert«, knurrt Carstensen. »Aber das war vermutlich nicht todesursächlich.« Er sieht erst auf den Toten und dann die Kommissarin an. »Im Bauchraum gibt es etliche Schnitte … von Hand ausgeführte Messerstiche, vermute ich.«

15

»Wat kann ich für Sie denn Gutes tun?« Antje lächelt Imke Schlotterbeck-Thran über den Glastresen zu.

»Ein Kaffee wäre schööön.« Die Bewährungshelferin setzt sich zu dem Althippie an den Tisch, streicht sich eine gelockte Haarsträhne, die durch die Spangen nicht zu bändigen ist, aus dem Gesicht und lächelt einmal in die ganze Runde. »Wie gesagt, der Timo und ich waren ja vor Kurzem hier und haben die tollen Sandwiches gekostet.« Sie nickt Antje und dann auch den anderen zu. »Und da hatten wir bei den Brötchen die Idee ...«

»Ja, dat Brot für die Fischbrötchen und Baguettes is im Augenblick nich recht was«, unterbricht Klaas sie gleich.

»Da besteht durchaus Handlungsbedarf«, findet auch Bounty, obwohl der bei den Schokoriegeln gar nicht so betroffen ist.

»Oh, ja, das ist gut.« Imke Schlotterbeck klingt ganz beseelt. »Ich habe Ihnen deshalb mal ein paar Kostproben aus der Bäckerei ›Backbord‹ mitgebracht. Ich unterstütze den Timo da jetzt etwas und habe das mal übernommen. Er soll ja vor allem backen, und damit hat er im Augenblick genug zu tun.« Imke setzt sich sehr für ihren Lieblingsschützling ein. Seine Brote und Blechkuchen waren nicht nur in der JVA, sondern auch in den Hotels an der

Ostsee der große Renner. Daraus müsste sich doch auch an der Nordsee etwas machen lassen, meint Imke. Und weil Timo mit dem Backen und den zusätzlichen Bauarbeiten voll beschäftigt ist, hat sie die Akquise-Tour übernommen. Sie ist dabei, die Supermärkte der Umgebung abzuklappern. Sie will sich um die lukrative Belieferung der Nordfriesischen Fährreederei bemühen. Und dann hatte sie sich auch gleich wieder an diesen netten Imbiss schräg gegenüber vom Maklerbüro erinnert.

Imke Schlotterbeck öffnet die große Tasche und zieht eine Tüte mit dem buntgemischten Angebot der Bäckerei »Backbord« daraus hervor, Roggenbrötchen »Kliffkante«, Sechskorn-Brötchen »Blanker Hans« und »Deich-Dinkel«. Die gesamte Imbissbelegschaft stürzt sich gleich auf die knusprigen Kostproben und ist begeistert. Antje und Klaas lassen die »Wellenbrecher« und »Kliffkanten« krachen. Piet kämpft mit der Sechskörner-Variation, die er gleich komplett zwischen seinen großen Zähnen hat. Und Bounty ist ganz hin und weg von dem Schoko-Croissant »Seute Deern«. Und dann greift Imke noch tiefer in ihre Tasche und zaubert ein paar Stücke von Timos »Friesenfrühling«, seinem Rhabarberkuchen, hervor.

Der Schimmelreiter hat seinen Stammplatz vor dem »Explosion« verlassen. Bounty hat seinen Schokoriegel beiseitegelegt. Die ganze Imbissrunde ist hin und weg. Auch Susi schnuppert begierig Richtung Schoko-Croissant, und das Meerschweinchen schnappt sich ein paar Kuchenkrümel aus Imkes Tragetasche.

»Wat meint ihr?« Antje blickt fragend in die Imbissrunde. »Das is genau dat Richtige für meine Fischbrötchen, Croques und so weiter.« Ihre Stammgäste nicken.

»Das klingt doch ganz wunderbar.« Imke Schlotterbeck setzt ihr schönstes Lächeln auf. »Der Timo macht auch wirklich ganz tolle Brötchen und Kuchen.«

»Die genaue Bestellung, welche Brötchen wir nehmen und wie viele, müssen wir dann noch mal genauer besprechen.«

»Schööön«, summt Imke, schlürft den Rest ihres Cappuccinos, dann zieht sie mit ihrer großen Bäckertasche weiter zu möglichen Kunden der Küstenbäckerei »Backbord«.

Während alle noch die letzten Reste des Rhabarberkuchens genießen, meldet sich Nicole am Telefon der »Hidden Kist«. Sie befindet sich noch am Tatort eines neuen Falles. Sie komme ein paar Minuten später. Aber Finn und Matze sollen sich schon mal startklar machen, damit sie dann gleich zum Tierarzt weiterfahren können.

Finn zieht sich gleich seinen Anorak über und schnappt sich den Karton für das Meerschweinchen. Doch Matze ist auf einmal wie vom Erdboden verschluckt.

»Matze! Matze! Wo hast du dich denn wieder versteckt?« Finn gibt jetzt ebenfalls ein paar Piep- und Fiep-Laute von sich und kriecht zwischen den Beinen der Stehtischhocker herum. »Wo ist er denn nur hin?!«

Aber Matze ist unauffindbar.

»Der is doch hoffentlich nich in der Fritteuse gelandet?«, krächzt Paulsen.

»In der Fritteuse?!« Finn steht das blanke Entsetzen im Gesicht.

»Pieeeet! Hör bloß auf!«, ermahnt Antje ihren Stammgast. »Onkel Piet macht nur Spaß«, versucht sie Finn zu beruhigen, der aber darüber gar nicht lachen kann.

Währenddessen durchkämmt die Imbisswirtin die Gewürzregale, sie sucht hinter den Schalen mit Kartoffelsalat und im Abfalleimer mit dem Biomüll. Klaas überprüft seine Posttasche. Nichts.

»Susi, wo is Matze? Such!«, versucht Antje die Imbisshündin zu motivieren. Doch der Hund hat offenbar auch keine Idee. Das Meerschweinchen ist weg.

»Der is eben ausgebüxt, als die Tür offen war«, vermutet der Schimmelreiter. »Tiere suchen auch die Freiheit. *Born to be wild.*« Der Schimmelreiter zuckt mit den Schultern.

Und dann stürmen Klaas, Bounty und der Schimmelreiter mit Finn zusammen gleich nach draußen, um auf der Fredenbüller Dorfstraße und den angrenzenden Grünstreifen und Vorgärten nach dem Nager zu fahnden.

16

Der Major ist es gewohnt, etwas später zur Arbeit zu erscheinen. Das »Café Bellissimo« in Bad Harzburg öffnet auch erst ab elf Uhr seine Pforten. Und für die aktuellen, banalen Arbeiten im Keller der Bäckerei, die Grabung des Tunnels, fühlt er sich ohnehin nicht zuständig. Außerdem könnte er sich dabei sein englisches Jackett schmutzig machen. Major Horst hat das große Ganze im Blick. Um sich darauf zu konzentrieren, braucht er ein ausgiebiges Frühstück am späteren Vormittag. Er sitzt in karierter Weste und mit frisch gekämmtem Toupet an dem mit Fredenbüller Spezialitäten reich gedeckten Tisch. Während die anderen Mitglieder von Scholles Gang auf Klappliegen und Luftmatratzen in der Wohnung über der Bäckerei schlafen und Samira in ihrem Camper aus alten Zirkuszeiten übernachtet, hat sich Major Horst in Renates Fredenbüller Pension einquartiert. Renate ist glücklich, nach langer Flaute endlich mal wieder einen Feriengast zu beherbergen. Sie verwöhnt den etwas seltsamen Mister Hazelspoon mit Deichkäse vom Biohof Brodersen und selbst eingemachter Hagebuttenmarmelade. Die altmodischen Umgangsformen ihres Gastes gefallen ihr. Und irgendwie wird sie das Gefühl nicht los, den Herren früher schon mal im Fernsehen gesehen zu haben.

»Verehrte Frau Renate, ob ich Sie wohl um eine weitere Tasse Kaffee bitten dürfte?«, säuselt dieser mit angedeutet englischem Akzent.

»Na klar, kommt sofort, und vielleicht noch ein zweites schönes Bioeichen, Mister Hasel ... ähh ... spleen?«

»Sie haben ganz recht, verehrte Frau Renate, warum eigentlich nicht.« Er zwinkert ihr durch seine gelbgetönte Riesenbrille zu, und gut fünf Minuten später eilt die Fredenbüller Pensionswirtin mit einem weiteren Ei heran und schenkt ihm aus der Thermoskanne Kaffee nach. Horst widmet sich währenddessen der Lektüre des ›Nordfrieslandboten‹.

Nach dem Frühstück stattet Horst Hazelspoon der Schlütthörner Bankfiliale einen Besuch ab. Wencke Petersen ist dort nach wie vor Filialleiterin. An zwei Tagen in der Woche ist neuerdings ein weiterer Mitarbeiter vor Ort. René Sobrinski kümmert sich um die Anlageberatung für Privatkunden. Die Nordfriesische Raiffeisenbank hat jetzt auch eine Abteilung für Investment Banking. Bei nordfriesischen Großbauern, Fährreedern und bei Windkraftinvestoren liegen beträchtliche Gelder brach, an denen die Eigentümer und auch die Bank verdienen könnten.

»Wir sollten mal dran denken, Ihr Depot etwas umzuschichten«, lautet Sobrinskis Standardsatz. Da ist der Major ganz seiner Meinung. Nichts anderes haben er, Scholz und seine Gang vor.

Heute möchte Horst aber erst mal nur ein Schließfach anmieten und sich dabei vor allem in den Räumlichkeiten der Bank umsehen. Im Schalterraum stehen nur ein Kasten mit einer Hydrokultur und eine Seniorin mit Rollator vor dem Geldautomaten. Als der Major den Raum betritt, wird er gleich von Wencke und Sobrinski taxiert. Der Mann ist den beiden unbekannt. Aber der englische Maßanzug könnte auf ein Wertpapierdepot mit Beratungsbedarf hinweisen.

»Was können wir denn für Sie tun?«, kommt Wencke Petersen auf ihn zu.

»Sobrinski«, stellt sich der Jungbanker mit dem gegelten Haarkamm und der orangen Krawatte, dem Markenzeichen der Raiffeisenbanken, vor.

»Hazelspoon.« Der Major blickt sie durch die gelbe Brille aus den leicht vorstehenden Augen an. »Well, Sie haben hier doch sicher auch Schließfächer?«

»Haben Sie denn ein Konto bei uns oder einer anderen Raiffeisenbank?« Dabei weiß Wencke sehr genau, dass dieser seltsame Herr im großkarierten Jackett zumindest in ihrer Schlütthörner Filiale kein Konto hat. »Oder wollen Sie bei uns erst mal ein Konto eröffnen, Herr Hazel ... ähhh ...?«

»... spoon. Hazelspoon. Zunächst mal ein Schließfach.« Der Major streicht sich vorsichtig über sein künstliches Haarteil.

»Unsere Schließfächer sind im Augenblick offenbar heiß begehrt. Ein anderer Kunde ...« Sie unterbricht sich selbst. »Der hat auch kein Konto bei uns, sondern wollte nur das Fach.« Wencke kommt das etwas seltsam vor. Was sind das für Gelder oder Wertsachen, die die Herren hier in der Provinz deponieren wollen? Denn dieser Hazelspoon kommt nicht aus Schlütthörn und auch nicht aus Fredenbüll oder Neutönninger Siel. Und der andere Mann ebenfalls nicht.

»René, kannst du mit Herrn Hazelspoon mal hinuntergehen?« Wencke nickt ihrem Kollegen zu, der sich eigentlich für die Anlageberatung zuständig fühlt und nicht für diese Art Hilfsdienste.

»Wir müssen noch eine Sekunde warten, es ist noch ein anderer Kunde unten bei den Schließfächern.«

»Herr Sobrinski wird Ihnen ein Schließfach zeigen, und anschließend müssen wir dann noch ein paar Formalitäten erledigen.«

Gut, dass er seinen Ausweis dabeihat, denkt Horst, und zwar den richtigen, den ein alter Freund ihm in einer versteckten Kellerwerkstatt auf Sankt Pauli auf den Namen Hazelspoon ausgestellt hat.

In dem Augenblick kommt der andere Kunde die Treppe aus dem Kellergeschoss in den Schalterraum. Für einen kurzen Moment stehen sich der Major und der Mann gegenüber. Horst starrt den anderen durch seine gelbgetönte Brille an. Irgendwie kommt ihm der tiefschwarze messerscharf rasierte Kotelettenbart bekannt vor. Und auch der andere mustert den Major mit stechendem Blick aus seinen stahlblauen Augen. Es ist nur ein kurzer Moment, dann wendet sich der Mann ab, nickt Sobrinski kurz zu und verlässt eilig die Bank.

Sobrinski geht mit dem Major hinunter in die Kellerräume der kleinen Filiale. Sie kommen gleich an dem großen Haupttresor vorbei. Horst, der Major, wirft im Vorbeigehen einen interessierten Blick auf den Geldschrank mit dem Zahlenrad und dem Drehkreuz zum Öffnen. Die Marke erkennt er gleich, ein »Kellner«, nicht das allerneuste Modell, aber die genaue Baureihe kann er auf die Schnelle nicht einordnen. Doch er meint, den Typ der Zahlenräder identifizieren zu können. Eine lösbare Aufgabe für Rusty und sein Stethoskop, hofft Horst.

»Den benötige ich im Augenblick nicht.« Er deutet auf den chromblitzenden Tresor und verzieht die Mundwinkel zu einem Grinsen. »Da liegen vermutlich die Gelder Ihrer Großkunden und Ihre eigenen Barreserven?«

»Ein sicherer Tresor. Aber unter uns, Sie würden sich wundern, wie wenig da zurzeit drin liegt.« Sobrinski streicht sich den Haarkamm nach oben.

»Mir reicht fürs Erste ein kleines Schließfach. Es geht um ein paar Papiere.«

Während Sobrinski ihm ein Schließfach öffnet, versucht Horst sich in den Räumlichkeiten zu orientieren. Wo genau würde ihr Tunnel in die Kellerräume der Bank stoßen? Vermutlich kommen sie hier in diesem Raum mit den Schließfächern heraus. An einer Wand steht ein Element mit einer kleinen Tischfläche und einer Art Bord darüber. Es sieht aus, als könnte man dieses Element verrücken. Daneben hängt das Plakat der Raiffeisenbanken: *Wir machen den Weg frei!* Horst ist sich auf einmal sicher, dass sie an dieser Wand mit dem Tunnel herauskommen müssten.

Bankmann Sobrinski zieht eine Kassette aus dem

Schließfach. »Dann lasse ich Sie mit Ihrem neuen Schließ-fach mal alleine.« Er verabschiedet sich zögernd.

Der Major beginnt sofort, den Raum abzuschreiten und sich alles genaustens anzusehen. Er macht schnell ein paar Fotos und untersucht das Tischelement. Und dann hat der Major eine Idee. Er schiebt die leere Kassette in das Schließfach zurück, schleicht sich vorsichtig zu dem großen Tresor, macht auch davon noch ein Foto und gibt Wencke und Sobrinski Bescheid, dass sein Fach verschlos-sen werden kann. Jetzt weiß er, wie sie vorgehen. Jetzt hat er einen Plan, den genialen Plan für den Coup. Der Major ist mit sich selbst zufrieden. Eine Bank ist doch etwas an-deres als bei Buttercremetorte Bad Harzburger Witwen zu trösten.

17

Den Termin beim Tierarzt kann Nicole gleich wieder absagen. Der Patient hat sich offenbar verdrückt. Dafür bräuchte Finn jetzt eigentlich ihre Zuwendung.

»Mama, wo kann er denn nur hin sein? Matze kennt sich in Fredenbüll doch gar nicht aus und zwischen all den Deichen erst recht nicht. Da verläuft er sich doch.« Nicoles Sohn klingt verzweifelt.

»Der wird sich schon wieder finden«, versucht Quasi-Patenonkel Piet ihn zu beruhigen. »Thies und deine Mutter schreiben ihn zur Fahndung aus, und dann haben sie ihn ganz schnell eingefangen.«

So richtig kann Finn das nicht aufheitern. Thies dagegen ist ganz froh, dass er die nächsten Befragungen in dem neuen Fall nicht allein machen muss. Finn muss noch mal eine Weile in der »Hidden Kist« bleiben, und Baby Fiete ist zuhause unter der Obhut von Niggemeier, der sich im Gegensatz zu früheren Zeiten jetzt rührend um seinen kleinen Sohn kümmert. So können Thies und Nicole jetzt zusammen den jungen von Rissen in seinem Büro aufsuchen. Er hat schließlich gerade die einzige Bäckerei im Umkreis vermakelt.

Am Schaufenster neben dem Eingang deutet Thies kurz auf das alte Exposé von Paulsens Eigentumswohnung an der Costa del Sol. »Soll angeblich 'ne sehr gute Lage sein«, raunt er seiner Kollegin zu.

Der Chef von »Real Estate Nordfriisk« sitzt an seinem Schreibtisch und trinkt einen Cappuccino. Als die beiden Polizisten die ehemalige Fredenbüller Bäckereifiliale betreten, kommt er ihnen gleich entgegen.

»Thies, Frau Stappenbek, kommen Sie rein in die gute Stube.« Askan setzt ein gekünsteltes Lächeln auf. »Schön, dass ihr mal reinschaut.« Der Makler möchte sich betont locker geben. Er tut so, als suchten die beiden Polizisten eine Immobilie im Deichvorland.

»Wir haben leider einen sehr ernsten Anlass«, kommt die Kommissarin gleich zur Sache.

»Wir gehen von Mord aus.« Da lässt Thies mal wieder keine Zweifel aufkommen.

»Mord?« Von Rissen sieht ihn erstaunt an. Offenbar hat er von dem Fund des toten Bäckers noch nichts mitbekommen. »Und wie kann ich Ihnen da weiterhelfen?«

»Sie hatten ja mit der Vermietung oder Verpachtung der Bäckerei in Schlütthörn zu tun«, beginnt Nicole.

Thies zückt gleich sein Handy mit einem Foto des toten Bäckers und hält es dem jungen von Rissen vor die Nase. »Schon mal gesehen, den Mann?«

Der Makler muss gar nicht lange hinsehen. »Da ist er ja wieder!«, platzt es erstaunt aus ihm heraus.

»Was heißt das?«, fragt Nicole. »Sie kennen den Mann offenbar?« Über eine so eindeutige Reaktion ist die Kommissarin dann doch erstaunt.

»Das ist der Bäcker, dem ich die Filiale von Hansen in Schlütthörn vermittelt habe.«

»Der Bäcker für Hansen in Schlütthörn? Wieso?« Thies versteht nicht ganz. »Den haben wir doch letzte Woche in der ›Hidden Kist‹ kennengelernt, oder?« Thies sieht seine Kollegin fragend an..

»Ist der Mann …«, von Rissen stockt, »… ist er tot?« Er blickt konsterniert auf das Handyfoto.

»Wie gesagt, wir gehen von Mord aus«, wiederholt Thies noch mal. »Aber dat is nich der Schlütthörner Bäcker.« Er überlegt. »Nicole, wie hieß der? Timo …? Und seine Betreuerin … war so 'n längerer Name …«

»Schlotterbeck-Thran«, kommt die Kollegin zuhilfe.

»Herr Grosche und Frau Schlotterbeck-Thran«, resümiert von Rissen. »Doch das ist nicht Herr Grosche. Glücklicherweise nicht.«

»Ja, sach ich doch«, stellt Thies noch mal klar.

»Herr von Rissen, ich blicke da jetzt nicht ganz durch.« Die Kommissarin wird ungeduldig und will ein bisschen Ordnung in die Befragung bringen. »Wem haben Sie denn jetzt die Bäckerei in Schlütthörn vermakelt? Und wer ist unser Toter?«

»Das ist der Bäcker Jens Küth, dem hatte ich zunächst den Schlütthörner Laden vermittelt. Er wollte sofort loslegen, aber unterschrieben war noch nichts, und dann war Herr Küth plötzlich verschwunden.«

»Und jetzt ist er im Sperrmüll wieder aufgetaucht.« Für die Bemerkung erntet Thies prompt einen strafenden Blick seiner Kollegin.

»Nachdem sich Herr Küth nicht mehr bei mir gemeldet hatte, habe ich die Bäckerei dann an Timo Grosche verpachtet. Ihn und Frau Schlotterbeck-Thran haben Sie beide offenbar in der ›Hidden Kist‹ kennengelernt. Soviel ich weiß, hat Herr Grosche die Bäckerei schon in Betrieb genommen.«

»Ja, wir hatten heute Morgen Brötchen von ihm.« Thies nickt.

»Bei diesem Objekt ist alles etwas ungewöhnlich gelaufen.« Askan von Rissen seufzt.

»Kann man wohl sagen«, findet auch Thies.

»Gab es Umstände, die … wie soll ich sagen …« Die Kommissarin ringt nach Worten.

»… die zu dem Mord geführt haben könnten?«, bringt ihr Kollege den Satz zu Ende.

»Gab es andere Interessenten für das Geschäft in Schlütthörn?« Nicole möchte sich ein Bild von den Umständen der Verpachtung machen.

»Wir hatten bei diesem Objekt etliche Interessenten. Es ist schließlich eine sehr attraktive Lage.« Von Rissen tut so, als läge der Laden am Hamburger Jungfernstieg. »Sogar ein Maklerkollege hatte sich für das Geschäft interessiert, aber ich dachte …«

»Die machen nich so gute Brötchen«, fällt ihm Thies ins Wort. Nicole sieht ihn ermahnend an.

»Ich hatte mehrmals Anrufe von anderen Interessenten, Herrn …« Er überlegt. »Den Namen müsste ich irgendwo notiert haben. Aber zu einem Besichtigungstermin ist es gar nicht gekommen. Und außerdem hat mir

Hagemeister, der Großbäcker aus Neumünster, regelrecht auf der Pelle gesessen.« Als fühle er sich immer noch bedrängt, dreht Askan den Hals in dem engen Piccadilly-Kragen, wie auch sein Vater das macht.

»Hagemeister, das ist die ›Backecke‹, die sich im ganzen Norden breitgemacht hat, oder?«, fragt Nicole noch mal nach.

»Allein fünfmal in Husum«, weiß Thies. »Auch da, wo gar keine Ecke is.«

»Deswegen wollte ich lieber einem kleinen Independent-Bäcker eine Chance geben.«

»Independent?« Thies runzelt die Stirn. »Auf jeden Fall besser als die aufgewärmten Pappdinger von der ›Backecke‹.« Thies nickt.

»Wieso ist ein Großbäcker wie Hagemeister so scharf auf das kleine Schlütthörn?«, fragt sich Nicole.

»Na ja, die Schlütthörner Filiale von Hansen hat ursprünglich die Schiffe der Nordfriesischen Fährreederei beliefert, und der Durchgangsverkehr zu den Inseln ist auch nicht zu unterschätzen, da holen sich alle noch mal ein Brötchen raus. Gute Lage in der neuen Einkaufsstraße. Das Geschäft wollte sich Hagemeister nicht entgehen lassen. Und außerdem meint die Familie da wohl noch alte Rechte beanspruchen zu können. Sie kennen ja vielleicht auch diese alten Gerüchte?« Er sieht Thies an, und der zuckt mit den Schultern.

»Seltsame Gerüchte, meine Eltern haben mir davon erzählt. In den Siebzigerjahren gab es wohl einen großen Bäckerstreit zwischen Hagemeister und Hansen. Einer der beiden da noch jungen Hansen-Brüder verschwand damals auf rätselhafte Weise. Und dann schnappte der andere Hansen Hagemeister die Schlütthörner Bäckerei weg. Und jetzt wollte sein Sohn den Laden unbedingt haben.«

Thies und Nicole sehen sich fragend an.

»Sogar sein alter Freund Dossmann, unser Geflügelzüchter, hat sich mächtig für ihn eingesetzt. Die beiden haben mal zusammen im Kreistag gesessen.«

»Und in Dossmanns Sperrmüll haben wir den Toten gefunden.« Thies wirft seiner Kollegin einen vielsagenden Blick zu.

18

Drei Wochen bis Pfingsten

»Freunde, Pfingsten rückt näher.« Scholle steht heute
Morgen mal wieder der Schweiß auf der Stirn. Sein Haarkranz ist besonders zerzaust. In der Backstube ist die
Stimmung im Keller, und das kann man wörtlich nehmen.
Die ersten sechs Meter hatte sich Scholles Truppe mit vereinten Kräften ausgesprochen zügig ins Erdreich vorge-
arbeitet. Sogar Dreizentner-Mann Bubu kann schon bis
an das Ende des Schachtes kriechen, und Schlangenfrau
Samira hat sich noch ein Stück weiter in eine kleinere Abgrabung gewunden. Der dünne Rusty würde eigentlich
auch so weit kommen, aber der zittrige Tresorknacker lei-
det seit seiner Abstinenz unter Platzangst. Jetzt aber geraten die Grabungsarbeiten ins Stocken. Angesichts des
quer über den Tunnel laufenden rostigen Abwasserrohres
war selbst Bubu zunächst ratlos. Charly Kegel wollte
schon die ersten Dynamitstangen zum Einsatz bringen.
Scholz konnte ihn im letzten Augenblick gerade noch
bremsen.

»Bist du wahnsinnig? Dann stehen wir hier gleich in
der Scheiße.«

Rusty Ralf ist sich gar nicht ganz sicher, ob es sich

wirklich um Abwasser handelt. »Aber Strom ist auch nicht viel besser. Wenn du da einen gewischt kriegst, dann gibt's gleich den Flattermann.« Er streckt die zittrigen Finger aus. Der Kirsch-Bananensaft konnte seine heilende Wirkung noch nicht entfalten.

Und dann läuft dem Tiefbauteam immer wieder dieses seltsame Tier vor die Spitzhacke. »Fast hätte ich die Riesenmaus mit dem Spaten erwischt.« Rusty schwitzt, als hätte er den flinken Nager durch ein ganzes unterirdisches Labyrinth gejagt. »Wat is das eigentlich? 'ne Kreuzung zwischen Ratte und Karnickel?«

»Nä, dat is 'n M-Meerschweinchen.« Charly kennt sich mit Kleintieren aus.

Samira hat sich heute Morgen freigenommen, sie hat einen Friseurtermin. In ihrer Abwesenheit wird gelästert. Scholz meint, sie hat sich in der Bäckerei allzu gut eingearbeitet. Er hat sie in Verdacht, bei dem Coup eigene Ziele zu verfolgen. Auch Rusty ist ihr gegenüber skeptisch. Charly dagegen ist ganz hin und weg.

Der Major hat für diese Diskussionen weniger Verständnis. Er hat schon wieder eine Zeichnung angefertigt, die er stolz auf einem Stehtisch im Laden ausbreitet. Grosche und Scholz sehen ihn strafend an, aber der Major beachtet es gar nicht. Und im Augenblick sind ja auch keine Kunden im Laden. An einem Salzteigmodell der Schlütthörner Geschäftsstraße, das Timo Grosche in kunstvoller Kleinarbeit gebacken hat, erklärt Horst die Lage des Tunnels.

»Der Winkel stimmt nicht.« Horst sieht Scholz, Charly,

Rusty und Bubu abfällig durch seine gelbe Riesenbrille an. »*The devil is in the details.* Wenn ihr so weitergrabt, landet ihr nicht in der Bank, sondern ein Stück weiter unterm Glascontainer.« Der Major verkündet das mit großer Geste, als gehe es um einen Großtunnel durch den Ärmelkanal. Die anderen sehen ihn fragend an.

Horst zeigt auf farblich unterschiedliche Striche, die den gewünschten und den tatsächlichen Verlauf des Tunnels darstellen. »Wir müssen zehn Grad weiter nach links.« Horst fährt mit seiner manikürten Hand die Linie entlang, und Rusty versucht ihr mit zittrigen Fingern zu folgen. So sieht es eher nach einer Zick-Zack-Odyssee in einem Tunnel-Labyrinth aus. Der Blick des Majors wird noch überheblicher.

Rusty ist noch etwas wackelig auf den Beinen. Bubu und Charly Kegel geht es nicht besser. Sie werden seit vorgestern von Magen-Darm-Problemen geplagt, sodass die Grabungsarbeiten immer häufiger durch spontane Toilettenbesuche unterbrochen werden. Auf einmal schrillen bei Timo Grosche alle Alarmglocken. Sind seine Backwaren vergiftet worden? Timo hat natürlich sofort an das Messer im Pinboard und die Drohung mit den »Tödlichen Torten« gedacht. Aber wer soll das getan haben? Was hat das alles zu bedeuten? Timo ist es ein Rätsel. Ohne dass die anderen es mitbekommen, will er sich den neu kreierten Rhabarberkuchen näher ansehen und ein Stück probieren. Er durchsucht den ganzen Laden nach den Kuchenblechen. Aber er findet nur drei leere Bleche.

»Wo ist der ganze ›Friesenfrühling‹ hin?«, will Timo von Scholle wissen, der gerade im Laden steht.

»Tja, Frühling lässt auf sich warten, aber nächste Woche soll es wärmer werden.« Scholz zuckt mit den Schultern.

»Nee, ich meine den Rhabarberkuchen. Wo sind die Bleche? Und wo, vor allem, ist Samira?« Grosche wirkt beunruhigt.

»Ich schätze mal, der Kuchen ist verkauft. Die Leute sind schließlich verrückt nach deinem Kuchen. Und Samira ist heute beim Friseur … muss ja auch mal sein.« Scholz kämmt sich durch seinen fusseligen Haarkranz, als wolle er sich Samiras Friseurtermin gleich anschließen.

Nicht nur Scholles Haare, die ganze Crew ist heute durch den Wind, aus ganz unterschiedlichen Gründen. Auf die hochtrabenden Ausführungen des Majors mag sich keiner so recht konzentrieren. Timo sucht immer noch hektisch nach Resten des Rhabarberkuchens. Glücklicherweise ist zurzeit keine Kundschaft im Laden. Buschke steckt schon wieder mehrere Meter mit der Spitzhacke im Tunnel, Charly kratzt mit einer schweren Riesenzange auf dem verrosteten Rohr herum und schimpft auf das Meerschweinchen, das ihm immer wieder vor die Füße läuft. Und Major Horst geht Rusty und Scholle mit seinem oberlehrerhaften Ton mal wieder schwer auf den Geist.

»Ich habe jetzt den perfekten Plan. Die Sache funktioniert. Hundertprozentig. Das wird der Jahrhundertcoup!« Er sieht die beiden anderen mit seinen hervorstehenden Augen prüfend an. Aber die hören gar nicht richtig hin.

»Wir steigen durch den Tunnel ein … vorausgesetzt, ihr Oberspezialisten landet mit euren Grabungen nicht irgendwo im Gully.«

»Horst, pass du mal auf, dass dein Haarteil nicht im Gully landet.« Scholle wird gleich richtig sauer. Ralf versucht den Giftzwerg mit zittriger Hand zu beruhigen. Er wünschte, Samira wäre da und könnte ihn besänftigen. Rusty hatte sie kürzlich eine Fußreflexzonenmassage verabreicht. Danach war sein Jieper auf Oldesloer Doppelkorn tatsächlich wie weggeblasen. Aber die Schlangenfrau ist gerade aushäusig.

»Rusty knackt die Kiste«, doziert der Major weiter, jetzt wieder deutlicher mit englischem Akzent. »Wir tüten das Geld ein, schließen den Durchbruch und entfernen uns wieder durch den Tunnel. Aber der Clou ist, wir lassen keinen leeren Tresor zurück.« Horst hebt den Zeigefinger und sieht die beiden Beifall heischend an.

»Wir lassen den vollen Tresor zurück?« Rusty Ralf und Scholle glauben, sich verhört zu haben.

Zu einer weiteren Diskussion kommt es im Augenblick nicht. Charly Kegel stürmt atemlos von der Backstube in den Laden. Bubu Buschke folgt ihm mit stampfenden Schritten und noch atemloser. Beide sehen aus, als wäre ihnen der Tod persönlich begegnet. Zunächst bekommen sie kein Wort heraus.

»Was ist mit euch denn passiert?« Scholle ist alarmiert. Er fürchtet gleich, dass der Tunnel eingestürzt ist. »Alles in Ordnung?« Dabei sieht er mit einem Blick, dass da etwas nicht in Ordnung ist.

»Da sitzt ’n Skelett in der Wand.« In der Aufregung vergisst Charly Kegel glatt das Stottern.

»Wie bitte?« Scholle harkt sich schon wieder nervös durch den filzigen Haarkranz.

»Was für ein Skelett?« Scholle sieht seinen Komplizen entgeistert an.

»Keine Ahnung«, brummt Bubu und hält den anderen einen kleinen Knochen entgegen.

»Darf ja wohl nicht wahr sein, habt ihr das da ausgegraben?«

Charly Kegel schüttelt gleich den Kopf. »Nee, dat war dat Me-Meerschweinchen.« Der Sprengexperte klingt wütend.

»Ich glaub es nicht.« Bäckermeister Timo findet es gar nicht komisch. »Ich war gleich gegen die ganze Aktion.«

»Charly wollte dem lütten Viech gleich eins mit der Schaufel überziehen ... hat ihn aber nich getroffen.« Bubu klingt regelrecht erleichtert.

»Aber das da ist noch kein Skelett.« Der Major wirft einen pikierten Blick auf den verdreckten Knochen zwischen Buschkes kräftigen Fingern.

»Doch, doch, Bubu hat das gleich mal ’n bisschen freigehackt«, erklärt Charly weiter. »Das ist ein ganzes Skelett ... in so einer zugemauerten Kammer.«

»Damit hab ich nix zu tun.« Der Dreizentner-Mann braucht eine halbe Ewigkeit, die paar Worte herauszubekommen.

»Gleich hinter der Wand am Eingang unseres Tunnels.«

Charly nimmt dabei die Hände zur Hilfe. »Könnte früher mal 'n Backofen gewesen sein … ganz früher.«

Bubu zeigt nach unten zur Backstube. »Der liegt da nich erst seit gestern.« Er hält den anderen noch einmal den Knochen hin, als könne der etwas über das Alter des Fundes aussagen.

»Vielleicht so 'ne Art Ne-Neandertaler oder so«, überlegt Charly.

Und dann lugt, von allen zunächst unbemerkt, das Meerschweinchen über die oberste Treppenstufe in den Laden.

19

Die Trockenhauben heulen, ein warmes Duftgemisch von Shampoo, Haarspray und leicht angebrannten Haaren steht im Raum. Stammkundin Frau Bandixen, die ihr halbes Leben im »Salon Alexandra« verbracht hat und dem Wort Dauerwelle seine eigentliche Bedeutung verleiht, ist in die ›Bunte‹ vertieft. Auch Heike Detlefsen hat heute einen Termin im »Salon Alexandra«. Die letzten Jahre hat die Polizistengattin sich mit dem wilden Heuwagen auf ihrem Kopf arrangiert. Auch ihre regelmäßigen Besuche im Friseursalon haben daran nichts geändert. Aber dann hat sie sich erinnert, dass Alexandra vor längerer Zeit ihre Haare schon mal mit einem Glätteisen behandelt hat. Und jetzt ist Heike mal wieder nach glatten Haaren.

»Heike, willst du schon mal Platz nehmen?« Salonchefin Alexandra weist ihr den dritten, noch freien Friseurstuhl zu. »Janine ist gleich bei dir.«

»Kann Janine denn dat mit diesem Eisen? Nich dat sie mir meine Haare verbrennt oder so.« Das hat Heike sich anders vorgestellt, eigentlich will sie lieber von der Chefin selbst bedient werden. Jetzt ist nicht nur Heike, sondern auch Janine beleidigt.

Aber Alexandra ist voll mit einer neuen Kundin beschäftigt. Die Polizistenfrau begutachtet sie neugierig und wird gleich stutzig. Eines fällt ihr sofort auf, es sind die Haare. Die Frau auf dem Friseurstuhl hat fast dieselbe Frisur wie Alexandra. Es ist vor allem dieselbe feuerrote Haarfarbe. Alexandra und die neue Kundin betrachten sich argwöhnisch über den Spiegel. Dass sie dieselbe Frisur haben, gefällt den beiden Frauen offenbar gar nicht.

»Haben Sie mal an eine andere Farbe gedacht?« Alexandra bindet sich provokant ihre Löwenmähne mit einem Haargummi zusammen. Anschließend fährt sie der Frau mit ihren lackierten Fingernägeln durch die Haare.

»Eine neue Tönung und ein stumpf geschnittener ›Short Bob‹ mit Mittelscheitel oder mit langem Pony bis über die Augenbrauen.« Sie deckt die langen Haare ab, um einen Eindruck von einer Kurzhaarfrisur zu vermitteln. »Der ›Short Bob‹ oder auch der asymmetrische ›Pixie Bob‹ liegen dieses Jahr voll im Trend«, verkündet Alexandra mit rauchiger Stimme. Heike wird auf dem Nebenstuhl auch gleich hellhörig.

»Ich würde meine langen roten Haare gern so behalten.« Auch die Stimme der Kundin klingt ähnlich. Frau Bandixen ist ebenfalls schon aufmerksam geworden und lugt zwischen dem unteren Rand der Trockenhaube und der ›Bunten‹ hindurch.

»Wie bitte? Rote Haare?«, schreit die Stammkundin gegen das Brummen des Trockners an. »Ich will keine roten Haare! Janine, du hast mir doch jetzt nich …?«

»Sie waren gar nicht gemeint, Frau Bandixen …, sondern die neue Kundin. Alles gut!« Sie richtet die Haube neu über dem Kopf der Rentnerin.

Heike taxiert die neue Kundin ebenfalls höchst interessiert durch den Spiegel. Das Haarglätten ist fast schon in Vergessenheit geraten.

»Wenigstens ein paar Strähnchen?« Alexandra gibt die Hoffnung nicht auf.

»Nur die Spitzen.« Die Dame weiß, was sie will, und die beleidigte Alexandra winkt zur Strafe ihre Mitarbeiterin heran. »Janine, wenn du bei Frau Bandixen fertig bist, bei der Dame hier einmal die Spitzen schneiden.«

Auch der Rentnerin ist inzwischen die Ähnlichkeit der beiden rothaarigen Frauen aufgefallen. »Sind Sie mit Alexandra verwandt?«, ruft sie laut, dass es durch den ganzen Salon hallt.

»Wie kommen Sie denn darauf?«, giftet Alexandra gleich zurück. »Nein, wir sind nicht verwandt.«

»Na ja, die Ähnlichkeit ist nicht zu übersehen, dat ist ja fast wie bei Telje und Tadje.« Heike muss an ihre beiden Zwillinge denken, und in dem Zusammenhang fällt ihr auch ein, woher sie die neue Kundin mit den roten Haaren kennt. »Sie kamen mir doch gleich bekannt vor.«

»Waren Sie vielleicht mal bei mir in der Bengali-Gymnastik?«

»Bengali …?« Heike wundert sich. »Nee, wie hieß dat? Zamproni? Zirkus Zamproni? Waren Sie nich bei dem Zirkus, der hier früher immer mal auf dem Schlütthörner Schützenplatz stand? Da musste ich mit den Zwillingen immer wieder hin.«

»Das erinnern Sie noch?« In der Stimme der ehemaligen Artistin klingt ein bisschen Stolz mit.

»Dat war doch so eine Nummer als Schlangenfrau und dann auch mit 'nem Messerwerfer.« Heike erinnert sich jetzt genau. »Dat war schon toll.«

»Zorro und Samira!«

»Genau! Zorro, dat war Ihr Partner, nä, mit so einem schwarzen Hut und so langen Koteletten. So 'n Fu-Man-chu-Bart!«

20

In der »Küstenbäckerei Backbord« herrscht am späten Vormittag Aufruhr. Das Skelett am Eingang ihres Tunnels hat bei Scholle und seiner Gang für reichlich Wirbel gesorgt.

»Wer ist das?«, stellt der Major die alles entscheidende Frage.

»Wie lange sitzt er da schon?« Bubu wischt sich den Schweiß von der Stirn.

Rusty Ralf ist angesichts des schockierenden Skelettfundes kurz davor, rückfällig zu werden und in der Backstube zur Rumflasche für Timos spezielle Piratentorte zu greifen. Er schnuppert bereits an den Rumkugeln im Kuchenregal. Samira kann ihn noch im letzten Moment zurückhalten.

»Wieso haben wir hier ’n Toten?«, überlegt Rusty. »Es darf nich wahr sein.«

»Nee! Wat will der hier? Den können wir hier jetzt gar nich gebrauchen«, Scholle fuchtelt wie wild durch seinen Haarkranz. »Wo sollen wir jetzt mit ihm bleiben?« »Das Hirn« und seine Mitstreiter sind im Augenblick noch ratlos, ob sie das Skelett irgendwo außerhalb entsorgen oder einfach wieder in der Wand einmauern sollen. Und dann war da kurz vor der Öffnung des Ladens schon wieder diese Frau und hat durch das Schaufenster in die Bäckerei geguckt.

Nicht nur in der Backstube, auch im Laden herrscht Aufruhr. Die anfängliche Begeisterung ist schlagartig in Protest umgeschlagen. Gleich mehrere Kundinnen sind regelrecht aufgebracht.

»Mein Mann kommt seit zwei Tagen nich vom Klo runter.« Der Ton der Frau in der violett schillernden Steppweste klingt vorwurfsvoll.

»Und wie kann ich Ihnen da jetzt weiterhelfen?«, will Samira freundlich wissen.

»Das war Ihr Kuchen, der mit dem Rhabarber, der war nicht in Ordnung! Ich hatte auch Probleme.« Sie fasst sich an den Bauch. »Aber nich so schlimm wie mein Mann. Aber der hatte auch gleich vier Stücke gegessen.«

»Vielleicht 'n büschen viel«, gibt ein anderer Kunde in der Wartereihe zu bedenken. »Bei frischem Obstkuchen.«

»Ja, nee, dat is nich normal.«

»Hat ihm aber offenbar geschmeckt.« Samira will im Laden für gute Stimmung sorgen.

»Aber dat nützt ja nu nix, wenn er nich mehr von der Toilette runterkommt.«

»Von dem Rhabarberkuchen, sagen Sie?«, schaltet sich jetzt eine andere Kundin mit einem leeren Einkaufstrolley ein und bringt die Protestwelle richtig ins Rollen. »Wo Sie dat jetzt sagen, ich hatte auch hier …« Sie deutet nur mit dem Finger Richtung Bauchraum. »Meinem Mann war nich schlecht, sondern noch schlimmer, der hat sich an Ihrer Vollkorn … kante …«

»›Kliffkante‹«, korrigiert sie der Mann in der Warteschlange.

»Meinetwegen auch ›Kliffkante‹, daran hat sich mein Mann einen Zahn ausgebissen.« Die Frau sieht sich Beifall heischend um. »›Kliffkante‹, allein schon der Name, da darf einen ja gar nichts wundern. Und wer bezahlt jetzt den Zahnarzt von meinem Mann?«

»Bevor Sie dat jetzt endgültig klären, würd ich zwischendurch gern 'n paar Brötchen haben, zwei ›Wellenbrecher‹ und fünf ›Kliffkanten‹. Die sind richtig schön knackig.« Der Mann zwinkert der Kundin zu. »Solange die Zähne das mitmachen.«

Zu weiteren Erörterungen kommt es dann nicht mehr. Hinter den aufgebrachten Kundinnen betreten plötzlich Kriminalhauptkommissarin Nicole Stappenbek und Polizeihauptmeister Thies Detlefsen den Laden.

Bei Scholle schrillen sofort alle Alarmglocken. »Die Polypen riech ich zehn Meter gegen jeden Orkan.« Charly und Bubu gehen vorsichtshalber im Tunnel in Deckung. Auch Scholle und Rusty schnappen sich schnell das Salzteigmodell der Raiffeisenbank und stürmen in Windeseile in den Keller, verbarrikadieren die Tunnelöffnung mit der großen Holzplatte und stellen einen Regalwagen für Backbleche davor.

»KHK Stappenbek, Mordkommission Husum, und das ist mein Kollege Hauptmeister Detlefsen.« Nicole zeigt ihren Dienstausweis, und die Diskussionen über Übelkeit und abgebrochene Zähne verstummen sofort.

»Wat sagen Sie da? Mordkommission?«, will die Frau

mit dem Trolley wissen, die eben noch den verlorenen Zahn des Mannes für das größte Unglück gehalten hatte.

»Wer ist denn hier der Chef?« Thies will gleich zur Sache kommen.

»Chef ist unten in der Backstube.« Samira lässt währenddessen weiter den einen oder anderen »Wellenbrecher« in die Brötchentüte fallen.

»Denn gehen wir mal gleich nach unten«, schlägt der Fredenbüller Polizist vor.

»Einen Moment! Warten Sie, ich hol Herrn Grosche eben.« Samira will natürlich unbedingt verhindern, dass die beiden Polizisten den Tunnel in der Backstube entdecken. Sie lässt die Brötchentüte auf den Verkaufstresen fallen und stürmt los, um Timo Grosche zu holen.

»Wir kennen uns doch schon«, fällt Thies sofort auf, als der Bäckermeister im Laden erscheint. »Sie waren doch bei uns im Imbiss, mit den leckeren Brötchen. Meine Frau is auch ganz verrückt nach den ›Kliffkrachern‹ oder wie die Dinger heißen …«

»›Kliffkanten!‹«, ruft die Frau mit dem Einkaufswagen dazwischen. »Aber stimmt schon, eigentlich müssten sie Kracher heißen.«

»Wegen der Brötchen sind wir nicht da.« Nicoles Blick fällt auf einen großen Sack mit Bauschutt, der neben dem Treppenabgang zur Backstube steht. »Wir ermitteln in einem Todesfall eines Bäckers, der im Nachbarort aufgefunden wurde.«

»Is hier eventuell 'n Bäcker abhandengekommen?«, fragt Thies mal ganz unschuldig.

»Bäcker? Abhanden … gekommen?« Timos Haarpfeil zeigt entschlossen nach vorn, aber sein Blick wirkt flatterig. »Nee! Wieso?«

»Wir haben einen Mann in Bäckerkleidung aufgefunden«, erklärt Nicole und beobachtet ihn dabei kritisch.

»Es weist alles auf einen Mordfall hin.« Thies ist sich mal wieder hundertprozentig sicher.

»Und was soll ich damit zu tun haben?«, ranzt Timo Grosche sofort zurück.

»Na ja, dat war 'n Kollege von dir, und dat is momentan die einzige Bäckerei hier in der Gegend.«

Nicole zeigt ihm auf ihrem Handy ein Foto des Toten.

»Darf ich auch mal sehen?«, mischt sich die Frau ein.

»Nee, nie gesehen den Mann.« Timo Grosche setzt seine Unschuldsmiene auf. Aber irgendwie nimmt Nicole ihm das nicht ganz ab.

»Wirklich nicht?«

»Nee, hier aus meiner Bäckerei kommt er nich, und Sie wissen ja …« Timo sucht nach Worten. »Ich bin ja noch nicht so lange im Beruf.« Er sieht sie vielsagend an. Seine jüngsten Karrierestationen möchte er vor versammelter Kundschaft ungern offenbaren.

Auch Samira kann den Mann auf dem Handyfoto nicht identifizieren und will sich wieder den Kundinnen widmen. Doch die verfolgen fasziniert die Befragung durch die beiden Polizisten.

»Dann tüte ich Ihnen erst mal Ihre ›Wellenbrecher‹ und ›Kliffkanten‹ ein … macht vier Euro sechzig.« Sie reicht dem Kunden die Brötchentüte über die Ladentheke. Aber einen Moment bleibt der Mann noch im Laden stehen. Das ist dann doch zu interessant.

»Um die Backstube sollten Sie sich mal kümmern!«, echauffiert sich die Frau in der Steppweste gegenüber den beiden Polizisten. »Mein Mann sitzt seit zwei Tagen aufm Klo.« Sie sieht die beiden Polizisten herausfordernd an.

»Was soll das jetzt heißen?« Die Kommissarin wundert sich.

»Na, der Rhabarberkuchen!«

»Der Mann hat es mit dem frischen Obstkuchen wohl etwas übertrieben«, schaltet sich Samira ein.

»Nein, mit dem Kuchen stimmte was nich.«

»Für verkorksten Magen sind wir nich zuständig«, stellt Thies noch mal klar. Gleichzeitig fällt ihm der Lärm aus der Backstube auf. Er bemüht sich, genauer hinzuhören. »Wat is denn bei euch da unten im Keller los?« Sein Blick bleibt an dem Sack mit Bauschutt am Treppenabgang hängen.

»Unten ist die Backstube«, erklärt Timo.

»Backstube? Hört sich nich unbedingt nach Teigkneten an«, findet Thies.

»Wir sind außerdem noch am Renovieren.« Grosche klingt nervös.

»Sollen wir die Handwerker auch noch befragen?«, wendet sich Thies an seine Kollegin. Grosche wird immer unruhiger. Neben dem Tunnel könnte die Polizei sich auch noch für das Thema Schwarzarbeit interessieren. An Papiere ist bei Scholles Gang natürlich nicht zu denken. Aber Nicole winkt schon ab.

»Ich hol Ihnen Herrn Scholz sonst kurz hoch.« Timo will unbedingt verhindern, dass die beiden Polizisten einen Blick in die Backstube werfen. Und dann steht Scholle auch schon mit eingestaubtem Overall und überpudertem Haarkranz im Laden. Aber er scheint die Person auf Nicoles Handy ebenso wenig zu erkennen.

»Maurerarbeiten in der Backstube?« Thies sieht ihn fragend an.

»Ist ein alter Kollege, der mich hier unterstützt, der kann Ihnen da auch nicht weiterhelfen.«

»Kollege?« Thies, der Timo Grosches letzte berufliche Station schließlich kennt, wird gleich wieder stutzig. Kommissarin Nicole hat stattdessen jetzt die Kuchentheke im Blick.

Und dann meint Thies hinter den Beinen des »Kollegen« Scholz ein pelziges Tier kurz über die oberste Stufe des Treppenabgangs lugen zu sehen. Gibt es hier Ratten in der Bäckerei? Aber im nächsten Moment ist es auch schon wieder verschwunden. Und sie sind schließlich nicht von der Gewerbeaufsicht.

21

»Sag mal, Nicole, hab ich mir dat eingebildet, oder is da euer Meerschweinchen eben durch die Bäckerei gepest?«, fragt sich Thies, als die beiden wieder in Nicoles Zivil-Mondeo sitzen und auf dem Weg nach Eckernförde sind.

»Matze? In der Bäckerei? Wie soll er da denn hinkommen?« Von den kleinen Straßen am Deich lenkt sie den Wagen auf die Bundesstraße Richtung Ostsee und fischt nebenbei aus einer Tüte ein Kuchenstück, das sie sich aus dem »Backbord« mitgenommen hat.

»Sei bloß vorsichtig mit dem Kuchen!« Thies zeigt Ansätze seines Kuhblicks. »Du hast ja gehört, der is nich ganz ohne.«

Doch da hat Nicole am Steuer bereits lustvoll in das saftige Stück »Deichbiene« gebissen. »Ein Super Bienenstich!« Sie leckt sich die weiße Vanillesahnecreme von der Oberlippe. »Richtig lecker, der kann nicht schlecht sein … unmöglich.«

»Ich weiß nich, irgendwie ist mir der neue Bäckerladen nich ganz geheuer.« Thies sieht, wie die Sahnecreme aus Nicoles Kuchenstück herausquetscht und ihr auf die Lederjacke tropft.

»Wieso, was stört dich? Dass der neue Bäckermeister mal im Knast war?« Mit einem großen Bissen schiebt sie sich das letzte Kuchenstück in den Mund. Thies mag gar nicht hinsehen.

»Nich nur Bäcker Timo, sein kleiner Kumpel in dem staubigen Overall hat doch auch gesessen, garantiert. Die beiden wollten unbedingt an die Bäckerei ran, und dann hat ihnen 'n anderer Bäcker den Laden weggeschnappt, und dann … könnt doch sein.«

»Komm, Thies, mag ja sein, dass dieser Scholz auch mal gesessen hat, aber deshalb haben sie nicht gleich einen Kollegen umgebracht. Vielleicht sollten wir Timo und seinem Freund einfach eine Chance geben.« Die Kommissarin hat sich offenbar von Frau Schlotterbeck-Thran anstecken lassen.

»Und sag mal, die Bedienung in der Bäckerei kommt mir auch bekannt vor. Irgendwo hab ich die schon mal gesehen.« Der Fredenbüller Hauptmeister überlegt. Er streicht sich über die neuen kurz geschnittenen Haarstoppeln, und bei dem Thema Haarschnitt fällt es ihm ein. »Dat is dieselbe Frisur wie Alexandra und auch die gleiche Stimme. Ob die verwandt sind?«

»Thies, ich weiß wirklich nicht. Und selbst wenn, was soll das mit unserem Fall zu tun haben?«

»Dat weiß man vorher nie.« Auf seine Intuition meint Thies sich verlassen zu können.

Den toten Bäcker im Sperrmüll hatte Jungmakler von Rissen ja bereits identifiziert. Inzwischen haben die beiden Polizisten weitere Zusammenhänge ermittelt. Der Bäcker Jens Küth hatte eine Filiale der »Backecke« in Eckernförde geleitet, hat dann aber vor Kurzem im Streit überstürzt seine Stellung verlassen, um sich mit einer eigenen Bäckerei selbstständig zu machen.

An seiner Adresse, in einer Wohnung am Rande der Altstadt, treffen Thies und Nicole die Frau des Bäckers an.

»Haben Sie ihn endlich aufgegriffen?«, fragt sie, nachdem die beiden Polizisten sich ausgewiesen haben.

Die Frau sieht Thies und Nicole provozierend an. Sie trägt ein Kapuzenshirt mit einem Anker auf der Brust und eine Kurzhaarfrisur mit unterschiedlich eingefärbten Stacheln, blond, fast weiß, rot und blau, wie ein Igel, der durch eine Malerwerkstatt gelaufen ist.

»Sie vermissen Ihren Mann offenbar nicht?« Nicole sieht die Frau prüfend an.

»Ja, weiß auch nicht, er hat sich eine ganze Weile nicht zuhause blicken lassen. Hat scheinbar was Besseres vor.« Es wirkt fast so, als habe Frau Küth ihren Mann abgeschrieben. Wenn auch aus ganz anderen Gründen.

»Na ja, der wird sich so schnell auch nich wieder blicken lassen.« Thies nimmt mal wieder kein Blatt vor den Mund. Nicole wirft ihm einen strafenden Blick zu.

»Frau Küth, wollen wir nicht hineingehen?«, schlägt die Kommissarin vor. »Dann können wir uns für einen Moment setzen.«

»Das passt mir im Augenblick eigentlich gar nicht.« Die Frau des Bäckers ist ausgesprochen abweisend. Sie ist kurz davor, den beiden die Tür vor der Nase zuzuschlagen.

»Frau Küth, wir haben eine traurige Nachricht für Sie, wir haben Ihren Mann tot aufgefunden.« Die Frau wirkt erstaunlich ungerührt. Nicole ist sich gar nicht mehr so sicher, ob die Nachricht für sie wirklich so traurig ist.

»Wo haben Sie meinen Mann gefunden?« Es wirkt so, als wäre die Nachricht gar nicht bei ihr angekommen.

»Haben Sie verstanden, was ich gesagt habe?« Die Kommissarin sieht sie durchdringend an.

»Ja, Sie haben ihn tot aufgefunden«, wiederholt sie scheinbar ungerührt und leicht patzig.

»Haben Sie beide hier überhaupt noch zusammengewohnt? War Ihre Ehe …?« Die Kommissarin sucht nach einer passenden Formulierung.

»Was geht Sie das eigentlich an?«, blafft die Frau des Bäckers.

»Wir ermitteln hier in einem Mordfall«, stellt Thies klar.

»Wieso Mord?«, fragt Frau Küth.

»Wir gehen davon aus, dass Ihr Mann Opfer eines Tötungsdelikts geworden ist«, erklärt Nicole geduldig. Die Frau des Ermordeten zeigt immer noch keine Reaktion.

»Hatte er Feinde?« Thies findet ihr Verhalten irgendwie verdächtig.

»Der hatte keine Feinde, der hatte ganz was anderes.« Die Frau macht Anstalten, die Haustür zu schließen.

»Wat meinen Sie damit denn?« Thies hat es noch nicht ganz kapiert, und die Frau des Bäckers will nicht weiter mit der Sprache herausrücken. Aber Nicole hat den deutlichen Eindruck, dass es mit der Ehe der Küths nicht zum Besten stand.

»Wann haben Sie Ihren Mann denn das letzte Mal gesehen?«, fragt Nicole nach.

»Weiß auch nicht, ist 'ne Weile her.«

Allmählich gibt die Kommissarin die Hoffnung auf, aus der Frau noch irgendetwas Verwertbares herauszubekommen. »Sind Sie in letzter Zeit mal in den Orten Schlütthörn, Reusenbüll oder Fredenbüll gewesen?«

»Wo soll das denn sein?«

»Nordfriesland. Nordsee.« Für den Fredenbüller Polizeihauptmeister ist es die selbstverständlichste Sache der Welt.

»Nee, ich bin mehr für die Ostsee.«

»Muss jeder selber wissen.« Für Thies wird die Frau damit nicht unbedingt weniger verdächtig.

22

Scholz und seine Crew haben eine unruhige Nacht hinter sich. Sie sind kaum zum Schlafen gekommen. Das Skelett in der Wand der Backstube bereitet Scholles Mannschaft einiges Kopfzerbrechen. Wo sie mit dem Knochengerüst bleiben sollen, wissen sie immer noch nicht. Wieder einmauern oder zerhacken und zusammen mit dem Bauschutt entsorgen? Timo Grosche und Samira haben sogar eine Meldung bei der Polizei ins Gespräch gebracht.

»Wir haben uns schließlich nichts vorzuwerfen. Das Gerippe geht nicht auf unser Konto«, meint Grosche zu Recht. Aber da sind Scholle und seine Komplizen gegenteiliger Meinung. Die Polizei will «das Hirn» auf gar keinen Fall im Haus haben. »Die wollen doch gleich den Fundort von dem Skelett sehen! Dann sind sie schon halb bei uns im Tunnel! Und dann schnappt die Falle zu!«

»Sch-schnappt Scholle? Nicht mit uns!«

Scholz und Kegel wollen den Fortgang der Grabungsarbeiten im Keller auf keinen Fall gefährden. Es muss störungsfrei und zügig weitergehen. Pfingsten rückt mit Macht näher. Der Major brachte auch mal den Gedanken ins Spiel, ob der Skelettfund vielleicht eine archäologische Sensation und mehr Wert sein könnte als die Pfingsteinnahmen der Nordfriesischen Fährreederei.

»Tausend Taler für den Neandertaler, oder was?« Rusty hat nur den Kopf geschüttelt. Und fürs Erste hatte Timo Grosche das Skelett in der Wand mit einer Plane abgehängt.

Die Crew hat fast die ganze Nacht durchdiskutiert und dabei einen ganzen Kasten Bier geleert. Nur Rusty Ralf hat sich brav an seinen Kirsch-Bananensaft gehalten, und dann hat Samira ihm noch einen Yogi-Tee gemacht. Zum Schlafen sind alle kaum gekommen, nur ein paar Stunden über der Bäckerei. Auch Samira ist gar nicht zu ihrem Wohnwagen gefahren. Und Timo ist in aller Frühe sowieso schon wieder in der Backstube gefordert.

Kurz vor Öffnung des Ladens zieht Timo gerade ein großes Blech »Kliffkanten« aus dem Ofen. Samira bringt ihm einen ersten Morgenkaffee. In dem Moment ist von oben aus dem Laden ein Scheppern und Klirren zu hören, begleitet von dem wummernden Geräusch eines schweren Motorrades. Es klingt wie zerberstendes Glas. Ist das etwa das Schaufenster des Ladens? Samira verschüttet fast die volle Kaffeetasse, und Timo fallen zwei ganze Reihen »Kliffkanten« vom Blech. Die beiden sehen sich für eine Sekunde erschreckt an, dann stürmt der Bäckermeister nach oben in den Laden, Samira folgt ihm.

Sie können nicht glauben, was sie dort sehen. In der gläsernen Eingangstür klafft ein großes gezacktes Loch. Der Eingangsbereich des Ladens ist mit Glassplittern übersät. Nur die Buchstaben »... bäck ... Back« sind von der Aufschrift »Küstenbäckerei Backbord« stehengeblieben. Mitten in den Glasscherben steht ein Typ in Motorradklamotten mit einem großen Stein in der einen und einer Brechstange in der anderen Hand. Die Lederjacke hat Fransen, und darüber trägt er eine Jeanskutte mit der Aufschrift *Blue Devils Neumünster*. Er hat einen martialischen Vollbart, und das straff um das Haar gebundene rote Kopftuch lässt ihn wie einen Piraten aussehen.

»Was ist denn hier los?«, schreit Grosche ihn an. »Bist du völlig verrückt geworden?« Er stellt sich ihm entgegen.

Der Rocker geht gleich mit der Brechstange auf ihn los.

»Halt! Stopp! Was soll das hier? Was willst du?« Timo Grosche ist fassungslos. Er hat tatsächlich nicht die geringste Vorstellung, was dieser Typ hier will.

»Verpisst euch hier, ihr Spacken!«, schreit der im breitesten norddeutschen Slang.

»Wat sollen wir?«

»Wo ist die Backstube, du Zwerg?!«

»Halt! Stopp!« Jetzt blickt der einen Kopf größere Timo gar nicht mehr durch. Aber bei der Backstube versteht er keinen Spaß.

»Meister, du wiederholst dich!« Der Pirat schwingt die Brechstange. Aber bisher kommt das schwere Eisenteil Timo noch nicht so ganz nahe.

Als der Pirat gerade wieder das Eisen schwingen will, stürmen Bubu Buschke und Charly Kegel aus dem hinteren Gang in den Laden. Bubu stürmt eigentlich nicht, er walzt in den Verkaufsraum der Bäckerei. So schwerfällig der Dreizentner-Mann in seinen Bewegungen auch sein mag, er hat die Situation offenbar sofort begriffen und bewegt sich, ohne mit der Wimper zu zucken, auf den Rocker zu. Von Übermüdung keine Spur. Im ersten Moment weiß der Typ gar nicht, wen er mit seiner Eisenstange zuerst ins Visier nehmen soll. Doch der auf ihn zurollende Buschke lässt ihm keine Wahl. Der Pirat holt aus und lässt die Brechstange auf den runden Kopf des Spezialisten für Grabungsarbeiten und Entrümpelungen aller Art zufliegen. Bubu hebt scheinbar ruhig ohne jede Hektik den Arm und fängt das Eisen mit seiner Pranke ab. Gleichzeitig platziert er seine mächtige Rechte auf dem linken Auge des Piraten. Wie selbstverständlich und ohne große Anstrengung. Er verzieht keine Miene und sagt kein Wort.

Der Motorradfahrer taumelt, hat sich aber schnell wieder gefangen. »Sach mal, du tickst ja wohl nich ganz richtig!«, schreit der Biker. »Das hättest du nich machen sollen!« Er fasst sich kurz an sein Auge, dann will er auf Bubu losgehen. Der schubst ihn sofort in ein freistehendes Regal mit Kaffeepackungen und Keksen. Aber so ganz gibt sich der Pirat nicht geschlagen. Jetzt will sich auch Timo Grosche einschalten, überlässt es dann aber doch dem schlagkräftigen Buschke.

Während die beiden in den Clinch gehen, läuft Charly Kegel an ihnen vorbei nach draußen zu dem Motorrad des Rockers. Timo sieht ihm hinterher und beobachtet, wie er sich an dem Tank der schweren Maschine zu schaffen macht. Es sieht fast aus, als öffne er den Tankdeckel. Aber wozu? Bevor er sich weitere Überlegungen machen kann, torkelt der Pirat jetzt auf ihn zu. Doch Bubu greift ihn sich gleich wieder von hinten an einem Zipfel seines

Piratentuchs. Er stellt ihn sich zurecht und verpasst ihm noch einen Schlag auf sein rechtes Auge. Der Pirat kann gerade noch verhindern, dass er zu Boden geht. Aber jetzt hat er endgültig genug. Er schwankt nach draußen, wo ihm Charly Kegel entgegenkommt. Der Rocker kippt sein Motorrad vom Ständer, wobei es ihm fast umfällt, besteigt stöhnend und schwankend die schwere Maschine, startet den Motor und rauscht donnernd die verkehrsberuhigte Schlütthörner Einkaufsstraße Richtung Osten davon. Charly, Bubu und Grosche können noch dem immer kleiner werdenden NMS-Kennzeichen hinterhergucken.

»Dat war 'ne Harley ›Low Rider S‹ in ›G-Gunship G-Grey‹. Schönes Gerät.« Mit amerikanischen Autos und Motorrädern kennt Charly sich aus.

»Und jetzt hat Bubu ihn noch 'n Stück tiefer gelegt«, stellt Rusty Ralf treffend fest.

»Mal sehen, wie weit er damit kommt.« Charly wirft den anderen einen vielsagenden Blick zu.

23

»Denn gib mir man auch mal eins von den schönen neuen Brötchen.« Piet Paulsen blickt von Stehtisch Zwei unternehmungslustig zu Antje über den Glastresen.

»Wat is mit dir denn auf einmal los?« Die Imbisswirtin staunt.

»Auf seine alten Tage kommt Piet auch noch auf'n Geschmack.« Klaas breitet auf dem Stehtisch seine Post zum Sortieren aus.

»Ja, is doch neu, oder?«, stellt Antje fest. »Nimmst du doch normalerweise gar nich.«

Seit der Fredenbüller Imbiss einen neuen Brotlieferanten hat, gehen die »Matjesburger« und »Croque Störtebeker« jetzt wirklich weg wie warme Semmeln.

»Richtig schön knackig.« Dem Schimmelreiter, der sich ebenfalls gerade eingefunden hat, fallen ein paar Brötchenkrümel in die Münzmulde des »Explosion Compact«, der sich gleich mit einem ärgerlichen »Bllbllbllbllbllubb« beschwert.

»Dat ›Deich-Dinkel‹ mit sauer eingelegtem Hering.« Klaas reckt den Daumen nach oben.

»Dann geht das Sortieren der Post gleich noch mal so schnell«, krächzt Paulsen.

Bounty genießt derweil still sein Schokocroissant

»Seute Deern‹, mit dem er sich das Warten bis zum Pfingsttreffen mit seiner Angebeteten Giselle versüßt.

Aus der Fredenbüller Imbissrunde ist ein echter »Backbord«-Fanclub geworden. Im selben Moment ist schon der nächste Fan in Sicht. Von Weitem kündigt der hämmernde Diesel des Kleinbaggers Dennis Wieses pünktliches Eintreffen am Imbiss an.

»Acht Uhr siebenundfünfzig.« Klaas sieht auf die alte Sinalco-Uhr über der Eingangstür. »In drei Minuten fährt er hier an Stehtisch Eins ein.«

»So pünktlich war er mit seinem Nord-Ostsee-Express damals nich.« Bounty leckt sich Schokolade von seinen Fingern.

Und dann ist Wiese mit seinem kleinen Schaufelbagger auch schon vorgefahren und bringt die Tür und sämtliche Scheiben des Imbisses zum Vibrieren.

»Sein Schaufelbagger und er bilden eine Einheit.« Bounty sieht nach draußen und muss grienen.

Auch Paulsen wirft einen Blick zum Eingang. »Am liebsten würde er mit seinem Minibagger hier bis an' Stehtisch vorfahren.«

»Na, geht's mit der Glasfaser voran?«, ruft Antje Dennis Wiese zu, als er den Imbiss betritt.

»Hör bloß auf, wir kommen immer mehr in Verzug. Ich versteh dat nich, der Graben, den ich nachmittags gebaggert hab, is am nächsten Morgen wieder zugeschüttet!« Dennis klingt verzweifelt.

»Is doch gar nich schlecht«, überlegt Klaas. »Dann wird dir 'n bisschen Arbeit abgenommen.«

»Ja, wat denn, da is dat Leerrohr noch nicht drin!«
Wiese winkt ab. »Wir haben zurzeit eine Verspätung von
circa … ja, lasst mich mal rechnen … von circa zweiund-
sechzig Stunden … so übern Daumen, aber wir bemühen
uns, die Verspätung wieder einzuholen.« Die gesamte Imbissrunde sieht ihn staunend an. Es klingt schon wieder
wie eine seiner Durchsagen als Zugbegleiter. »Ja, wir wollen zu Pfingsten in Schlütthörn sein. Dat is eine Scheiße.«

»Dennis, ich hätte dir dein Fischbrötchen auch an' Bagger rausgebracht«, bietet Antje an.

»Ja, nee, so viel Zeit muss sein.« Dennis atmet tief durch.
»Und 'ne schöne Tasse Kaffee hätt ich auch gern dazu.«
Antje startet die italienische Kaffeemaschine, die sofort
mit einem Pfeifen antwortet, und der »Explosion« gibt
sein vertrautes »Dadadüdadadüdüdüda« dazu.

Dann zeigt Bounty nach draußen zu einem Typ in Le-
derkluft, der seine Harley Davidson die Dorfstraße hin-
unterschiebt. »Wo will er denn hin?«

»Wer sein Moped liebt, der schiebt, oder wie seh ich die
Sache?«, ruft der Schimmelreiter gegen das Geklingel des
Daddelautomaten an.

»›Hells Angels gegen die Klimakatastrophe!«, grient
Bounty.

»Der is mir eben schon begegnet auf der L 197, zwischen Bongsbüll und Schlütthörn. Da is er aber noch ge-
fahrn …« Dennis Wiese beißt in sein Fischbrötchen und
überlegt. »Obwohl, ganz rund lief die Maschine da schon
nich. Zum Schluss hab ich ihn mit dem Bagger überholt.«

Drei Kaffee und zwei Fischbrötchen später hat Klaas

die Post durchsortiert, und Wiese ist längst wieder auf seinem Kleinbagger unterwegs. Jetzt fährt der Abschleppwagen der Schlütthörner Tankstelle an der »Hidden Kist« vorbei. Mechaniker Sönke winkt zum Imbiss hinüber. Zwanzig Minuten später kommt er aus umgekehrter Richtung zurück. Sönke winkt wieder. Auf der Ladefläche steht festgeschnallt eine Harley Davidson, und auf dem Beifahrersitz fläzt ein Typ in Rockerklamotten, dem offenbar nicht zum Winken zumute ist.

24

Samira und Grosche hatten alle Hände voll zu tun. Die Kundschaft stand schon vor dem Laden. Aber vor der Öffnung mussten erst noch die Scherben beseitigt werden. Der Bäckereibetrieb geht trotz der zerbrochenen Scheibe weiter. Heute Morgen sind noch deutlich mehr Kunden als sonst im Laden und vor allem davor. Die Schlange vor der Küstenbäckerei »Backbord« reicht über die gesamte verkehrsberuhigte Zone bis zur Raiffeisenbank hinüber. Wencke Petersen und ihr Mitarbeiter René Sobrinski stehen im Eingang der Bank und staunen. Den Knall haben sie gar nicht mitbekommen, sie waren gerade unten bei den Schließfächern. Das hauptsächliche Interesse in der Kundenschlange gilt der zerbrochenen Scheibe. Aber nebenbei nehmen auch diejenigen, die noch nicht zur Stammkundschaft zählen, mal ein paar »Wellenbrecher« und »Deich-Dinkel« zur Probe mit.

Timo Grosche überlegt gleich, ob es sich um Schutzgelderpressung handeln könnte. Währenddessen wird darüber gestritten, ob man den Vorfall bei der Polizei melden solle. Grosche möchte, dass alles seine Ordnung hat. Scholle, Charly und Rusty Ralf dagegen würden am liebsten schnell selbst eine neue Scheibe einsetzen und die Polizei heraushalten. Und Samira sieht erst mal nach Bubu, ob er bei dem Überfall des Ladens eine Blessur davongetragen hat. Aber Bruno Buschke ist obenauf, das heißt, eigentlich ist er schon wieder unten drin, mit der Schaufel im Tunnel. Letzte Nacht hat Charly in seinem Pinto etliche Eimer und Säcke Erde abgefahren und in den Abgrabungen für das Glasfaserkabel entsorgt. Jetzt kann Bubu endlich weitermachen. Timo holt derweil laufend Nachschub aus der Backstube, und Scholle muss ausnahmsweise mal an der Bäckereitheke aushelfen.

»Muss der Meister heute selbst mit ran?«, vermutet eine Kundin mit Blick auf Scholz, dessen Zementstaub auf der Hose man ebenso gut für Mehl halten kann.

»Ja, nee …«, »das Hirn« weiß nicht recht, was er sagen soll.

»Er ist unsere Aushilfe«, erklärt Samira, während sie mehrere Stücke Bienenstich auf einer Pappe drapiert.

»Wat is denn hier passiert? Hat euch einer mit dem Vollkornbrot die Scheibe eingeworfen?« Der Kunde verzieht bei der Bemerkung keine Miene. »Hart genug sind die Dinger ja.«

»Ja, die Brote sind nich ohne«, bestätigt ein anderer und nickt Samira zu.

»Ein Nachbar von uns hat sich an einem dieser ›Kliffkracher‹ doch glatt den Zahn ausgebissen.«

Aber das interessiert die anderen Kunden im Augenblick nicht, zumal jetzt auch noch Frau Schlotterbeck-Thran in den Laden schwebt. Irgendjemand muss der Bewährungshelferin Bescheid gesagt haben. Sie sieht ihren Schützling Timo gleich mit besorgtem Blick an.

»Das waren wohl auswärtige Rocker«, informiert Samira währenddessen die Kundschaft an der Glastheke.

»Von auswärts?«, will eine Kundin wissen.

»Ausländer?«, fragt eine andere.

»Na ja, aus Neumünster!«, ruft Grosche, während er ein Blech »Kliffkanten« in einen großen Korb purzeln lässt.

»Rocker aus Neumünster«, fasst die Frau noch mal zusammen und schüttelt empört den Kopf.

»Schlimm is dat!«, bestätigt die andere und erntet gleich einen kritischen Blick von Frau Schlotterbeck, so als gehörten die Rocker auch zu ihrer Kundschaft.

»Ist die Polizei denn schon informiert?«, will die Bewährungshelferin wissen.

»Ja«, druckst Timo herum. Aber wie ein Ja klingt es ganz und gar nicht. »Is alles auf dem Weg.«

Hans-Peter Scholz winkt ab. Er hält bereits eine Pappe in der Hand, mit der er das Loch in der zerbrochenen Scheibe provisorisch schließen will.

Zu einer weiteren Diskussion über die ordnungsgemäße Meldung des Überfalls kommt es nicht. Ein durchdringendes quakendes Hupen schreckt die in dem Fußgängerbereich Wartenden auf. Als anliegendes Gewerbe hat Monteur und Pannenhelfer Sönke eine Durchfahrtserlaubnis. Und als Motorsportler kommt das Fahren im Schritttempo für ihn nicht in Frage. Die Leute vor der Bäckerei springen beiseite. Mit überhöhter Geschwindigkeit poltert der Abschleppwagen mit der aufgebockten Harley auf der Ladefläche durch die Fußgängerzone. Der

Motorradfahrer auf dem Beifahrersitz und Scholle mit der Pappe am Fenster winken sich kurz zu, nicht mit der ganzen Hand, sondern jeweils nur mit dem Mittelfinger.

Die Frauen schimpfen über die Verkehrsrowdys, die Männer sehen der Harley in »Gunship Grey« bewundernd hinterher.

25

Die Sonne ist hinter dem Deich untergegangen. Samira sitzt in ihrem Wohnwagen aus längst vergangenen Zirkustagen. Sie ist richtig erledigt von dem Job in der Bäckerei. Dass sie dort die Tage hinter der Ladentheke stehen muss, davon hatte ihr Scholle nichts erzählt. Bengali-Yoga war dagegen eine leichte Übung, und damals im »Zirkus Zamproni« hatte sie tosenden Applaus bekommen. Den darf sie an der Theke der Küstenbäckerei »Backbord« nicht erwarten. In der Bäckerei fühlt sie sich nicht mehr wie Samira, sondern wieder wie Sandra.

›The Winner Takes It All‹ scheppert es aus dem alten Kassettenrecorder durch den noch älteren Zirkuswagen mit der abgeblätterten Aufschrift. Das Gerät steht seit Jahrzehnten hier im Wagen, und die ABBA-Kassette steckt schon immer in dem Rekorder. Andere Musik hat es hier noch nie gegeben. Immer nur ABBA, ›Super Trouper‹, ›Take a Chance‹ und immer wieder ›The Winner Takes It All‹. Die ehemalige Artistin hat bereits mehrere Whiskey Sour intus. Sie singt laut mit und wirft die frisch frisierte rote Mähne. »I don't wanna talk, about things we've gone through ...« Für einen Moment fühlt sie sich wie in den farbigen Scheinwerferkegeln auf der sandigen Arena des »Zirkus Zamproni«. Sie sieht die im Licht blitzenden Messer ihres Partners auf sich zufliegen. Sie hört das Raunen und ein paar erschreckte Schreie der Zuschauer im Rund und den tosenden Applaus, wenn sich »Zorro und Samira« mit großer Geste vor ihrem Publikum verbeugten. Sie waren die Stars vom »Zamproni«. Die Leute kamen nicht wegen des blöden Clowns oder des vom Zirkusdirektor durch die Manege dirigierten lahmen Lamas. Sie muss nur an diese traurige Szenerie denken, schon rutscht sie wieder in whiskeyselige Melancholie.

Was will sie hier eigentlich mit Scholle und diesen trüben Tassen? Scholle ist ja ein netter Kerl, aber »das Hirn«? Seit mehreren Wochen schaufeln sie sich durch die Erde, ohne zu wissen, wo genau sie rauskommen. Ein durchgeknallter Sprengstoffexperte will alles in die Luft jagen. Der Tresorknacker ist mitten im Entzug. Und der selbsternannte Major in seinem albernen karierten Anzug bastelt Modelle aus Salzteig. Was soll dabei rauskommen? Liegen in dem Tresor der Bank zu Pfingsten überhaupt diese sagenhaften Einnahmen der Fährreederei, oder hat sich das Superhirn das nur alles ausgedacht? Zahlt es sich überhaupt aus, dass sie sich wochenlang in der Bäckerei die Füße platt steht? Als Bäckereifachverkäuferin hat sie diesen Job nicht angetreten.

Und auch sonst hat sie ein komisches Gefühl. Was war das für eine seltsame Frau, die anfänglich immer wieder vor der Bäckerei aufkreuzte, aber nie in den Laden hineinkam? Als Sandra sie draußen ansprechen wollte, drehte sie sich um und verschwand sofort. Wer war das? Was wollte die hier vor der Bäckerei? Und was vor allem war das für ein Skelett, das die Jungs in der Wand der Backstube gefunden hatten? Samira hat ja viel übrig für verrückte Geschichten und verrückte Typen. Aber Scholle und seinen Komplizen fehlt irgendwie die Aura.

Zwischen zwei Songs ist kurz das schrille Piepen eines Austernfischers zu hören. Das Licht des aufgehenden Mondes streift das kleine Wohnwagenfenster. Nach der Hälfte ›Waterloo‹ spult sie die Kassette zurück auf Anfang. Bei ›The Winner Takes It All‹ fühlt sich Sandra dann schon wieder wie Samira. Und dann bringt der Song sie auf eine Idee. Ehe sie sich von dem Superhirn und den anderen Blitzmerkern mit müden Almosen abspeisen lässt, sollte sie lieber erst mal selbst zugreifen. Warum sollte ihr Anteil nicht ein bisschen höher sein als der der Schatzgräber im Backstubentunnel? Vielleicht sollte er sogar wesentlich höher sein.

»So the winner takes it all, and the loser has to fall.«

Samira tanzt durch den alten Camper. Und dann erscheint wie aus dem Nichts plötzlich ein Gesicht in dem kleinen Fenster. Es sieht eher aus wie eine Fratze. Hat sie zu viel getrunken, oder träumt sie?

»Though it's hurting me, now it's history.«

Und dann ist ihr das vom Mond beschienene Gesicht auf einmal sehr vertraut. Die langen, straff zurückgekämmten tiefschwarzen Haare, die ebenso dunklen, scharf rasierten Koteletten und der Fu-Manchu-Bart.

26

Zwei Wochen bis Pfingsten

»Piet, wat is dat eigentlich mit deinem Ferienapartment unten in Spanien?« Thies hat Askan von Rissen gerade noch mal einen Besuch abgestattet, um Details seiner Kundschaft für die Bäckerei zu erfragen, und dabei war sein Blick mal wieder bei dem Exposé im Schaufenster hängengeblieben.

»Ja, dat is so 'ne Sache. Klaas und ich wollen im Herbst wohl mal runter nach Spanien und nach dem Rechten sehen.« Ganz glücklich sieht der ehemalige Landmaschinenvertreter dabei nicht aus.

»Vorausgesetzt, ich krieg 'ne Vertretung.« Auch Klaas hat gleich Sorgenfalten auf der Stirn.

»An Stehtisch Zwei könnte ich die Vertretung übernehmen«, nölt Bounty von Stehtisch Eins herüber.

»Ich hab gesehen, steht zum Verkauf. Ist der Bau denn inzwischen fertig?«, will Thies wissen.

»Ja, so recht kommen die da im Augenblick nich weiter.« Piet schiebt sich die Gleitsichtbrille auf die Nase.

»Im Augenblick?« Bounty kann sich das Grinsen nicht verkneifen. »Wie lange hast du die Hütte schon? Da waren die Beatles noch zusammen.«

»Na ja, fast. Antje, denn mach mir mal 'n kleines Pils.«
Bei dem Gedanken an die sonnige Costa del Sol ist Paulsen gleich nach einem kühlen Getränk. »Ich weiß auch nich recht.«

»Strand kannst du da unten sowieso vergessen.« Antje poliert ein gespültes Pilsglas. »Gegen den Strand auf unseren Inseln.« Sie sieht die anderen provozierend an, und alle nicken.

»Na ja, in Spanien kommt noch dieses Flair dazu.« Piet nimmt einen ersten Schluck. »Angeblich.« Er leckt sich den Schaumschnurrbart von der Lippe.

»Wieso? Internationales touristisches Leben haben wir hier bei uns auch. Renate hat sogar mal wieder eins von ihren beiden Zimmern vermietet.«

»Ach so!« Bounty fällt es auch wieder ein. »Dieser Engländer in seinem karierten Jackett.« Er sieht sich im Imbiss um und nickt Antje zu.

»War auch schon mehrfach hier im Imbiss. Will immer ›Rundstück warm‹. Hab ich jetzt neu auf die Karte genommen.«

»Ja, ›Rundstück warm‹, dat is was für Hamburger und Engländer.« Klaas winkt ab. »Ich bleib lieber bei deinen Fischbrötchen.«

»De Hidde Kist« ist heute tatsächlich außergewöhnlich gut besucht. Eigentlich hat Scholz seine Crew angehalten, sich in der Öffentlichkeit rar zu machen. Aber die Aussicht auf ein Schaschlik oder Fischbrötchen in geselliger Runde ist dann doch zu verlockend. So haben sich Charly Kegel und Rusty Ralf als neue Kunden im Imbiss eingefunden. Und der Major hat in den höchsten Tönen von Antjes Kochkünsten geschwärmt.

Dennis Wiese war eben auch schon da und hat sich diesmal Kaffee und Fischbrötchen an seinen Kleinbagger bringen lassen. »Wir erreichen Reusenbüll voraussichtlich mit einer Verzögerung von zwei Tagen. Wir werden die Verspätung wieder wettmachen, sodass wir zu Pfingsten Schlütthörn erreichen«, hat Dennis Antje in alter Schaffnermanier mit Lautsprecherstimme entgegengerufen, sodass es auch im Imbiss zu hören war.

Charly Kegel war sofort zusammengezuckt, und Ralf zitterte noch mal eine Stufe schneller.

»Darauf brauch ich auch 'n P-Pils.« Charly Kegel sitzt bereits neben Bounty an Stehtisch Eins.

Rusty Ralf steht hinter dem Schimmelreiter an dem Daddelautomaten zwischen Doppelkühlschrank und Garderobenhaken. Mit nervösem Flattern der Augen verfolgt er das Rotieren der Walzen mit den Dollarzeichen, Kleeblättern und Früchten. Rusty zuckt es in den Fingern.

»Hier, schnell!« Mit zittriger Hand simuliert er das Drücken der Leuchttasten auf dem Gerät. Hauke Schröder sieht ihn fragend an. »Der ›Explosion‹ will gestreichelt werden.«

Rusty kennt sich offenbar nicht nur mit Tresoren, sondern auch mit Spielautomaten aus. Und bei dem Wort »Explosion« horcht auch sein Kumpel Charly gleich auf, dem gerade das Pils serviert wird. Ralf blickt neidisch auf den Stehtisch mit dem Bier. Er fühlt sich an selige Zeiten im »Bumerang« erinnert. Dann wendet er sich wieder dem ratternden Daddelautomaten zu.

»Was kann ich für dich denn Gutes tun?«, ruft Antje von ihrer Glastheke herüber. Rusty dreht sich kurz um, aber er sagt zunächst gar nichts. Er hat weiter die rotierenden Früchte im Blick. Dann bleiben erst eine und danach die beiden anderen Walzen mit einem durchdringenden Klingeln stehen. Er zeigt auf die Früchte, nickt und dreht sich jetzt noch mal zu Antje.

»Für mich 'n Saft. Kirsch-Banane«, ruft er gegen das Geklingel des Automaten an.

»Kiba?« Antje klingt irgendwie alarmiert. »Gibt's das überhaupt noch? Das hab ich ja ewig nich ausgeschenkt. Muss ich mal sehen, ob ich das überhaupt noch …« Sie kommt hinter dem Tresen hervor und arbeitet sich zwischen den Stehtischen zum Glasschrank durch.

»Kiba, is ja geil!« Bounty ist hocherfreut. »Antje, da bin ich mit dabei.« Der Althippie trinkt ja ohnehin seltener Alkohol als die anderen Imbissstammgäste. Die belebenden Wirkungen bezieht er aus anderen Substanzen.

27

Baby Fiete ist mal wieder bester Laune. Ansonsten ist die Stimmung angespannt im Hause Stappenbek-Niggemeier. Dabei sind heute Morgen alle noch zuhause, denn die Familie wollte mal wieder gemeinsam frühstücken.

Nicoles Mordfall drängt im Augenblick nicht so. Da können wir in aller Ruhe weiterermitteln, meint sie. Niggemeier muss heute erst zur vierten Stunde und hat Spiegeleier gemacht. Der Studienrat für Deutsch und Geschichte und Oberstufenkoordinator für das gesellschaftswissenschaftliche Profil hat fünf Jahre vor seiner Pensionierung seine Stundenzahl reduziert, um sich um seinen jüngsten Sohn zu kümmern. Der ältere Finn ist bei ihm immer zu kurz gekommen. Nicole war lange Jahre immer eine Affäre geblieben. Niggemeier hatte sich nie dazu durchringen können, für Nicole und Finn seine alte Familie zu verlassen. Aber einen endgültigen Schlussstrich hatte er auch nicht ziehen können. Nicole erging es ebenso. Mit Fietes Geburt änderte sich auf einmal alles, und die neue Familie bezog ein altes Reetdachhaus hinterm Deich. Niggemeier gibt noch seinen Unterricht am Husumer Theodor-Storm-Gymnasium, er hat seine regelmäßigen Proben und gelegentliche Auftritte mit der Band »Stormy Weather«, in der er mittlerweile seit Jahrzehnten mit Bounty zusammenspielt. Aber er hat jetzt auch viel Zeit für die Familie, vor allem für den Jüngsten. An dem kleinen Fiete scheint Niggi einen Narren gefressen zu haben. Er spielt ihm ganze Nachmittage auf der Gitarre Cat Stevens vor. ›Wild World‹ bringt den Kleinen regelmäßig zu ekstatischem Glucksen. Der große Bruder Finn findet das gar nicht so lustig. Und heute Morgen ist er richtig schlecht drauf, obwohl er erst zur Dritten in die Schule muss.

Seit zwei Wochen lebt Finn in größter Sorge um sein Meerschweinchen Matze. »Mama, wo soll Matze denn hin sein? Der kann doch nicht einfach so verschwinden, der ist bestimmt entführt worden.«

»Komm, Finn, wer soll Matze denn entführen?« Nicole rollt erst mit den Augen, dann will sie ihren Sohn in den Arm nehmen. Aber der wehrt sich. »Matze kommt bestimmt allein zurecht. Dem geht es bestimmt gut.« Nicole und Niggi haben die Hoffnung eigentlich aufgegeben, dass sich das Meerschweinchen wiederfindet. Aber das zeigen sie ihrem Sohn natürlich nicht.

»Der kennt sich hier doch gar nicht aus.« Finn malt sich die schlimmsten Szenarien aus. »Und hinterm Deich lauern überall Gefahren.«

»Was denn für Gefahren?« Niggemeier mag die Dramatik nicht recht nachzuvollziehen.

»Schafe, Krähen, Reiher, Silbermöwen, Heringsmöwen …«

»Ja, Finn, Heringsmöwen, das sagt es doch schon. Meerschweinchen-Möwen gibt es nicht.«

»Und dann auch der Wind. Zu viel Wind ist nicht gut für Matze.« Finn fällt immer noch etwas Neues ein. Im Hintergrund gluckst Fiete vor sich hin.

»Konzentrier dich mal lieber auf die Schule.« Allmählich hat Nicole genug von der Diskussion, sie muss langsam mal los.

»Jaja.« Durch diese Bemerkung verbessert sich Finns Laune nicht unbedingt.

»Oder auf das nächste Fußballspiel.« Niggi nickt ihm bedeutungsvoll zu.

Die Laune seines Sohnes wird immer schlechter. Die C-Junioren der SG Schlütthörn haben am letzten Wochenende nämlich schon wieder verloren.

»Konzentriere du dich mal lieber auf das nächste Spiel, damit ihr nicht wieder so eingeht wie zuletzt gegen Bongsbüll.«

»Wir haben ja jede Menge Möglichkeiten gehabt. Wir kommen immer wieder in die Box, aber wir haben uns einfach nicht belohnt. Unfassbar.« Finn ist sofort wieder im Interviewmodus. »Aber wir machen eine Entwicklung, wir müssen Geduld haben.«

»Vielleicht müsst ihr einfach mal das Tor treffen«, meint Nicole.

»Wir müssen das letzte Spiel analysieren, und dann wartet der FC Leck am nächsten Sonntag.« Finn macht ein besonders ernstes Gesicht. »Ich weiß ja, ich muss fokussiert sein, mich auf das nächste Spiel vorbereiten. Aber mir geht Matze nich aus dem Kopf und auch so viele andere Sachen …«

»Komm, das wird alles.« Nicole will ihn wieder in den Arm nehmen. Aber Finn sträubt sich.

»Habt ihr denn mal irgendetwas unternommen?«, will er von seiner Mutter wissen.

»Was sollen wir bitte unternehmen? Was stellst du dir denn vor?«

»Mama, Matze ist gekidnappt, und ihr habt diesen toten Bäckermeister auf dem Sperrmüll gefunden, das ist doch kein Zufall.«

»Finn, nun hör aber mal auf, was soll unser Mordfall denn mit deinem Meerschweinchen zu tun haben?«

»Die beiden Fälle haben bestimmt miteinander zu tun. Das ist doch meist so, sagt Thies auch immer.«

Nicole stößt einen tiefen Seufzer aus. Fiete fängt ausnahmsweise mal an zu quaken. Mit dem gemütlichen Frühstück wird das wohl nichts mehr. Nicole bekommt auf ihrem Handy einen Anruf von Thies und muss jetzt wirklich los. Auf dem Weg fasst sie einen Entschluss. Meerschweinchen sehen doch irgendwie alle gleich aus, oder?

28

Zwei übriggebliebene Flaschen Kirschnektar und Bananensaft hat Antje aus der hintersten Ecke des großen Kühlschranks noch herauskramen können. Das Verfallsdatum ist zwar abgelaufen. »Aber die Fruchtaromen sind noch voll da«, findet Bounty.

Auch Nicole ist inzwischen im Imbiss eingetrudelt und startet ihr zweites Frühstück, nachdem ihr erstes ausgefallen ist, mit einem Kiba. »Ist ja fast wie ein Fruchtsalat. Kleine Vitaminspritze am Morgen.«

Rusty nickt und stellt sein Glas mit dem Fruchtmix oben auf den »Explosion Compact«. »Denn lass mich man mal ran an die Lady!« Vorsichtig schiebt er den Schimmelreiter zur Seite und wirft ein Fünfzigcentstück in den Daddelautomaten. Die Ananas, Kirschen, Kleeblätter und Dollarzeichen rotieren kurz, dann lässt Ralf die zittrigen Finger über die blinkenden Tasten fliegen. Und ehe sich alle versehen, bleiben innerhalb von Sekunden kurz hintereinander drei Bananen stehen, und die Maschine übergibt sich regelrecht mit einem ganzen Schwall von Zwanzigcentstücken in die Münzmulde.

»Scheiße, is dat geil. So was hab ich ja noch nie gesehen!« Der Schimmelreiter ist vollkommen von den Socken. »Hast du schon öfter gemacht, oder?«

Rusty hebt beschwichtigend beide Hände.

»Spielst du jetzt speziell den ›Explosion Compact‹?« Hauke meint in dem Tresorspezialisten einen Gleichgesinnten erkannt zu haben und hofft gleich, sich ein paar Tricks abgucken zu können. Doch da hat Rusty einen kleinen Teil seines Gewinns schon wieder reinvestiert. Nach kurzem Rotieren der Walzen spuckt der Daddelautomat unter ekstatischem Klingeln einen Höchstgewinn nach dem anderen aus. Das übliche »Dadadüdadadüdüdüda« gerät außer Rand und Band. Das Gerät steht tatsächlich kurz vor der Explosion.

»Haste nich mal 'ne K-kiste für das Geld?«, ruft Charly zu Antje hinüber.

»Is der Automat nich langsam mal leer?« Paulsen fühlt sich durch das permanente Rasseln der Münzen in seiner Imbissgemütlichkeit gestört. Dabei hat er das Gerät vor einigen Jahren nach einer gewonnenen Fußballwette in den Imbiss gebracht. »Da sind wir dat Fiepen von dem Meerschweinchen grad mal los, stattdessen haben wir jetzt dat Rattern von dem Automaten.«

Dann schüttet Ralf die Münzen in den leeren Pappkarton für Ananasdosen, den Antje ihm reicht. »Zur Feier des Tages geb ich mal 'ne Runde aus.«

Und damit ist auch Piet dann wieder versöhnt. »Für mich aber bitte keine Kirsch-Banane!«

»Sach mal, seid ihr nich aus der neuen Bäckerei in Schlütthörn?« Thies sieht zwischen Rusty Ralf und Charly Kegel hin und her. »Dann haben wir euch die guten neuen Brötchen zu verdanken?«

»Ja ... also ...« Die beiden drucksen herum. »Na ja, mehr oder weniger.«

»Ihr seid keine Bäcker, oder?«, vermutet Klaas.

»Ja, nee, da muss ein bisschen was umgebaut werden, und wir helfen.« Rusty hat schon den nächsten Fruchtsaft im Glas. Paulsen blickt verständnislos.

»Maurer- und Malerarbeiten«, erklärt Rusty.

»In der B-backstube musste 'ne Wand raus.« Charly und Ralf sind ein bisschen in Erklärungsnotstand.

»Was ist denn da in der Bäckerei eigentlich passiert?«, will Nicole wissen.

»Wieso?« Charly gibt sich alle Mühe, eine Unschuldsmiene aufzusetzen.

»Was soll schon passiert sein?« Ralf deponiert den Ananaskarton mit den Münzen auf Bountys Stehtisch.

»Na, dat is ja nu nich zu übersehen.« Thies schüttelt den Kopf. Inzwischen hat der Glaser ein neues Fenster eingesetzt. Aber dass in der Bäckerei letzte Woche das Schaufenster zu Bruch gegangen war, hat sich herumgesprochen. Außerdem hatte Bewährungshelferin Imke Schlotterbeck inzwischen auch den jungen Polizeianwärter Ole Matthiesen in der Husumer Wache informiert.

»Blöde Sache irgendwie.« Charly Kegel tut so, als wäre alles nur ein dummer Zufall.

»Blöde Sache? Wat heißt dat denn? Irgendjemand muss die Scheibe ja eingeschlagen haben. Wer war das?« Thies ist schon wieder auf Konfrontationskurs.

»Wenn wir das so genau wüssten ...« Rusty nippt verlegen an seinem Kiba.

»War wohl 'n Motorradfahrer«, gibt Charly zu.

»Haben Sie ihn erkannt?«, fragt Nicole nach.

»Erkannt? Nee.«

»Der hat da im Vorbeifahren 'n Stein in die Scheibe ge-schmissen und is denn gleich weiter, oder wie muss ich mir dat vorstellen?« Thies wird ungeduldig.

»Nee, der kam bei uns rein in die Bäckerei und wollte auf 'n Putz hauen. Aber dann hat Bubu ihm gleich eine reingez-z-zimmert.«

»Einen Moment mal, ich komm da nich ganz mit.« Auch Nicole stellt ihren Kirsch-Bananen-Saft ab. »Wer ist jetzt Bubu? Und was hat dieser Motorradfahrer gewollt?«

»Der heißt eigentlich Buschke, wir nennen ihn nur Bubu«, erklärt Ralf.

Nicole macht eine Geste, dass ihre Frage damit noch nicht beantwortet ist.

»Gehört auch zu unserm Team … Renovierung und Raumgestaltung.« Der Tresorspezialist klingt auf einmal wie ein Möbelverkäufer.

»Wobei Bubu erst mal den Raum schafft für die weitere G-Gestaltung«, erklärt Charly Kegel. Thies und Nicole und auch der Rest der Imbissrunde sind immer noch nicht schlauer. »Unser Mann fürs Grobe«, wird Charly etwas konkreter.

»Mann fürs Grobe?« Allmählich wird Thies hellhörig, und auch Nicole fragt sich langsam, was diese Truppe in der Bäckerei so alles anstellt. Aber sie bleibt beim Thema.

»Kommen wir noch mal zu dem Motorradfahrer …«

»Das war so 'n Rocker«, meint Charly.

»Hab ich auch gehört«, bestätigt Klaas, der als Postbote immer auf dem Laufenden ist, was in seinem Zustellungsbezirk so passiert.

»Haben Sie das Kennzeichen des Motorrades erkennen können?«, hakt die Kommissarin nach.

»Dat war 'ne Harley ›Low Rider S‹ in ›Gunship Grey‹«, kommt es bei Kegel wie aus der Pistole geschossen.

Nicole runzelt die Stirn.

»Sagt mal, war dat der Rocker, der hier neulich sein Moped am Imbiss vorbeigeschoben hat?«, fällt dem Schimmelreiter plötzlich ein. »Dat war auch 'ne Harley. Einwandfrei!«

»Mehr noch als die Farbe würde uns das Kennzeichen interessieren.« Ermittlungen in geselliger Imbissrunde sind nicht ganz so einfach, das kennt Nicole ja schon.

»Und dann is Sönke von der Tankstelle doch mit der Maschine auf seinem Abschleppwagen hier noch mal vorbeigekommen.« Hauke hat es deutlich vor Augen. »Ich glaub, die Harley hatte NMS auf dem Nummernschild.«

»Neumünster?« Thies sieht die beiden Männer aus Scholles Gang fragend an. »NMS? Ich glaub schon.« Charly nickt. »War aber auf jeden Fall ›Gunship Grey‹.«

»Neumünster!« Angesichts des Ortsnamens ist Thies wie elektrisiert. »Nicole, ich will ja nix sagen, aber …« Er macht eine bedeutungsvolle Pause. »Ich sag nur ›Backecke‹.«

Die Kommissarin nickt und muss ihren Kollegen bremsen, hier vor versammelter Mannschaft seine Theorien darzulegen.

29

Der Major ist etwas unruhig. Dabei hatte er gerade wieder ausgiebig gefrühstückt. Pensionswirtin Renate hatte ihn mit einer Fredenbüller Wurstplatte und Eiern vom Biohof Brodersen verwöhnt. Horst, der Major, zelebriert das Frühstück bei Renate regelmäßig. Die Atmosphäre fühlt sich an wie die seiner letzten Wirkungsstätte in Bad Harzburg. Bei Renate fühlt er sich richtig wohl. Aber dann hatte ihn die Wirtin mit dem gemütlich gerollten R doch geschockt.

»Wencke Petersen von der Rrraiffeisenbank in Schlütthörn hat vorhin gerade angerufen.«

»Was wollte sie denn?« Horst vergisst fast den englischen Akzent.

»Sie haben bei der Raiffeisen ja wohl 'n Schließfach.« Renate klingt so, als sei das eine tolle Neuigkeit.

»Ja, und?« Dem Major ist es gar nicht so recht, dass dies so publik wird. Schließlich hat die Anmietung des Schließfaches mit ihrem Coup zu tun.

»Wencke meinte wohl, sie braucht noch mal Ihren Personalausweis, und dann fehlt wohl noch 'ne Unterschrift.«

»Meinen Ausweis?«

»Muss ja alles seine Ordnung haben, nä?«

Was will die Bank von ihm noch? Er hat seinen Ausweis doch schon gezeigt. Ist irgendetwas mit seinem schönen gefälschten englischen Pass nicht in Ordnung? Horst kommt in seiner karierten Tweed-Weste gleich ins Schwitzen. Unter seinem Toupet spürt er ein unangenehmes Jucken. Aber dann bringt Renate ihm noch einen Kaffee und einen Toast mit selbst gemachter Marmelade. Danach hat der Major sich auch gleich wieder gefangen.

Den Besuch in der Bank verschiebt er fürs Erste. Heute Morgen hat er andere, wichtigere Pläne. Er nimmt den Bus nach Bredstedt, unter dem Arm eine lederne Aktentasche gefüllt mit einem kleinen Bündel unterschiedlichster Geldscheine. Etwas außerhalb, im Gewerbegebiet des Ortes, hat Horst zwischen Reifenhandel, Getränkemarkt und Tennishalle noch einen Copyshop entdeckt.

Der »Print Panther« ist eher eine Mischung aus Kopierladen, Druckerei, Bürobedarfshandel und Reparaturwerkstatt für veraltete Geräte. Entsprechend wenig ist in dem Laden los. Der pakistanische Besitzer nimmt gerade einen alten Computer auseinander. Auf seinem Ladentisch häuft sich ein wirres Stillleben von Kabeln, Schrauben, Schildchen mit rätselhaften Buchstaben-Zahlenkombinationen, Metallkapseln und allerlei undefinierbaren Elektroteilen. An den Wänden stehen provisorisch übereinander gestapelt Drucker und Laptops aus der Pionierzeit der digitalen Revolution. Herr Akthar hat aber auch noch ein richtig edles Kopiergerät in einem Hinterzimmer stehen, das er Horst gegen ein großzügiges Entgelt gern zur Verfügung stellt.

»Superkopien. Besser als jeder Laserdrucker«, preist Herr Akthar sein Gerät voller Stolz.

Es ist genau das, was Horst gesucht hat. Und Herr Akthar lässt ihn netterweise im Hinterzimmer bei seiner Kopiertätigkeit allein.

»Sie kommen zurecht?«

»Well, ich komme klar.« Der Major legt sein Jackett ab und legt es zusammen mit einer leeren Tüte des Textildiscounters »Kik« über die neben dem Kopierer gestapelten Kartons mit DIN-A4-Papier.

»Wenn Sie Fragen haben, ich bin vorne.« Akthar nickt ihm zu, und Horst nickt zurück.

»*Alright,* ich melde mich.«

Nachdem der Chef vom »Print Panther« den Hinterraum verlassen hat, wartet der Major einen Moment. Dann öffnet er die Aktentasche, nimmt ein kleines Bündel Geldscheine und ordnet sorgfältig eine Reihe unterschiedlicher Eurobanknoten auf der Glasplatte des Gerätes, hauptsächlich Fünfziger, Hunderter und ein paar wenige Fünfhunderter. Er schließt behutsam die Klappe, damit nichts verrutscht. Horst richtet sein Toupet, dann drückt er die Starttaste und beobachtet, wie die Lichtschiene des Kopierers unter dem Glas an den Geldscheinen entlangfährt.

30

Eigentlich wollen Thies und Nicole dem ehemaligen Geflügelbaron Dossmann noch einmal einen Besuch abstatten. Aber vorher sind sie erst mal in der Raiffeisenbank in Schlütthörn vorstellig geworden. Sie haben die Hoffnung, dass die Filialleiterin eventuell Beobachtungen in der gegenüberliegenden Bäckerei gemacht hat.

Nicole steuert ihren Mondeo durch die verkehrsberuhigte Zone, parkt zwischen den mächtigen, mit Stiefmütterchen bepflanzten Waschbetonkästen, dann entern die beiden die Bank.

Thies kennt Filialleiterin Wencke Petersen, seit sie bei der Bank in Schlütthörn arbeitet. Er hat hier schließlich selbst sein Konto, und dann hatten Thies und Nicole vor Jahren anlässlich eines Bankraubs schon mal mit ihr zu tun, als sie noch gar keine Filialleiterin war.

»Ja, Wencke, wir wollten mal vorbeigucken, ihr seid ja hier direkt gegenüber von der Bäckerei, und da war ja so allerlei los in letzter Zeit.«

»Tja.« Wencke zuckt mit den Schultern. »Ich weiß auch nicht recht ... das ist wohl alles nicht so gelaufen, wie es sollte. Aber wir sind ja froh, dass wir wieder einen Bäcker haben.«

»Da ist ja kürzlich das Schaufenster zu Bruch gegangen«, kommt Nicole zur Sache. »Haben Sie davon etwas mitbekommen? Das muss ja unüberhörbar gewesen sein.«

»Nein, zunächst mal gar nicht«, wehrt die Filialleiterin gleich ab. »Zu dem Zeitpunkt waren mein Mitarbeiter und ich im Keller bei den Schließfächern. Eigentlich wurden wir erst später auf die Sache aufmerksam, als der Abschleppwagen der Tankstelle mit dem Motorrad auf der Ladefläche hier durch die Fußgängerzone donnerte.«

»Von dem Rocker hast du nichts mitgekriegt?«, will Thies noch mal sichergehen.

»Nee, nur sein Motorrad.« Sie schüttelt den Kopf. »Wir können meinen Kollegen Herrn Sobrinski noch mal fragen ... Aber der kann eigentlich auch nichts gesehen haben, wir waren ja zusammen im Tresorkeller.«

»Konnten Sie das Kennzeichen des Motorrads auf dem Abschleppwagen erkennen?« Die Kommissarin gibt die Hoffnung nicht auf.

»Das Kennzeichen?« Sie wendet sich an ihren Mitarbeiter, der jetzt dazukommt. »Hast du etwas erkennen können? Das ist Herr Sobrinski, er ist bei uns jetzt für das Investmentbanking zuständig«, stellt Wencke ihn den beiden vor.

Der Investmentbanker zupft nachdenklich an seinem Haarkamm. »NMS?« Es klingt zunächst wie eine Frage, aber dann scheint er sich sicher. »Ja, Neumünster.«

»Dat deckt sich mit den anderen Aussagen«, raunt Thies seiner Kollegin zu.

»Ist Ihnen sonst irgendetwas aufgefallen?«, fragt die Kommissarin weiter. »Sie haben ja vermutlich davon gehört, dass wir einen Bäcker tot im Sperrmüll aufgefunden haben. Der Mann wollte wohl die Bäckerei drüben übernehmen.« Sie deutet auf die andere Straßenseite.

»Ja, ich habe den Mann ein paarmal kurz gesehen und dann nicht mehr … zusammen mit seiner Frau, vermute ich …«

»'ne Frau mit so hochstehenden Haarstacheln … in allen möglichen Farben. So 'n bunter Igel?«, will Thies wissen.

»Bunter Igel?« Wencke und ihr Mitarbeiter sehen sich fragend an. »Nee.«

»Die Frau sah anders aus, dunkle längere Haare …« Die Filialleiterin überlegt. »Aber wo du das jetzt sagst, der bunte Igel war auch da, so eingefärbte Stacheln wie …«

»… 'n Igel, der durch 'ne Malerwerkstatt gelaufen ist«, bringt Thies den Satz zu Ende.

»Die war nicht einmal da, sondern öfter«, fällt Wencke jetzt ein. »Die hatte so ein Kapuzenshirt mit einem Anker drauf an.«

Thies und Nicole nicken sich zu.

»Sie war sogar mal bei mir in der Bank und hat sich nach dem neuen Bäcker erkundigt. Aber ich kannte den ja gar nicht.« Auf einmal fällt ihr alles wieder ein. »Ein paarmal soll sie hier wohl nachts auf der Straße vor der Bäckerei herumgeschlichen sein und in die Fenster geguckt haben. Am Anfang auch noch, als der neue Bäckermeister schon da war.«

»Ich habe noch zu Wencke gesagt, für den interessieren

sich offenbar mehrere Frauen.« Der Investmentbanker versucht ein Grinsen.

»Mehrere Frauen?« In Thies arbeitet es. Hatte der Ermordete vielleicht mehrere Liebschaften? »Mordmotiv Eifersucht« schießt es dem Fredenbüller Polizeihauptmeister durch den Kopf. »Nicole, dat is ʼn Klassiker. Fünfundneunzig Prozent aller Morde sind Beziehungstaten.«

Die Kommissarin sieht ihren Kollegen an und runzelt die Stirn. Irgendwie ist Thies mit seinen Theorien mal wieder etwas vorschnell.

»Da waren nicht nur diese beiden Frauen.« Auch Filialleiterin Wencke überlegt noch weiter. »In den letzten Tagen waren da auch zwei Männer, die Schließfächer angemietet haben, beide an einem Tag. Das hatten wir mehrere Jahre nicht, und dann auf einmal gleich zwei«.

»Na ja, das ist ja nun nichts Außergewöhnliches.« Der Investmentbanker gibt sich geschäftsmäßig und weltgewandt. »In Schlütthörn vielleicht, aber normalerweise …« Er grinst und richtet seinen Haarkamm.

31

In der »Küstenbäckerei Backbord« herrscht Hochbetrieb. Der Bäckereibetrieb brummt. Die Schlangen stehen schon wieder bis in die Fußgängerzone hinein. Selbst
die Beschwerden über Rhabarberkuchen-Durchfall sind
vergessen. Timo Grosche hat der betroffenen Kundin
zur Versöhnung ein halbes Blech seines berühmten Bie-
nenstichs spendiert, und der ist auch bei der anderen
Kundschaft eingeschlagen. Grosche schiebt von Tag zu
Tag mehr »Küstenkracher« und »Kliffkanten« in den
Ofen, während Samira die Kundschaft umgarnt. Der rei-
ßende Absatz der Backwaren ist zu einem guten Teil auch
ihrem Verkaufstalent zu verdanken. Timo Grosche und
Scholle finden, dass sie sich fast ein bisschen zu wichtig
nimmt.

Die Tunnelgrabung macht währenddessen beachtliche
Fortschritte. Bubu Buschke ist in Höchstform. Er muss
von den anderen zu den Stoßzeiten in der Bäckerei regelrecht aus dem Tunnel herausgezogen werden. Die Stimmung in Scholles Crew ist trotzdem nicht die beste.

Samira flirtet abwechselnd mit Scholle, Charly und
Rusty, die das eifersüchtig gegenseitig beobachten. Auch
ihre Rolle bei dem Bank-Coup ist nicht so ganz klar. Der
Major will sie in ihrem alten Wohnwagen vom »Zirkus

Zamproni« mit einer anderen Person gesehen haben. Wer das war, hat er allerdings nicht sehen können. Kocht Samira hier ihr eigenes Süppchen?

»Die Schlangenfrau ist selbst 'ne Schlange«, behauptet Rusty Ralf.

»'ne Schlange? Ist doch Quatsch.« Bubu ist da gänzlich anderer Meinung.

»Ihn hat sie schon um den Finger gewickelt.« Rusty deutet mit zittrigen Fingern, zwischen denen er eine brennende Zigarette hält, auf den Zweizentner-Mann. Charly Kegel nickt.

»Ach, hört doch auf.« Buschke winkt ab. Sieh du erst mal zu, dass du deine Dynamitkiste endlich aus der Backstube wegräumst. Das ist leeebensgefährlich! Wir fliegen hier noch alle in die Luft!« Der Mann fürs Grobe klingt auf einmal zartbesaitet.

Aber auch Scholle kräuselt die Stirn zwischen seinem Haarkranz. »Ja, Rusty hier mit seiner Zigarette ... und ganz ruhig ist die Hand ja auch noch nicht.«

»Komm, Scholle, ich kenn mich aus mit D-D-Dynamit.«

Die Stimmung in der Gruppe ist derzeit tatsächlich angespannt. Und die Kiste mit dem Sprengstoff ist nicht das einzige Teil, das mal weggeräumt werden müsste. In einer Ecke der Backstube steht seit Tagen ein großer Mehlsack.

»Wir müssen uns langsam mal überlegen, wo wir mit ihm hinwollen.« Charly hatte den Mehlsack fast vergessen.

»Ach, du Scheiße, das Skelett ist ja auch noch da.«
Scholle tut auch so, als falle er aus allen Wolken.

»Wo wollen wir damit hin?« Der Kern der Truppe steht
in der Backstube um den großen Sack herum. Nur der
Major ist mal wieder mit höheren Aufgaben beschäftigt.
Und Samira hat Kundschaft oben im Laden.

»Einfach in' Müllcontainer?«, fragt Bubu. »Restmüll
oder Biotonne?« Der Spezialist für Entsorgungen und
Entrümpelungen aller Art kommt ins Grübeln.

Bloß nicht wieder in den Sperrmüll, denkt Scholle, aber
das sagt er nicht laut.

»Durch die Mühle drehen und dann dat Knochenmehl
in die ›Küstenk-kracher‹.« Kegel verzieht keine Miene.

»Seid ihr verrückt geworden?« Bubu nimmt den Vor-
schlag für bare Münze. »Ich hab doch gleich gesagt, wieder einmauern, wo wir ihn gefunden haben.«

Davon wiederum hält Bäckermeister Timo gar nichts.
Er möchte das rätselhafte Skelett aus der Backstuben-
wand unbedingt aus seiner Bäckerei heraushaben.

Alle sehen Scholle fragend an. »Das Hirn« läuft nervös
zwischen Knetmaschine und Gärschrank hin und her.

»Das ist eine Scheiße!« Der kleine Bandenchef überlegt
nicht nur, er wird jetzt auch sauer.

»Komm, Scholle, ganz ruhig. Mit den paar Knochen
werden wir doch noch fertig«, will sein alter Kumpel
Charly ihn beruhigen.

»Verdammt noch mal, das ist nicht nur das Skelett, wir
haben noch ein ganz anderes Problem.« Scholle wird immer giftiger, die Blicke der anderen immer fragender.

»Habt ihr die Schilder hier auf der Straße nicht gesehen?« Er bleibt kurz stehen, sieht sie herausfordernd
an, dann läuft er weiter hektisch hin und her.

»Das große Plakat *Highsp-speed für zuhause*? Das steht
da doch schon die ganze Zeit.« Charly hat sich bereits daran gewöhnt.

»Seid ihr blind? Die anderen Schilder!«

»Ja, Bauarbeiten? Wieso?« Für Bubu ist das nichts
Außergewöhnliches.

»Habt ihr mal aufs Datum geguckt?« Jetzt wird Scholle
richtig wütend. »Dat is kurz vor Pfingsten.«

Bei den anderen fallen die ersten Groschen. »Die baggern hier 'n Graben für ihr Scheißglasfaserkabel ... und
kommen unserem Tunnel in die Quere.«

»Wir haben den Heinzel mit seinem Bagger doch gerade gesehen in diesem Imbiss«, fällt Ralf ein. »Der hatte
das mächtig eilig, hat sich seinen Kaffee nach draußen an
den Bagger bringen lassen.«

»Er will Pfingsten unbedingt hier bei uns vor der Tür
sein, das müssen wir verhindern.« In Scholz brodelt es.

»Irgendwie müssen wir ihn aufhalten«, meint Ralf.

»Aus dem Weg räumen?« Ganz überzeugt klingt Charly
nicht.

Und dann bleibt Rustys Blick noch einmal an dem
Mehlsack mit dem Skelett hängen. »Ich glaub, ich hab's.«
Der Tresorspezialist zündet sich eine neue Zigarette an.
»Damit schlagen wir zwei Fliegen mit einer Klappe.«

32

Je mehr Thies und Nicole recherchieren, desto rätselhafter wird ihnen dieser Mord an dem Bäcker. Gestern war Thies noch fest davon überzeugt, dass die beiden Frauen, von denen Wencke Petersen berichtet hat, die Lösung des Falles sind. Nicole macht sich darüber inzwischen ebenfalls Gedanken.

»Schon seltsam, diese beiden Frauen.« Nicole überlegt, während sie ihren Zivil-Mondeo weiter die Fredenbüller Dorfstraße hinuntersteuert. »Die Ehefrau des Toten haben wir ja kennengelernt.«

»Mit dem Igel auf'm Kopf«, hält Ole Matthiesen noch mal fest. Der junge Polizeianwärter darf bei den heutigen Befragungen mal dabei sein, um auch diesen Bereich der Polizeiarbeit näher kennenzulernen. Nicole hat ihn ermuntert, auch mal eine Frage zu stellen. Schon auf der Fahrt kommt Ole in seiner schusssicheren Thermo-Unterwäsche ins Schwitzen.

»Warum ist sie da vor dem Laden herumgeschlichen?«, fragt Nicole sich. »Als ihr Mann die Bäckerei hatte und offenbar ja auch danach noch? Was hat das zu bedeuten?«

»Der Mann war vermutlich längst tot, und sie läuft da vor dem Laden rum. Was soll das?« Thies streicht sich über seine Haare, die sich auch fast wie ein Igel anfühlen.

»Und wer war die andere Frau, von der Wencke erzählt hat?«

»Unser Bäcker hatte ein Verhältnis, er wollte sich von seiner Frau trennen«, spinnt Nicole das Eifersuchtsmotiv weiter. »Die Ehefrau hat ihn beschattet, mit der anderen erwischt und dann …« Sie dreht sich zum Beifahrersitz und sieht ihre beiden Kollegen bedeutungsvoll an.

»Nicole, wir haben mal wieder etliche Verdächtige, wir müssen auch die anderen im Blick behalten. Was ist mit dem jetzigen Bäcker Timo Grosche und seiner Renovierungstruppe?«

»Die sollen den Bäcker ermordet haben?« Die Kommissarin klingt nicht ganz überzeugt.

»Motiv, Mittel, Gelegenheit!« Ole hat die bekannten Standardsätze der Kriminalistik auch schon voll drauf. Thies zeigt ihm anerkennend den nach oben gestreckten Daumen. »Grosche wollte unbedingt die Bäckerei haben, und dann hat er ihn aus dem Weg geräumt mit …«

»Ja, womit?«, nimmt Nicole den Faden gleich auf. »Carstensen hat etwas von Stichwunden gesagt, die wohl todesursächlich waren.«

»Ist er in der Bäckerei erstochen worden?«, fragt sich Thies. »Gibt es in der Bäckerei solche Mordwerkzeuge?«

»Brotmesser?«, schlägt Ole vor. »Oder Tortenheber?«

»Tja, da gibt es viele Möglichkeiten.« Nicole ist etwas ratlos. »Nicht nur in der Bäckerei.«

»Die Backstube sollten wir uns trotzdem mal näher angucken«, meint Thies.

»Irgendwie kann ich mir den netten Bäcker Timo Grosche gar nicht als Mörder vorstellen. Wer so einen guten Bienenstich macht, der bringt keine Leute um«, sagt Nicole im Brustton der Überzeugung. Mit seiner »Deichbiene« hat der »Backbord«-Bäcker nicht nur Bounty, sondern auch Nicole angefixt.

»Er hat aber gesessen«, wendet Thies gleich ein.

Nicole bleibt trotzdem bei ihrer Meinung. Grosche hat keine Gewaltverbrechen begangen, er ist wegen Diebstahls vorbestraft. Nur um eine Bäckerei zu pachten, begeht der doch keinen Mord, meint die Kommissarin.

»Und was ist mit dieser Renovierungstruppe?« Thies findet auf einmal alle verdächtig. »Dat sind doch keine normalen Handwerker, dat is 'ne Truppe aus dem Knast, jede Wette. Diese beiden Typen aus der Bäckerei, die in der ›Hidden Kist‹ aufgekreuzt sind, sind doch auch nich astrein.«

»Komm, Thies, du siehst mal wieder Gespenster.«

»Da turnen Gestalten in der Bäckerei rum, die sollten wir uns zumindest mal ansehen.« Thies sieht Nicole und dann vor allem den Polizeianwärter auffordernd an.

»Personalien aufnehmen …«, Ole überlegt, »… und dann die Angaben durch unseren Computer laufen lassen, dann wissen wir, ob was vorliegt.«

Thies zeigt ihm wieder den Daumen.

Für heute haben sich die drei mehrere Befragungen vorgenommen. Allmählich müssen sie mal weiterkommen. Aber oft schaffen Thies und Nicole dann doch nur die Hälfte. Sie sind unterwegs zum ehemaligen Hühnerbaron Dossmann. Thies hatte heute Morgen von dem

Makler Askan von Rissen ein paar neue Hinweise bekommen. Angeblich hatte sich der Geflügelbauer bei dem Makler vehement für den Großbäcker Hagemeister eingesetzt, damit dieser in dem Schlütthörner Laden eine weitere Filiale seiner »Backecke« eröffnen könne. Die beiden Unternehmer hatten etliche Jahre zusammen im Kreistag gesessen und dort hinter den Kulissen allerlei dubiose Deals auf den Wieg gebracht. Dossmann war wohl recht rabiat im Büro von »Real Estate Nordfriisk« aufgetreten.

Auf dem Weg zu Dossmann schauen sie noch schnell bei Sönke in der Schlütthörner Tankstelle vorbei. Sie müssen allmählich mal das Kennzeichen und den Halter des Motorrades ermitteln. Es geht zunächst um Sachbeschädigung, das zerschlagene Schaufenster. Oder hat der Rocker vielleicht etwas mit ihrem Mordfall zu tun?

Doch von dem Kennzeichen hat Sönke auch nur die Buchstaben NMS in Erinnerung. Und Schreibarbeiten sind nicht so seine Sache. Nach längerem Suchen hinter dem Tankstellentresen findet er auf einem Notizblock zumindest noch einen Namen, Mario Koschitz, der aber genauso gut falsch sein könnte.

»Komischer Typ irgendwie«, brummt der Tankwart und steckt sich eine Zigarette in das ölverschmierte Gesicht. »Dem hatten sie mächtig einen verpasst, zwei blaue Augen, und auch sonst war er ziemlich demoliert.« Er deutet auf verschiedene Teile seines Gesichtes. »Aber dat Ding war seine Maschine. Sehr merkwürdig. Ich hab ewig gebraucht, den Schaden zu finden.«

»Und, woran lag es? Sönke, rück schon raus damit!«
Thies wird ungeduldig.

»Er hatte Zucker im Tank.«

»Zucker im Tank is tödlich«, bemerkt Polizeianwärter
Ole.

»Dem hatte jemand 'ne ganze Tüte Zucker in seinen
Tank gekippt. Benzinfilter, Einspritzdüsen, alles verstopft.
Unglaublich, so was hab ich noch nich gesehen.«

33

Samira liegt in ihrem Wohnwagen wach auf dem Bett. Durch das Oberlicht sieht sie die Sterne in der klaren Nacht. Einer der leuchtenden Punkte zieht in deutlich erkennbarer Geschwindigkeit quer über das Dachfenster hinweg. Nach einer halben Minute hat er das Sichtfeld verlassen. Ein Satellit, denkt sie, vielleicht ein Raumschiff, wer weiß das schon. Die Öffnung im Dach des Campers ist wie ein kleines Schaufenster ins Weltall.

Sie liegt schon die halbe Nacht wach. Von draußen, von der See hinterm Deich, hört sie das schrille Piepen vorbeiziehender Austernfischer. Doch das Geräusch der Vögel wird schnell wieder übertönt von dem gewaltigen gutturalen Schnarchen, das den ganzen Zirkuswagen zum Vibrieren bringt, so kommt es ihr vor.

In dem alten Wohnwagen des »Zirkus Zamproni« hat sich all die Jahre wenig verändert. Die Türen der Einbauschränke klemmen, der Wasserhahn in der kleinen Küchenecke tropft, nur das ehemals bunte Plakat ist reichlich verblasst. Ihr mit Pailletten besetztes, giftgrün schillerndes Auftrittstrikot hängt noch auf einem Garderobenhaken neben dem Schrank. Und jetzt liegt auch ihr langjähriger früherer Partner neben ihr im Bett. Die Haare seines schwarzen Fu-Manchu-Bartes zittern bei jedem Schnarcher.

Wie viele gemeinsame Auftritte als Duo »Zorro und Samira« haben sie über all die Jahre absolviert? Unzählige, Hunderte, nein, eher Tausende. Sie dreht den Kopf und fährt mit ihrem Blick die Linien seines Bartes entlang, dann sieht sie wieder in den Innenraum des Wohnwagens. Das durch die Deckenluke hereinfallende Mondlicht bringt die Pailletten des grünen Kostüms zum Funkeln. Auf einmal hört sie den Applaus und die erschreckten Ausrufe des Publikums, die Ahs und Ohs, die Fanfare der beiden Musiker, die die Vorstellungen im »Zamproni« musikalisch begleiteten. In ihrem Wachtraum klingt es wie ein großes Zirkusorchester. Sie sieht die farbigen Scheinwerfer, die Zorro und sie bei ihren Aktionen verfolgen, Zorros grimmigen Blick und seine theatralischen Bewegungen, mit denen er sie auf der großen Scheibe festschnallt. Alles dreht sich, die Scheinwerferkegel, das Dach des Zeltes, und dann sieht sie die blitzenden Messer auf sich zufliegen und neben sich zitternd in der Holzscheibe landen.

Es war nur ein kleiner Zirkus, der von Provinzkaff zu Provinzkaff zog, um seine Zelte auf Schützenplätzen und Feuerwehrübungswiesen aufzubauen und dort vor Großmüttern und ihren gelangweilten Enkeln aufzutreten. Aber jetzt kommt es ihr vor wie ein Auftritt auf großer Bühne. Sie hatten vorhin ein paar Whiskey Sour zu viel getrunken. Vor allem Zorro hatte eindeutig ein paar Gläser zu viel gehabt.

Immer wieder gehen ihr ABBA-Songs durch den Kopf. Nicht einer, sondern gleich mehrere, sie fließen ineinander. ›The winner takes it all‹, ›Waterloo‹, ›Take a chance on me‹. Und dann vermischen sich die Stimmen von Agnetha Fältskog und Anni-Frid Lyngstad mit dem Schnarchen von Zorro. Die Austernfischer über dem Watt sind verstummt.

Nach dem x-ten Whiskey Sour hatte Samira Ronnie von Scholles Plan und den Grabungsarbeiten zwischen Bäckerei und Bank erzählt. Sie hatte Scholle und den anderen hoch und heilig geschworen, nichts davon nach draußen dringen zu lassen, aber dann hatte sie sich doch verplappert. Für Zorro waren das keine Neuigkeiten, behauptete er. Angeblich war das sein Plan, so ähnlich zumindest. Der Idiot Hans-Peter Scholz hat ihm nur dazwischengefunkt. Zorro sagte zwar, er kenne den Plan, aber dann wollte er doch die kleinsten Details wissen und wer genau beteiligt ist. Er hatte ihr eindringlich zugeredet, bei Scholle und seiner Crew auszusteigen. Das heißt, sie sollte weiter in der Bäckerei bleiben, den Fortgang der Grabungen beobachten, um dann mit ihm zusammen abzusahnen. »The winner takes it all.« Schließlich sind sie ein eingespieltes Duo. »Zorro und Samira«. Und Zorro hat einen anderen, den perfekten Plan für die Raiffeisenbank Schlütthörn.

Sie starrt auf den schnarchenden Fu-Manchu-Bart. So ganz sicher ist sie sich jedoch nicht.

34

»Grrroßes Rrrolkommando, oder wat?«, blökt der ehemalige Hühnerbaron den drei Beamten gleich zur Begrü-
ßung entgegen, als Thies, Nicole und Polizeianwärter Ole
Matthiesen am nächsten Morgen bei ihm vor der Tür stehen. »Wat hat dat denn zu bedeuten, Thies? Traust dich
allein nich mehr her, mit deiner Frau … Stappen … ähh …
burg?«

Dossmann kann es einfach nicht lassen, Nicole mit fal-
schem Namen anzusprechen und damit seine ganze Miss-
achtung auszudrücken.

»Kriminalhauptkommissarin Stappenbek, Herr Dossmann, ist Ihnen ja bekannt.« Nach all den Jahren und
verschiedenen Mordfällen tritt Thies gegenüber dem Ge-
flügelbauern selbstbewusster auf. Polizeianwärter Ole
dagegen wirkt eingeschüchtert von dem massigen Rentner im karierten Holzfällerhemd, mit Stoppelschnitt und
Schweineschnauze.

»Wat wollt ihr denn hier schon wieder?« Er klingt gewohnt unfreundlich.

Sie stehen alle noch in der Tür, als Frau Dossmann von
hinten heranrauscht. Ihr Mann will sie zurückhalten. Vergeblich.

»Ach, ihr habt heute noch 'n jungen Kollegen dabei.

Thies und Nicole, kommt doch erstmal rein. Hans-Werner, wat lässt du sie denn hier vor der Tür stehen?«

»Erika, sie haben ja noch gar nicht gesagt, wat sie überhaupt wollen.«

»Nun kommt schon rein. Ihr müsst euch doch die neue Polstergarnitur angucken. Folie is inzwischen runter, und Hans-Werner hat noch mal umgestellt.« Sie zupft Thies an der Uniformjacke und zieht ihn nach drinnen. »Wat kann ich euch denn anbieten, 'ne Tasse …?«

»Erika, du bist hier jetzt nich für die Verpflegung sämtlicher Polizeikräfte Nordfrieslands zuständig.« Sein Ton wird lauter. Aber da hat die resolute Frau Dossmann die drei Polizisten bereits ins Wohnzimmer bugsiert und auf der neuen Sitzlandschaft platziert. Thies und Nicole kennen das ja schon. Ole Matthiesen weiß gar nicht, wie ihm geschieht, als er wenige Minuten später eine Kaffeetasse in der Hand hält. Auch wenn sie heute zu dritt angerückt sind, gehen sie in der ausufernden Sofalandschaft fast verloren.

Die Kommissarin will im Augenblick gar keinen Kaffee. »Wir haben eigentlich nur ein paar Fragen.«

»Erika, wat sag ich, Thies und Frau Stappen … ähhh … dings sind nich zum Kaffeekränzchen gekommen. Wat wollen Sie denn überhaupt noch wissen?«

»Herr Dossmann, Sie haben sich ja angeblich sehr für Ihren Freund eingesetzt …«

»Für wen soll ich mich eingesetzt haben?«, geht er sofort dazwischen. »Wat denn für 'n Freund?«

»Wenn Sie uns nicht unterbrechen würden, könnte ich

Ihnen das sagen.« Ganz gegen ihre sonstige Gewohnheit ist Nicole bei Dossmann sofort auf Krawall gebürstet.

Hier übernimmt Thies ausnahmsweise mal die Rolle des »good cop«. »Es geht um Ihren Freund mit den ›Backecken‹.« In das Wort »Backecke« legt er dann allerdings doch seine ganze Verachtung für Backwaren aus der Retorte. »Wie heißt er noch gleich?«

»Hagemeister!«, assistiert Ole.

»Junger Mann!«, fährt er den Polizeianwärter sofort an. »Wer mein Freund ist, entscheide ich noch immer selbst.«

»Sie haben mit Herrn Hagemeister aber viele Jahre zusammen im Kreistag gesessen«, kommt die Kommissarin ihrem jungen Kollegen zur Hilfe.

»Lassen Sie sich eines gesagt sein, Frau … ähh …« Inzwischen verzichtet Dossmann ganz auf ihren Namen. »In der Politik hat man keine Freunde. Wie heißt dat so schön: Feind, Todfeind, Parteifreund.« Er stößt einen exaltierten Lacher aus.

»Aber die eine oder andere ›Backecke‹ haben Sie mit ihm zusammen unter Dach und Fach gebracht, wie man so hört.« Thies kommt gegenüber Dossmann heute richtig in Schwung.

»Was heißt dat denn?«, poltert Dossmann gleich los. »Von wem habt ihr dat gehört? Von dem Makler-Schnösel von Rissen vermutlich!«

In dem Moment kommt Frau Dossmann mit einem Keksschälchen. »Dat is auch aus der neuen Bäckerei in Schlütthörn. Teegebäck. Schmeckt aber auch zum Kaffee.«

»Erika! Lass uns jetzt mal mit deinem blöden Gebäck in Ruhe!«

»Herr Dossmann«, fragt die Kommissarin unbeirrt weiter. »Sie haben sich für Ihren Parteifreund, wenn ich das richtig verstanden habe, sehr vehement eingesetzt …«

»Ein seriöser Bäckermeister wäre mir lieber gewesen als 'n Krimineller. Aber da sind Sie ja offenbar anderer Ansicht«, schimpft der Hühnerbaron.

»Dann wird der Bäcker, der stattdessen zum Zuge gekommen ist, ermordet und anschließend bei Ihnen vor der Haustür im Sperrmüll aufgefunden. Da haben wir natürlich Fragen.«

»Wie ist es denn überhaupt zu dem ungewöhnlich großen Interesse an der Bäckerei in Schlütthörn gekommen?«, stellt Polizeianwärter Ole wie aus dem Nichts die entscheidende Frage. »Nichts gegen Schlütthörn, aber Schlütthörn is nich … Husum!«

Nicht nur Dossmann, auch seine beiden Kollegen sehen ihn staunend an. Einen Moment sagt niemand etwas. Thies vergisst sogar, ihm den Daumen zu zeigen.

»Wat wollen Sie denn damit sagen, junger Freund?«, blafft Dossmann ihn dann aber gleich an. Dass auch der Jungpolizist ihm jetzt unverschämte Fragen stellt, treibt dem Hühnerbaron die Zornesröte ins Gesicht. »Sie haben scheinbar keine Ahnung, was für ein attraktiver Standort Schlütthörn ist. Da kann Husum einpacken.« Nicole sieht ihn fragend an. »Ich sag nur, Nordfriesische Fährreederei, die werden normalerweise von der Bäckerei in Schlütthörn beliefert … und dann will ich Ihnen mal was sagen …« Er macht eine bedeutsame Pause. »Zwischen der Familie Hagemeister und der Bäckerei in Schlütthörn gibt es eine traditionelle Verbindung.«

»Was heißt das jetzt?« Nicole wird hellhörig.

»Na, Hagemeister hat die Bäckerei mal gehört.« Dossmann tut so, als müsse das jeder wissen. »Ist 'ne Weile her, aber …«

»Wann war das?«

»Verehrte Frau Kommissarin, ich bin zwar 'n paar Jahre älter als Sie, aber dat war auch vor meiner Zeit.«

Nicole und auch ihre beiden Kollegen nehmen ihm das nicht ab. »Irgendetwas wissen Sie doch?« Nicole sieht Dossmann kritisch an, und der blickt provozierend zurück.

»Hat das Interesse Ihres Freundes eventuell mit dieser alten Geschichte zu tun?« Ole Matthiesen hat schon wieder den wunden Punkt getroffen, das ist deutlich an Dossmanns Gesichtsfarbe abzulesen.

»Wat wollen Sie damit denn sagen?«, schnaubt der Geflügelzüchter.

»Mein Kollege hat Ihnen nur eine Frage gestellt«, stellt die Kommissarin klar.

»Dat is keine Frage, dat is 'ne Unverschämtheit.« Dossmanns Kopf sieht aus, als wolle er gleich platzen.

»Hans-Werner, pass auf, dein Blutdruck!« Frau Dossmann greift mehr aus Verlegenheit nach dem Teller mit dem Teegebäck. »Nimm lieber noch 'n Keks.«

»Lass mich in Frieden mit deinem Scheißteegebäck!«, brüllt er seine Frau mit hochrotem Kopf an.

»Kommt auch aus Schlütthörn«, verkündet Frau Dossmann den drei Polizisten stolz.

»Was ist denn das für eine alte Geschichte mit der Bäckerei, Herr Dossmann?«, hakt die Kommissarin nach.

»Tja, so genau weiß ich dat wirklich nich.« Der Hühnerbaron kaut auf einem Keks herum und wirkt auf einmal fast etwas kleinlaut. Die Kekse scheinen tatsächlich eine beruhigende Wirkung zu haben. »Wie gesagt, es gibt da eine alte Geschichte, da is 'ne ganze Generation dazwischen. Um die Bäckerei in Schlütthörn haben sich Hansen und Hagemeister früher ja schon mal gestritten. Das ging wohl zwischen den beiden Familien hin und her. Hansen war da ja damals drin, aber dann war die Nachfolge nich geklärt. Da sind angeblich 'n paar unschöne Dinge passiert.«

»Unschöne Dinge, wat heißt dat denn?«, will Thies jetzt genauer wissen.

»Ich kann es dir nicht sagen. Ich weiß nur, dass Hagemeister die Bäckerei jetzt unbedingt haben wollte. Punkt. Mehr weiß ich auch nich.« Jetzt wird sein Ton schon wieder angriffslustiger.

Und dann gibt Nicole das Zeichen zum Aufbruch. Sie hat wenig Hoffnung, mehr aus dem verstockten Hühnerbaron herauszubekommen. Sie weiß auch nicht recht, was diese alte Geschichte mit dem Mordfall zu tun haben soll. Polizeianwärter Ole Matthiesen ist vom Ergebnis der Befragung ein bisschen enttäuscht, bekommt von den beiden anderen aber viel Lob für seine Fragen.

»Gute Arbeit«, brummt Thies anerkennend.

35

»Na, Finn, da hat sich dein Matze ja wieder angefunden. Ist doch schön.« Imbisswirtin Antje sucht ein paar Salatblätter für das Meerschweinchen zusammen.

»Ja.« Aber so ganz glücklich klingt Finn gar nicht. Matze wirkt nach seiner Rückkehr irgendwie verändert.

Das Tier sitzt reichlich verstört zusammengekauert unter Bountys Barhocker. Und wenn der Althippie sich zu dem Tier herunterbeugt, sieht es ihn mit großen Augen an und zittert am ganzen Körper. Während seiner Trennung von Finn hat Matze seinen unbeschwerten heiteren Charakter komplett verloren.

»Er muss in dieser Zeit Schreckliches erlebt haben«, vermutet Finn.

»Der Nager is traumatisiert«, vermutet Bounty.

»Was soll er hier in Fredenbüll denn Schreckliches erlebt haben?«, will Klaas ihn beruhigen.

»Hinterm Deich lauern doch jede Menge Gefahren für ein Meerschweinchen.«

»Wat denn für Gefahren?«, will Piet Paulsen wissen.

»Seeadler oder Mäusebussarde oder …«

»Die tun ihm schon nichts, Finn.« Piet sieht es gelassen.

»Und was ist mit Treckern oder Mähdreschern?« Finn fährt ein ganzes Horrorszenario auf.

Bei dem Wort Mähdrescher hat der ehemalige Landmaschinenvertreter dann auf einmal doch Sorgenfalten auf der Stirn. Piet nickt bestätigend, und das Meerschweinchen zittert noch mal eine Stufe schneller. Bounty beobachtet nicht nur das Zittern, er meint auch einen hellen Fleck am Hinterkopf des Tieres zu entdecken, den Matze vorher nicht gehabt hat.

»Hat er inzwischen graue Haare bekommen?« Er zuckt mit den Schultern.

»Jetzt hat er es ja überstanden.« Antje sieht mal wieder das Positive.

»Wenigstens fiept er nicht mehr.« Paulsen ist das ganz recht. Der Fußboden ist allerdings auch nicht mehr ganz so sauber wie vor Matzes rätselhaftem Verschwinden.

Jetzt trudeln auch Thies, Nicole und Ole in der »Hidden Kist« ein. Nach dem Teegebäck im Hause Dossmann braucht die Kommissarin jetzt unbedingt einen »Croque Störtebeker«.

»Unser Hühnerbaron hat wieder ordentlich einen erzählt«, berichtet Thies seinen Imbissfreunden, während er sich von Antje einen Kaffee über den Glastresen reichen lässt. »Er ist ja 'n Schnacker.«

»Er ist vor allem ein Choleriker.« Nicole ist froh, dass sie sich aus der Sitzlandschaft zunächst einmal befreit haben.

»Dieser alte Familienkrieg in der Bäckerei ist aber schon interessant«, schaltet sich der schwer engagierte Polizeianwärter Ole ein, dem in seiner schusssicheren Thermounterwäsche angesichts des laufenden Grillbetriebs schon wieder warm wird. Antje reicht ihm erst mal ein kühles Getränk über die Theke.

»Ole hat das aus ihm rausgekitzelt«, lobt Thies den jungen Kollegen vor versammelter Mannschaft.

»Aber hat uns das weitergebracht?« Nicole hat Zweifel. »Das scheint mir alles ziemlich lange her. Ich favorisiere im Augenblick ja die Eifersuchtsvariante, aber unser Bäcker Grosche und seine Malertruppe sind auch noch nicht aus dem Schneider.«

»Dieser Hans-Peter Scholz hat übrigens auch gesessen, und nicht zu knapp, ich hab das mal nachgesehen«, flüstert Ole den anderen beiden zu.

Und dann kommt von Weitem das mittlerweile vertraute Brummen von Dennis Wieses Bagger zügig näher.

»Kannst gleich das nächste Fischbrötchen klarmachen«, ruft Klaas zu Antje hinüber. Die Wirtin kommt mit Grillen und Brötchenschmieren kaum hinterher.

Im nächsten Augenblick fährt der orange Kleinbagger vor und rammt beinahe den Imbiss. Diesmal bleibt Glasfasermann Wiese nicht auf seinem Fahrzeug sitzen, sondern springt förmlich von seinem Fahrersitz und stürmt in die »Hidde Kist«.

»Alle Achtung!« Paulsen mustert ihn über seine Gleitsichtbrille hinweg. »Bist ja heute noch schneller als dat Internet.«

»Von wegen!« Wiese winkt hektisch ab. »So wat hab ich noch nich erlebt. Ich weiß gar nich, wat ich sagen soll. Dat is eine Scheiße.« Der Baggerfahrer ist kalkweiß und vollkommen durcheinander.

»Kommt ihr nich voran?« Klaas sieht ihn fragend an.

»Ja, wat denn, ich hatte im Graben da eben 'n Skelett auf der Schaufel.«

Die gesamte Imbissrunde sieht ihn staunend an. Sogar das Meerschweinchen lugt jetzt neugierig unter Bountys Barhocker hervor.

»Was sagen Sie da?« Nicole meint zunächst, sich verhört zu haben.

»Zwischen Bongsbüll und Reusenbüll, Kilometer dreiundzwanzig Komma fünf. Dat is vielleicht 'ne Scheiße. Wir müssen Pfingsten in Schlütthörn sein. Wenn ich da alle paar Meter 'n Skelett auf der Schaufel hab, schaffen wir dat nie!«

»Wir werden uns das sofort ansehen«, versichert die Kommissarin, wirkt aber alles andere als überzeugt.

»Gut, dass die Polizei hier gleich vor Ort is. Denn dat geht doch nich!« Dennis kann sich gar nicht beruhigen.

»Versteh ich das richtig, dat is 'n Skelett und kein Toter?«, will Thies erst mal wissen.

»Ja, wat denn, dat Skelett lebt auch nich mehr.« Dennis wird regelrecht ungehalten. »Dat Gerippe liegt da schon ewig, dat is so 'ne Art Neandertaler. Die oberste Erdschicht hatte ich gestern schon weggenommen, heute mussten wir noch die ganze Tiefe ausheben. Und dann … tja, wie gesagt.«

»Sensationeller archäologischer Jahrhundertfund.« Bounty hat schon wieder ein Stück »Deichbiene« auf dem Teller.

»Is vielleicht mächtig wat wert.« Klaas bekommt große Augen.

»Der Steinzeitmensch von Fredenbüll«, grient Bounty vor sich hin.

»Aber wer ist das? Mit unserem Fall kann es ja wohl kaum zu tun haben.« Nicole ist sich sicher.

»Vielleicht führt der Fall weit in die Vergangenheit zurück.« Thies setzt seinen wichtigen Blick auf. »Hat es alles schon gegeben.«

36

»Ihr lasst euch aber auch immer mal wieder was Neues einfallen.« Kriminaltechniker Mike Börnsen wundert sich.

»Hatten wir so auch noch nicht.« Der Spusi-Mann und Gerichtsmediziner Carstensen hocken staunend im Kabelgraben neben dem Skelett. Thies, Nicole und Ole stehen oben auf dem Grünstreifen. Dennis Wiese thront schon wieder auf dem Fahrersitz seines Schaufelbaggers.

»Nicole, eines kann ich vorab schon mal sagen: Todeszeitpunkt ist ein bisschen her.«

»Ach, was.« Die Kommissarin schneidet eine Grimasse.

Aber dann wird der Gerichtsmediziner auch gleich wieder ernst. »Wie lange er hier schon liegt und wann er zu Tode gekommen ist, können wir natürlich untersuchen. Wird allerdings eine Weile dauern. Also, Geduld.« Und dann sieht er sich die Einzelteile des Skelettes näher an. Er muss Börnsen bremsen, die verschiedenen Knochen schon in Zellophan-Tüten zu verstauen.

»Worauf wollen wir noch warten? Der wird nicht wieder lebendig.« Börnsen hat offenbar noch etwas vor und will möglichst schnell wieder nach Kiel zurück.

Aber Carstensen blickt weiter fasziniert auf die Knochen. »Der liegt da wie ein scheinbar komplettes Skelett. Aber das täuscht.«

»Wieso, er liegt da doch«, wendet Börnsen ein. Thies und Nicole wissen auch nicht, worauf der Mediziner hinauswill.

»Der wurde da hingelegt«, erklärt Carstensen mit bedeutungsvollem Blick. »Da hat sich jemand große Mühe gegeben, alle Knochen fein säuberlich zu sortieren, damit es wie ein zusammenhängendes Skelett aussieht.«

»Woran siehst du das?«, will Nicole wissen.

»Einige Knochen liegen falsch. Zum Beispiel hier, Radius und Ulna sind vertauscht.«

»Ulna? Wat is dat denn?« Thies sieht ihn fragend an.

»Elle und Speiche«, übersetzt Börnsen gleich.

»Wie kommst du eigentlich drauf, dass es ein Mann ist?«, will die Kommissarin wissen.

»Das Becken ist bei Frauen breiter.« Carstensen deutet auf die vor ihm liegenden Knochen. »Außerdem haben Frauen nicht diesen Wulst über der Augenhöhle und eine leicht fliehende Stirn.«

»Nun mach aber mal einen Punkt.« Nicole ist entrüstet. Thies tastet unauffällig seinen Haaransatz über der Stirn ab, und auch Dennis Wiese sucht vergeblich nach einem Wulst über seinen Augen.

»Ist nicht hundertprozentig, aber hier handelt es sich aller Wahrscheinlichkeit nach um einen Mann.«

»Wer mag das sein?« Nicole blickt reichlich ratlos drein.

»Wir haben heute die Möglichkeit einer DNA-Analyse, aber ohne Anhaltspunkt für einen Vergleich bringt uns das auch nicht viel weiter.«

»Wer ist dat?«, fragt sich auch Thies.

»Wat macht der hier? Wat hat der hier zu suchen?«, ruft Dennis Wiese von seinem Schaufelbagger herunter. »Ich muss hier mit dem Kabel weiterkommen. Wir baggern hier nich zum Spaß.«

»Denn pack ich ihn jetzt mal ein.« KTU-Mann Mike Börnsen macht noch ein paar Fotos, dann lässt er die ersten Skelettteile in Plastiktüten fallen, die Carstensen gleich beschriftet.

»Seltsam, da sind Haare auf den Knochen«, stellt der Gerichtsmediziner noch fest.

37

Eine Woche bis Pfingsten

Ein Knall geht durch die ganze Bäckerei. Es ist eigentlich mehr ein Puffen. Augenblicklich erlischt das Licht in der Kuchentheke und über den Brotborden. Das Brummen und Vibrieren des großen gläsernen Kühlschranks, der neben einem Stehtisch im Laden steht, erstirbt. Die zwei anwesenden Kunden, Frau Schlotterbeck-Thran, die mal wieder nach ihrem Schützling sehen will, und Dennis Wiese, der sich auf die Schnelle ein paar »Kliffkanten« herausholen will, blicken irritiert auf die unbeleuchteten Friesentorten. Samira hinter dem Tresen und Timo Grosche, der sich ebenfalls gerade im Laden aufhält, zucken sofort zusammen. Beide denken sofort an Charly Kegels in der Backstube lagernde Dynamitvorräte. Aber das hätte vermutlich doch einen deutlich lauteren Knall gegeben.

»Dat war 'n Kurzer«, analysiert Dennis Wiese, der sich als Glasfaser-Spezialist neuerdings in der Welt der Elektrik auskennt.

»Oh, ja, mit der Elektrik hat es seine eigene Bewandtnis«, verkündet Imke Schlotterbeck. »Timo, brauchst du Hilfe? Ich hätte da jemanden …« Unter ihren Klienten gibt es offenbar auch einen Elektriker.

Bäckermeister Timo Grosche geht nicht weiter darauf ein. »Das darf nicht wahr sein!«, schreit er nur. Er hetzt die Stufen in die Backstube hinunter und findet Scholle und die anderen in hellster Aufregung.

»Was ist hier passiert?« Grosche kann sich im ersten Moment überhaupt keinen Reim auf die Situation machen. Er blickt in die erschreckten, von Rusty Ralfs Einwegfeuerzeug spärlich beleuchteten Gesichter. Ansonsten ist es in der Backstube dunkel. Der Ofen, mit einem großen Blech »Küstenkrachern«, ist abgeschaltet, die Haken der großen Knetmaschine sind mitten in der Arbeit im Sauerteig erstarrt.

»Verdammt, was ist hier los?«, blafft Timo seine Kumpel an.

»Keine Ahnung«, schimpft Hans-Peter Scholz. »Da hat eben jemand richtig Mist gebaut.« Scholle wird mal wieder wütend.

»Scheiße, dat Feuerzeug wird heiß.« Rustys ohnehin schon zittrige Hand wird noch unruhiger. Das spärliche Licht aus dem Feuerzeug flackert.

»Mensch, pass auf, bist du wahnsinnig, hier mit dem Feuerzeug rumzufuchteln!« Grosche deutet auf die Dynamitkiste und kramt gleich eine Taschenlampe aus einer Schublade.

Es ist dunkel in der Backstube, der Ofen brennt nicht mehr, aber die Atmosphäre ist aufgeheizt.

»Wie habt ihr dat überhaupt hinbekommen?« Grosche ist fassungslos.

»Da müssen wir irgendwie 'n Kabel im Tunnel erwischt

haben«, erklärt Rusty, der das Feuerzeug jetzt in der anderen Hand hält.

»Da waren Kabel«, bestätigt Bubu.

»Aber wir waren gar nicht im T-tunnel. Wie soll dat passiert sein?«

In dem Moment huscht ein haariges Etwas aus dem Tunneleingang heraus. Grosche hat es gleich im Lichtkegel seiner Taschenlampe. Es sieht ganz nach dem Meerschweinchen aus, das der Truppe seit einigen Wochen bei den Grabungsarbeiten immer wieder in die Quere kommt und sich hier mittlerweile häuslich eingerichtet hat. Aber irgendwie hat das Tier sich verändert. Das ursprünglich langhaarige Fell ist böse verbrannt. Statt des gefleckten Pelzes hängen an einer Seite nur noch ein paar müde schwarze Fransen.

»Was is mit ihm denn passiert?«, fragt Rusty.

»Der Junge hat 'n Kabel angek-knabbert und dabei ordentlich einen gewischt gekriegt.« Für Charly liegt der Fall klar.

»Aber dat Scheißviech hat es überlebt.« Scholle fuchtelt mit den Armen herum und wird immer wütender. »Los, Bubu, zieh ihm eins mit der Schaufel über.« Aber da ist das angekokelte Meerschweinchen schnell zwischen Teigteilmaschine und Wand in Deckung gegangen.

»Ich hab es doch gleich gesagt, mit der Tunnelgrabung, das ist eine Scheißidee.« Auch Grosche wirkt alles andere als entspannt. »Und die Kiste mit dem Dynamit steht hier auch immer noch in der Backstube rum, das ist doch ein Wahnsinn.« Allein bei dem Gedanken an den Sprengstoff tritt dem Bäckermeister der Schweiß auf die Stirn. »Und dann die Tüten mit dem Geld ... Was heißt überhaupt Geld? Dat is Altpapier!«

»Und wat is hier mit deiner Puppenstube aus Brot?«, holt Rusty gleich zu einer Retourkutsche aus und zeigt auf das Modell der Schlütthörner Einkaufsstraße mit Bank und Bäckerei, das Grosche erstellt hat und das jetzt auf dem Gärschrank steht. »Das hat hier auch nichts zu suchen.«

»Wat soll damit sein, dat is Backkunst«, blafft Timo zurück. Sein Haarpfeil zeigt auf das Modell.

38

Thies und Nicole sind auf dem Weg nach Neumünster. Vor ein paar Tagen war das Bild von Dennis Wiese vor seinem Schaufelbagger neben dem Skelett groß in der Zeitung. Inzwischen haben die beiden Polizisten die Ergebnisse zu dem rätselhaften Fund bekommen. Die Kieler Kriminaltechnik hat das ungefähre Alter der Knochen herausgefunden. »Aus der Steinzeit sind die nicht«, hat Gerichtsmediziner Carstensen ermittelt. »Aber achtzig oder sogar etwas älter könnte die Person heute sein. Und wir sind uns sicher, dass es sich um ein männliches Skelett handelt.« In dem Graben neben der Straße allerdings hat das Skelett vermutlich nicht lange gelegen. Seltsamerweise haben die Kriminaltechniker Spuren von Mörtel an den Knochen feststellen können. Und auch die Haarspuren haben sie untersucht. »Das sind keine menschlichen, sondern tierische Haare, aber weder von Katzen noch von Hunden. Haben wir so auch noch nicht unter dem Mikroskop gehabt.« Beschädigungen der Knochen, die auf ein Tötungsdelikt hinweisen, ließen sich nicht mehr nachweisen. Auch wann der Mann zu Tode gekommen ist, konnte nicht so genau festgestellt werden. »Das ist mindestens zwanzig Jahre her«, meinte Carstensen. »Der könnte aber auch schon fünfzig Jahre als Toter irgendwo herumgelegen haben.«

»Rätselhafte Geschichte«, findet Nicole. »Damit kann ich im Augenblick überhaupt nichts anfangen.«

»Dat is möglicherweise so 'n *cold case*«, vermutet Thies.

»*Cold case*?« Nicole staunt mal wieder über ihren Kollegen.

»Na ja, so wie diese ungelösten Fälle von Morten Jensen in Dänemark.«

»Na klar, ich weiß schon.«

In zwei Fällen hatten Thies und Nicole schon mal mit dem trinkfreudigen dänischen Kollegen zu tun, der in dem muffigen Keller seiner Wache in Tondern staubige alte Akten mit ungelösten Fällen wälzt.

»Wollen mal sehen.« Nicole will das Thema nicht weiterverfolgen.

Mit den Nachforschungen zu dem Motorradfahrer sind sie dagegen weitergekommen. Ole Matthiesen hat recherchiert. Im Kreis Neumünster sind fünfzehn Harleys zugelassen, darunter drei »Low Rider«, aber offenbar nur eine in »Gunship Grey«. Sie ist auf einen Mario Koschitz zugelassen. An der Adresse in einer Vorstadtsiedlung am Ortsrand von Neumünster, die in der Zulassung angegeben ist, treffen die beiden Polizisten niemanden an. Ein Nachbar, der auf einem Garagenhof an einem alten Auto schraubt, schickt sie zur Geschäftszentrale der »Backecke« im Gewerbegebiet. »Aber den werden Sie da vermutlich nich antreffen. Mario fährt ja für Hagemeister … is also meistens unterwegs.«

Thies sieht den Schrauber fragend an.

»Der is Fahrer bei der ›Backecke‹, der fährt Brötchen aus und so.«

Auf dem Weg ins Gewerbegebiet, wo sämtliche »Back-ecken« Norddeutschlands ihre Zentrale haben, rätseln Thies und Nicole über die Zusammenhänge des Falles. Zwischen dem Motorradfahrer und dem Großbäcker Hagemeister gibt es offenbar eine Verbindung. Aber was wollte der Motorradfahrer mit der Aktion in der Bäckerei? Ging es um Schutzgelderpressung? Sollte der jetzige Bäckermeister Timo Grosche vertrieben werden? Hatte er vielleicht auch den toten Bäcker im Sperrmüll auf dem Gewissen? Handelte er im Auftrag seines Chefs, des Großbäckers? Und hat dieses seltsame Skelett vielleicht doch mit dem Fall zu tun?

Thies und Nicole staunen über die imposanten Gebäude der Bäckereibetriebe Hagemeister, zwischen einem großen Holzlager und einem Reifenhandel. *Backgenuss gleich um die Ecke* prangt in großen Buchstaben auf dem Firmengebäude.

»Ziemlich große ›Backecke‹«, raunt Thies seiner Kollegin zu, als sie in Nicoles Zivil-Mondeo auf den Hof der Großbäckerei fahren. Auf den Parkplätzen stehen mehrere Lieferwagen mit dem bekannten »Backecken«-Logo. Mario Koschitz ist angeblich gerade auf Auslieferungstour, wie sie von einem anderen Fahrer erfahren, der gerade einen Wagen belädt.

39

Nach dem Blackout stellt Samira als Notbeleuchtung fürs Erste zwei Kerzen in der Backstube auf. Dann bedient sie noch zwei letzte Kunden und hängt ein Schild in die Tür. *Wegen Renovierungsarbeiten vorübergehend geschlossen.* In der Backstube bei Scholles Team droht die Stimmung währenddessen zu kippen. Ausgerechnet jetzt gibt sich dann auch noch der Major die Ehre. Zwischen ihm und Scholz hat es in den letzten Tagen immer wieder Meinungsverschiedenheiten gegeben.

»Kannst du nich langsam mal euer Knusperhäuschen hier entsorgen?« Scholz deutet auf das gebackene Modell der Schlütthörner Einkaufsstraße mit Bäckerei und Raiffeisenbank aus Salzteig. »Mit Backkunst kommen wir hier auch nicht weiter.«

»Das ist doch total süß«, findet Samira.

»Und es ist nicht nur Backkunst«, doziert Horst Hazelspoon, der jetzt ebenfalls eine kleine Taschenlampe gezückt hat. »Dieses schöne Modell zeigt uns, wo wir hinwollen. Und ich bin mir nicht ganz sicher, ob ihr den richtigen Kurs auf den Tresorraum habt.«

»Da weiß es einer ja mal wieder ganz genau.« Scholle fuchtelt wild durch die Luft. Bubu Buschke steht mit der Schaufel in der Hand stoisch daneben und sagt nichts.

»Unser Freund gibt sich ja alle Mühe.« Horst deutet auf Buschke und klopft sich Mehlstaub von seinem karierten Jackett. »Aber ich fürchte, so kommen wir, statt bei der Bank, einen Eingang weiter im Drogeriemarkt raus.«

»Du verdammter Klugscheißer mit deinem unechten englischen Akzent, warum haben wir dich nicht bei deiner Mokkacremetorte in Bad Harzburg gelassen?«

»Hört jetzt auf, wir müssen mal weitermachen.« Bubu will wieder zur Schaufel greifen. »Bis Pfingsten ist nur noch eine Woche.«

»Oben war auch schon wieder der Typ mit seinem Bagger«, stöhnt Timo. »Wenn der so weitermacht, kommt er uns doch noch in die Quere.«

»'n Stück is er noch weg«, will Charly die anderen beruhigen. »Ich weiß dat, schließlich schütt ich ihm jede Nacht die Erde aus unserm Tunnel in seinen Kanal. Dat bremst ihn auch noch mal so 'n bisgen aus.«

»Der Junge is schneller, als wir denken«, wendet Timo ein. »Den hält auch kein Skelett und kein Sand auf.«

In dem Moment huscht das Meerschweinchen mit arg verkokeltem Fell Scholz durch die Beine hindurch und geht hinter der Teigteilmaschine in Deckung. »Scheißviech«, zischt Scholz.

»Da ist es ja.« Samira zeigt auf den Apparat, hinter der das Meerschweinchen herauslugt. »Na, was machst du denn da, mein Süßer?«, säuselt die Schlangenfrau. »Wie siehst du überhaupt aus? Was ist denn passiert?«

»Ja, wat denn, der hat im Tunnel 'n Kabel durchgebissen, deshalb sitzen wir hier im Dunkeln.« Charly hat inzwischen die Werkzeugkiste in der Hand, um nach dem defekten Kabel im Schacht zu sehen.

»Du hast doch bestimmt Hunger und Durst. Ich hab hier Wasser für dich und einen Rest Zwiebelkuchen.« Samira deponiert den Imbiss neben der Teigteilmaschine.

»Du fütterst das Viech auch noch, darf ja wohl nich wahr sein«, schimpft Scholle, dem der Nager gehörig auf die Nerven geht. Und auch auf Samira ist »das Hirn«‹ inzwischen nicht mehr ganz so gut zu sprechen. Dass eine Frau die Stimmung in der Truppe hebt, war wohl ein Trugschluss. Die Schlangenfrau sorgt eher für Streit. Es gibt Eifersüchteleien. Inzwischen hat Scholz sogar den Verdacht, dass sie mit dem Major, mit Rusty oder Charly gemeinsame Sache macht und selbst abkassieren will. Er weiß nur nicht, mit wem sie sich zusammengetan hat. Und Beweise hat er dafür auch nicht.

Rusty behauptet, er habe Charly Kegel an Samiras Wohnwagen hinterm Deich gesehen. Und der leugnet es gar nicht. »Wat denn? Ich hab Samira abends mal kurz im Pinto rumgefahren. Wird ja wohl noch erlaubt sein.«

»Statt hier den Chauffeur zu spielen, sieh mal lieber zu, dass du dein Dynamit aus der Backstube rausbekommst.« Heute kann man es Scholle gar nicht recht machen. Und der Kurzschluss hat ihn erst richtig auf die Palme gebracht.

»Wer hier Wohnwagenbesuche bei Samira macht, da solltest du lieber mal unseren feinen Major fragen«, kontert Kegel. »Was hast du denn bei ihr zu suchen?« Er grinst hämisch.

»Du auch? Wat macht ihr da alle bei ihr? Dat darf doch alles nich wahr sein!« Scholz wird immer wütender.

»Ich hab da, glaube ich, noch ganz jemand anderen gesehen.« Horst streicht sich über sein Toupet.

»Wen denn noch?!« giftet Scholle.

»Nun beruhigt euch mal wieder«, mahnt Bubu Buschke in Zeitlupe und hebt beschwichtigend seine große Pranke. »Samira kümmert sich eben um uns. Is doch gut, dass wir sie dabeihaben.«

»Ja, ja. Dich hat die Schlangenfrau doch auch eingewickelt!« Scholz ist gar nicht wieder zu beruhigen. Er fuchtelt mit dem Lichtkegel seiner Taschenlampe weiter durch die dunkle Backstube. »Und was soll die blöde Geldtüte, die hier immer noch rumsteht?« Er sieht den Major herausfordernd an. »Ich hab es bis jetzt nicht kapiert, wat wir mit den ganzen fotokopierten Scheinen sollen.«

»Hans-Peter, ich habe es dir schon dreimal erklärt.« Horst setzt seine blasierte englische Miene auf. »Und ich erkläre es dir auch gern zum vierten Mal.«

»Ja, dat würde mich allerdings auch interessieren, was dat ganze F-Falschgeld soll.«

»*Very easily.*« Bevor er weiterspricht, klopft er sich etwas Staub oder Mehl vom Jackett. »Wenn wir den Tresorraum erreicht haben, öffnet Rusty die Lady, wir sacken die Scheine der Fährreederei ein, legen stattdessen unsere schönen falschen Scheine rein und schließen den Tresor wieder. Dann mauern wir unser Loch wieder zu, verziehen uns in die Bäckerei, und Samira macht uns ein schönes Sandwich mit Roastbeef. *That's all*!« Er sieht die anderen prüfend an.

»Und dat merken die in der Bank nich, oder wie?« Scholle schüttelt den Kopf.

»Irgendwann merken sie es, aber wir haben Zeit gewonnen. *Time is money*.« Der Major streicht sich noch einmal selbstverliebt über das Toupet.

»Könnte klappen, vorausgesetzt, wir erreichen den Tresorraum irgendwann einmal.«

40

Die strenge Vorzimmerdame will die beiden Polizisten zunächst gar nicht zum Chef vorlassen. Aber als beide ihre Ausweise zeigen und Thies droht, den Großbäcker sonst vorzuladen, bittet Hagemeister sie gleich herein auf die kleine Sitzecke, die außer dem Schreibtisch in dem großen Arbeitszimmer steht. An den Wänden hängen Schwarzweißbilder, die die Geschichte des Betriebes dokumentieren. Aufnahmen aus den Sechzigerjahren von Männern mit riesigen Backblechen, alte VW-Busse mit dem Namen *Hagemeister* in geschwungenen Buchstaben. Damals waren die »Backecken« noch nicht erfunden. Daneben gerahmte Zeitungsartikel der Lokalpresse über Firmenjubiläen und Filialeröffnungen. Und auf dem Schreibtisch stehen noch zwei kleinere Rahmen mit Familienbildern: Hagemeister mit einer deutlich jüngeren Frau und zwei Kindern.

Die Frau sieht sehr gut aus, fällt Thies gleich auf, ein bisschen zu gut für den alten Bäckermeister. Und irgendetwas an der Frau irritiert ihn. Sind das ihre Ohren? Ja, Frau Hagemeister hat auffällig große, ein bisschen abstehende Ohren, bemerkt er, als er noch einmal zu dem Foto sieht. Nicole wirft ihm schon einen strengen Blick zu, dann stellt sie sich und Thies noch mal vor.

»Was kann ich denn für Sie tun?« Hagemeister nickt den beiden zu und nimmt ebenfalls in der Sitzecke Platz. Der Großbäcker mit dem runden Gesicht und den geröteten Wangen wirkt freundlich. Er trägt eine altmodische Wolljacke, darunter Hemd und Schlips. Seine Haare hat er von einem tiefen Scheitel sorgfältig über den Kopf gelegt.

»Sie können sich vermutlich denken, warum wir hier sind.« Thies schlägt gleich seinen schärferen Ton an.

»Nein, das kann ich allerdings nicht.«

»Wir haben recherchiert, dass ein Mario Koschitz für Ihre Bäckerei als Fahrer arbeitet. Ist das richtig?«, übernimmt Nicole die Befragung.

»Mario Koschitz? Ja, sicher, der fährt schon seit vielen Jahren für uns und hilft hier im Betrieb auch mal bei Hausmeistertätigkeiten aus.« Hagemeister streicht sich über die sorgfältig drapierte Frisur. »Was soll mit ihm sein?«

»Ja, wat denn, der hat 'ne Bäckerei überfallen …«, platzt es aus Thies heraus.

»Moment, erst mal die Frage: Herr Koschitz ist zurzeit nicht hier? Ist das richtig?«, stoppt die Kommissarin ihren Kollegen. »Und noch eine andere Frage: Fährt er eine Harley Davidson … wie heißt die?«

»›Low Rider‹ in ›Gunship Grey‹«, kommt es bei Thies wie aus der Pistole geschossen.

»Ja, ja, das ist seine ganze Leidenschaft.« Hagemeister lächelt immer noch. »Aber was erzählen Sie da von einem Überfall?«

»Küstenbäckerei ›Backbord‹ in Schlütthörn, da hat er dat Schaufenster eingeschlagen und 'ne Schlägerei angefangen.« Thies sieht den Großbäcker herausfordernd an.

»Sind Sie sicher, dass mein Mitarbeiter Mario Koschitz damit zu tun hat?« Im Augenblick lächelt Hagemeister nicht mehr. »Und falls unser Mario tatsächlich mit seiner Motorradbande unterwegs war, was geht mich das an?«

»Die Bäckerei in Schlütthörn, kommt Ihnen das nicht bekannt vor?«, hakt Nicole nach.

»Schlütt … hörn?« Der Großbäcker gibt sich alle Mühe, so zu tun, als höre er den Namen zum ersten Mal.

»Schlütthörn, dat war 'ne Filiale von Hansen aus Husum.« Thies wird schon wieder lauter.

»… für die Sie sich sehr interessiert haben, nachdem Hansen sie aufgegeben hatte«, nimmt Nicole den Satz auf.

»Woher wollen Sie das denn wissen?« Allmählich kommt der Bäcker in seiner Wolljacke ins Schwitzen.

»Wir haben unsere Quellen.« Nicole ist noch höflich.

»Dat is normale Polizeiarbeit«, fährt Thies ihn an. »Angeblich waren Sie ganz scharf auf die Bäckerei in Schlütthörn.«

»Warum interessiert Sie das überhaupt?«, will Hagemeister wissen.

»Einen Moment, die Fragen stellen wir hier«, stellt Thies klar.

Der Großbäcker sagt im Augenblick gar nichts.

»Mein Kollege hat Ihnen eine Frage gestellt«, hakt Nicole nach. »Was ist mit Schlütthörn?«

»Weiß auch nicht.« Hagemeister streicht sich aus Verlegenheit über seinen breiten Scheitel. »Die Bäckerei hatte unserer Familie mal gehört ... na ja, fast ... das war bei meinem Vater vor langer Zeit, das ist über fünfzig Jahre her.«

»Anfang der Neunzehnhundertsiebzigerjahre, oder wie muss ich mir das vorstellen?«, fragt Nicole noch mal nach.

»Ja, so um den Dreh. Damals war ein junger Bäcker aus der Hansen-Familie auf mysteriöse Weise verschwunden, mein Vater wollte den Laden übernehmen, und dann tauchte wie aus der Versenkung plötzlich ein jüngerer Bruder auf und übernahm die Bäckerei, obwohl er gar kein Bäcker war. Das war der alte Hansen, der sich jetzt zur Ruhe gesetzt hat. Aber was hat Sie diese alte Geschichte überhaupt zu interessieren?«

»Es geht um Mord«, bringt der Fredenbüller Polizeihauptmeister mal wieder seinen Standardsatz an.

»Mord? Eben war noch von einer zerschlagenen Fensterscheibe die Rede.« Der Bäcker spielt weiterhin tapfer den Ahnungslosen.

»Bei dem Ermordeten, den wir in einem Sperrmüllwagen aufgefunden haben, handelt es sich um den Bäcker Jens Küth«, erklärt die Kommissarin. »Und der war, so haben wir ermittelt, einmal ihr Mitarbeiter.«

Bei dem Namen Jens Küth wird es dem Großbäcker in seiner wollenen Hausjacke noch mal ein paar Grad wärmer. »Küth war Filialleiter bei unserer ›Backecke‹ in Eckernförde ... aber dann wollte er ... tja, Reisende soll man nicht aufhalten.«

»Höre ich da heraus, dass es zwischen Ihnen und Ihrem Filialleiter Spannungen gegeben hat?«, fragt Nicole nach.

»Kein schlechter Bäcker. Aber ganz einig waren wir uns oft nicht. Wir haben für unsere Filialen bestimmte Richtlinien, und an die wollte er sich nicht halten.« Zunächst windet sich Hagemeister, aber dann redet er sich in Rage. »Er kann sich auch nicht benehmen. Auf der großen Weihnachtsfeier … er trinkt ein bisschen viel bei solchen Anlässen und … wie soll ich sagen … er ist immer ein bisschen zu sehr hinter der Damenwelt her.«

»Ist das ein Grund, sich gleich von ihm zu trennen?« Nicole sieht ihn prüfend an.

»Na ja, wenn es um die eigene Frau geht, schon«, rutscht es ihm heraus. Hagemeister ist deutlich anzusehen, dass er sich diesen Satz lieber verkniffen hätte.

Thies und Nicole sehen sich auch sofort an. Klingt das vielleicht nach einem echten Mordmotiv? Nach einem Alibi können sie den Großbäcker schlecht fragen. Der Todeszeitpunkt des Ermordeten ist zu vage.

Auf dem Weg zu ihrem Wagen spricht Nicole noch einmal den Ausfahrer an, der gerade in seinen Transporter steigen will. »Sagen Sie, ist Ihnen an Ihrem Kollegen Mario Koschitz in letzter Zeit etwas aufgefallen?«

»Kann man so sagen.« Da muss der Fahrer nicht lange überlegen. »Beide Augen zugeschwollen, und dat halbe Gesicht schillerte in allen Regenbogenfarben. Dabei is er dat normalerweise, der austeilt. Aber inzwischen sieht er schon wieder ganz manierlich aus.«

»Den Schläger auf der Harley haben wir schon mal.

Aber hat der deswegen auch den Bäcker im Sperrmüll auf dem Gewissen?«, raunt Thies seiner Kollegin zu.

Doch die hat schnell noch eine andere Frage an den Bäckereifahrer. »Kennen Sie den Kollegen Jens Küth?«

»Ja, der is ja tot aufgefunden worden, das hat hier natürlich schon die Runde gemacht. Ich hab ihn regelmäßig in Eckernförde beliefert, aber da is er ja wohl rausgeflogen.« Er sieht die beiden betroffen an. »Das musste ja eines Tages so kommen.«

»Was heißt das jetzt?« Thies sieht ihn verwundert an.

»Der hat doch alle Frauen angegraben, ob sie verheiratet waren oder nich. Davon waren die Ehemänner nich ganz so begeistert … also, der hat sich auch schon manches blaue Auge eingefangen.«

»War da möglicherweise auch etwas mit der Frau des Chefs?«, fragt Nicole gleich nach.

»Is dat nich 'ne andere Altersgruppe?«, fragt sich Thies.

»Ja, nee, seine zweite Frau is 'n ganzes Stück jünger als der Chef«, bemerkt der Fahrer. Und dann hat Thies auch gleich das Familienfoto auf dem Schreibtisch vor Augen.

»Und, war da was?« Die Kommissarin bleibt beharrlich.

Der Bäckereifahrer sieht die beiden nur an und zuckt mit den Schultern.

»Aber jetzt hab ich auch mal 'ne Frage: Hat Mario mit dem Mord wat zu tun?«

»Dat sind laufende Ermittlungen«, stellt Thies klar.

»Na ja, anders als Küth hat der das auch nich so mit den Frauen. Nur seine Harley und die Motorradgang.«

41

In der Bäckerei sind inzwischen vier Taschenlampen im Einsatz. Nicht nur in der Backstube, auch im Laden ist es inzwischen dunkel. Die Tage sind länger geworden, aber jetzt gibt es kein Tageslicht mehr. Durch das reparierte Schaufenster scheint die blaue Leuchtreklame von der gegenüberliegenden Raiffeisenbank in den Laden. Aber Scholle und seine gesamte Crew sind alle in der Backstube oder im Tunnel. Rusty Ralf ist mit einer kleinen Werkzeugkiste in den Tunnel gekrabbelt, um das defekte Elektrokabel zu flicken. Charly Kegel leuchtet ihm mit einer Taschenlampe. Er mag gar nicht hinsehen, wie der Tresorspezialist mit zittriger Hand an dem angefressenen Stromkabel herumhantiert. »Rusty, pass bloß auf, dass du keinen gew-wischt kriegst.«

Zwischendurch schlägt es einmal kurz Funken, in der gesamten Bäckerei geht für einen Moment das Licht an, die Kühlschränke brummen ein paar Takte, und die Knetmaschine macht ein paar müde Umdrehungen. Dann ist wieder alles dunkel.

»Verdammt noch mal!«, schimpft Ralf. Aber schon hat er die Zange mit dem Isoliergriff wieder zur Hand und lässt die Funken sprühen. »Schon blöd, wenn man die Sicherung vorher nicht rausdrehen kann.«

»Tja, hier unter der Erde gibt es keinen Sicherungskasten.« Charly hält die Taschenlampe noch etwas näher heran. »Schöne Sch-scheiße!« Aber die Verhältnisse unter Tage sind ihm als Ruhrpottkind vertraut.

In der Backstube fuchteln die anderen mit Taschenlampen herum. Der kleine Hans-Peter Scholz ist mal wieder auf hundertachtzig. »Das darf doch alles nich wahr sein! So schaffen wir dat nie. In ein paar Tagen is Pfingsten, verdammt noch mal. Dat lässt sich nich verschieben!«

»Scholle, wir haben dat nich mehr weit. Wir stehen kurz vor dem Durchbruch, dat hab ich im Gefühl.« Bubu steht einsatzbereit mit der Schaufel am Tunneleingang. Aber so richtig überzeugt klingt er im Augenblick auch nicht.

»Und ich hab das Gefühl, die Knalltüte mit ihrem Schaufelbagger steht auch kurz vor dem Durchbruch. Wenn der hier vor der Bank gräbt, dann können wir einpacken.« Scholle zupft an seinem Haarkranz herum und läuft hektisch durch die Backstube. Der Schein der Taschenlampen schwenken wie Lichtschwerter durch die Dunkelheit. »Das Dynamit und die blöden Geldtüten stehen da auch noch immer. Es darf alles nich wahr sein.« Der Stromausfall führt auch bei Scholle fast zum Kurzschluss.

»Jetzt hör mal auf, hier am Rad zu drehen«, versucht Grosche ihn zur Ruhe zu bringen.

Samira hockt währenddessen neben dem Gärschrank. Sie leuchtet mit der Taschenlampe auf das Meerschweinchen, das bewegungslos dahinterliegt. Nur ein Teil des

Kopfes mit ein paar verkohlten Haaren lugt heraus. Das Tier wirkt wie erstarrt, als sei es eingefroren. Neben dem Schrank stehen ein noch volles Schälchen mit Wasser und ein leergefutterter Teller mit ein paar Krümeln eines Zwiebelkuchens.

»Was ist bloß mit ihm? Es kann doch nicht angehen«, stöhnt die Schlangenfrau. »Er müsste doch wieder zu Kräften gekommen sein. Ich hab ihm doch grade zu fressen und zu trinken gegeben. Ein schönes Stück von unserem Zwiebelkuchen.«

»Is ihm offenbar auf 'n Magen geschlagen«, meint Bubu.

»Hört endlich mal mit dem idiotischen Meerschwein auf«, tobt Scholle. »Das Scheißvieh versaut uns hier noch die ganze Tour. Los, Bubu, erlös ihn, gib ihm eins drüber.«

»Untersteh dich!« Samira macht Anstalten, sich schützend davorzustellen.

Und dann sind von oben an der Ladentür Geräusche zu hören. Wer kann das sein?, fragt sich Grosche. Ist durch ihr defektes Kabel auch anderswo der Strom ausgefallen? Charly und Rusty müssen das Kabel schnellstens geflickt bekommen.

»Guck mal schnell nach«, raunt Timo Samira zu, die sofort nach oben in den dunklen Laden stürmt.

Erst bemerkt sie das Klopfen an der gläsernen Eingangstür, dann hat sie auch gleich die Bewährungshelferin Schlotterbeck-Thran im Lichtkegel ihrer Taschenlampe. Am liebsten würde sie gar nicht reagieren. Aber sie weiß, dass sie das bei Imke Schlotterbeck nicht machen kann.

»Bei Ihnen ist es ja immer noch dunkel«, stellt die Bewährungshelferin fest, nachdem Samira die Tür geöffnet hat.

»Ja, da arbeiten wir schon dran.« Sie gibt sich Mühe, gelassen zu wirken, was ihr gründlich misslingt. »Ich glaube, der Strom ist gleich wieder da.«

»Was ist da unten denn los bei Ihnen?« Frau Schlotterbeck steht schon in der Tür und lauscht auf die Geräusche in der Backstube. Samira hat gleich Sorge, dass sie Verdacht schöpft. Sie muss auf jeden Fall verhindern, dass die Bewährungshelferin in die Backstube geht.

»Was ist denn das für ein Krach?«

»Blöde Geschichte irgendwie.« Sie hat keine andere Idee, als bei der Wahrheit zu bleiben. »Bei uns läuft ja seit einiger Zeit so ein Meerschweinchen in der Backstube herum, und das hat offenbar ein Kabel angefressen …«

»Oh, Gott, lebt es noch? Das kann doch tödlich sein für so ein kleines Tier.« Imkes Tonfall klingt gleich noch mal besorgter.

»Ja, es hat richtig Verbrennungen bekommen. Aber dann hab ich ihm erst mal zu trinken und die Reste vom Zwiebelkuchen gegeben.«

»Zwiebelkuchen?« Frau Schlotterbeck ist jetzt nicht mehr besorgt, sondern entsetzt. »Das kann erst recht tödlich sein. Ich sage nur: schwefelhaltige Aminosäuren! Die können bei Meerschweinchen zum anaphylaktischen Schock führen.« Die Sozialpädagogin kennt sich offenbar auch mit Kleintieren aus. »Soll ich mal nach ihm sehen?«, bietet sie an. Imke kümmert sich gern. Sie will gerade Anstalten machen, in den Laden zu kommen. Samira kann sie nur mit Mühe zurückhalten.

»Nein, ich glaube wir haben das gut im Griff.« Ganz glaubhaft kann Samira das allerdings nicht vermitteln.

»Ich kann euch gern helfen.«

»Auf keinen Fall, Imke.« Auch Grosche kommt hektisch die Treppe heraufgestürmt. Aber genauso schnell ist er auch wieder abgetaucht.

»Der Timo ist auf sehr gutem Weg, selbstständig zu werden«, verkündet Imke Schlotterbeck in sanftem Ton. »Sehr schööön.«

42

Fünf Tage bis Pfingsten

Das Meerschweinchen hat sich mal wieder unter Bountys Barhocker verkrochen. Es ist mittlerweile sein Stammplatz geworden.

»Früher is er hier doch durch den Imbiss getobt wie Speedy Gonzales«, meint Klaas, der es bei der Postzustellung normalerweise auch etwas ruhiger angehen lässt.

»Besser er sitzt hier, als dass er mir vor 'n Bagger kommt«, kommentiert Dennis Wiese. »Ja, haben wir alles schon gehabt. Munteres Tierleben neben dem Glasfaserkabel. Und wir kommen dann nich weiter.«

»Da sitzt er hier schön relaxed im Trockenen.« Bounty tut so, als habe er den Nager bereits mit Kräutern aus seinem Garten gefüttert. In Wahrheit spendiert er ihm stattdessen ab und zu ein Stückchen von einem Schokocroissant »Seute Deern«. Die schokoladensüchtige Imbisshündin Susi guckt sofort eifersüchtig und bekommt auch ein Teilchen. »War nur das Stück, wo keine Schokolade drin ist«, rechtfertigt Bounty sich gegenüber der strengen Antje. Susi schnappt sich das Croissant, während das Meerschweinchen hinter den Glastresen flüchtet und dann zitternd unter der Fritteuse sitzt.

»Matze, komm mal raus!« Aber ganz so selbstverständlich geht Finn das »Matze« gar nicht mehr über die Lippen. Ahnt Nicoles Ältester etwas?

Auch Bounty kommt die Sache mittlerweile komisch vor. Als Finn gerade kurz draußen ist, äußert er in der Imbissrunde hinter vorgehaltener Hand seinen Verdacht. »Matze? Ich weiß nich. Das sieht mir eher nach Meerschweinchen Marlies aus.«

»Wie kommst du denn darauf?«, fragt Klaas.

»Man glaubt es nich, aber Bounty hat einen Blick für die Damenwelt.« Piet Paulsen sieht sich den Nager noch mal etwas genauer an.

»Ich kenn mich mit den Viechern ja nich aus«, räumt der Althippie ein. »Aber sie benimmt sich eher wie eine Marlies.«

Dennis Wiese verabschiedet sich bei dem Thema. Und auch Nicole möchte es im Augenblick nicht weiterverfolgen und wirft Bounty einen mahnenden Blick zu. Thies, Ole Matthiesen und sie haben zurzeit ganz andere Probleme. Ihr Mordfall wird eher verworrener. Zunächst hatten sie gar keine Anhaltspunkte, jetzt sogar zu viele.

Polizeianwärter Ole hat fleißig recherchiert. Vor allem hat er sich um die beiden Frauen gekümmert, die vor dem Mord oder auch gleich danach vor der Bäckerei aufgetaucht waren. Bei der Frau mit der markanten Igelfrisur handelt es sich um die Witwe des Ermordeten, die ihn aus Eifersucht getötet haben könnte. »Klassisches Motiv«, meint Ole. »Ich hab mich da mal 'n bisschen reingedacht.« Bei der anderen Frau tappt auch Ole bisher im Dunkeln.

Eventuell die Geliebte des Toten. Sie bleibt derzeit die große Unbekannte.

»Gute Arbeit«, lobt Thies seinen jungen Kollegen gleich, obwohl er so viel Neues eigentlich nicht herausbekommen hat. »Ole is praktisch 'n Profiler. Is er doch, oder, Nicole?« Die Kommissarin muss sich ein Grinsen verkneifen.

»Musst bloß aufpassen, Thies, dass er dir nich deinen Posten hier streitig macht«, krächzt Paulsen dazwischen. »Revier in Fredenbüll, das ist ein Traumjob, dat gibt es nich noch mal.«

Auch Timo Grosche und diese Gestalten, die immer noch in der Bäckerei herumpuzzeln, werden Nicole und ihren beiden Kollegen immer verdächtiger. Da kann Bewährungshelferin Schlotterbeck-Thran die Unschuld ihres Schützlings noch so sehr beteuern. Sie haben auch immer noch keinen Überblick, wer sich da alles in der Backstube herumtreibt. Irgendwie fand Thies auch den Kurzschluss vor zwei Tagen verdächtig. Er weiß auch nicht recht wieso. »Is nur so 'n Gefühl.« Aber damit liegt der Fredenbüller Dorfpolizist ja oft ganz richtig.

Dann haben Wencke Petersen und auch die Freunde aus der »Hidden Kist« von einem seltsamen Typen erzählt, der hier in der Gegend noch nie aufgetaucht ist und ihnen in seinem großkarierten Anzug und mit dem offensichtlichen Toupet auf dem Kopf gleich aufgefallen ist.

»Und wer 'n Toupet trägt, der bringt auch Bäcker um, oder was?« Für Thies werden es allmählich zu viele Verdächtige. Denn der angebliche Engländer war nicht der

Einzige, der in der Raiffeisenbank vor kurzem ein Schließfach angemietet hat. Und dann ist da noch der geheimnisvolle Skelettfund, der ihnen ein Rätsel aufgibt. Wer kann das sein?

»Na ja, hier im Deichvorland geht immer mal einer verloren.« Piet Paulsen blickt bedeutungsvoll in die Runde. »War bei dem jungen Kollegen letztes Jahr zu Ostern doch auch schon so.«

»Aber der Kollege hat sich glücklicherweise wieder angefunden«, entgegnet Nicole.

»... und sitzt hier jetzt munter auf 'm Barhocker, und zwar nich als Skelett.« Thies atmet tief durch.

»Denkst du da an jemand Bestimmten, Piet?« Nicole ordert nebenbei einen Latte Macchiato. »Ist da vielleicht schon mal jemand vor ...«, sie rechnet, »... sagen wir mal vor fünfzig Jahren verlorengegangen?«

»Vor fünfzig Jahren?« Piet kommt ins Grübeln. »Na ja, dat war meine Anfangszeit als Landmaschinenvertreter bei Schmale. Dat war noch was, als ich meinen ersten Mähdrescher verkauft hab.«

»Das waren noch Zeiten, was Piet?«, schaltet sich Bounty ein, der zweitälteste nach Paulsen.

»Komm, hör auf, Bounty, da wart ihr mit eurer Fredenbüller Hippiekommune noch gar nich in Sicht.«

»So genau wollte ich es jetzt gar nicht wissen«, unterbricht Nicole den historischen Rückblick. »Mich interessiert nur ...«

»Ja, Nicole, ich weiß schon.« Piet überlegt. »Da gab es doch damals einen Verschollenen, den sie nie wieder gefunden haben. Antje, erinnerst du dat noch? Du kommst doch auch aus Fredenbüll ... Thies war ja noch Kleinkind ... warst du überhaupt schon geboren?«

»Komm, Piet, was war jetzt?« Nicole wird allmählich ungeduldig.

»Ich erinnere es doch auch nich mehr so genau.« Piet putzt seine Gleitsichtbrille, als könne er dann besser in die Vergangenheit zurücksehen.

»Wo du das jetzt sagst, Piet, da war was.« Jetzt meint auch Antje sich erinnern zu können. »Dat war damals großes Gesprächsthema, war auch in der Zeitung und so. Aber da war ich ja auch noch Kind, glaube ich. Is lang her.«

»Ja, da war damals einer verschollen.« Mit geputzter Gleitsicht hat es Piet jetzt offenbar wieder vor Augen. »Rätselhafte Geschichte. Aber dat war nich hier in Fredenbüll ...«

»Sondern, Piet?!« Nicole trommelt mit den Fingern ungeduldig auf dem Stehtisch herum.

»Ja, wo war dat? Wenn ich mich recht erinnere, war dat ... in Schlütthörn!«

43

»Habt ihr denn schon von dem Skelett gehört?« Polizistengattin Heike blickt im »Salon Alexandra« fragend in die Runde. Der Friseursalon ist mal wieder voll besetzt. Vor Pfingsten will sich die Fredenbüller Damenwelt noch die Haare machen lassen. Sandra und Dörthe sind da, und die Filialleiterin der Schlütthörner Raiffeisenbank Wencke Petersen braucht ein paar neue Strähnchen. Auch Heike ist zum Nachglätten gekommen. Seit ein paar Tagen tendiert die Frisur schon wieder Richtung Heuwagen.

»Ja, dat Skelett is ja im Augenblick wohl dat Gesprächsthema in Fredenbüll. Schrecklich!«, schreit Dauerkundin Frau Bandixen mit rollendem R aus der heulenden Trockenhaube heraus. »Weiß man denn schon was?«

»Thies ermittelt schon, aber na ja …«

»Wat will er da auch ermitteln?«, gibt Heikes Freundin Sandra zu bedenken, die auf einem der Friseurstühle mit einer ganzen Ladung Lockenwickler im Haar auf die weitere Behandlung wartet, »… bei so einem alten Skelett.«

»Eine wirklich seltsame Geschichte ist das. Richtig unheimlich. Das Skelett hat ja vergraben direkt neben der Straße gelegen. Wenn man bedenkt, man ist da immer entlanggegangen oder drüber weggefahren.« Bankerin Wencke Petersen macht ein ernstes Gesicht.

»Das hat doch angeblich dieser Schaffner aus dem Nord-Ostsee-Express gefunden, mit dem ihr letztes Jahr in Paris wart«, meint Dörthe gehört zu haben, die nur kurz zum Spitzenschneiden vorbeigekommen ist.

»Ja, Dennis Wiese, der hat ja umgesattelt von Zugbegleiter auf schnelles Glasfaser«, weiß Heike. »Man sieht ihn immer mal in der Gegend mit seinem kleinen Bagger rumfahren, und manchmal is er auch in der ›Hidden Kist‹.«

»Mit dem Bagger hat er wohl auch die Knochen ausgegraben.« Salonchefin Alexandra bereitet schon mal das Glätteisen für Heike vor. »Die Nachricht hat sich hier gleich wie ein Lauffeuer verbreitet. Sogar Frau Bandixen ist immer auf dem neusten Stand.«

Die Stammkundin lugt mit gerötetem Gesicht aus der Trockenhaube heraus. »Jaaa, hier bei Alexandrrra is man ja eigentlich immer rrrecht gut informiert. Aber wie kommt dat Skelett da eigentlich in den Graben rrrein? Dat würd mich schon mal interessieren.«

»Dat muss da wohl schon 'ne ganze Weile gelegen haben, meint Thies.« Heike ist am Stand der Ermittlungen natürlich ganz nah dran. »Vielleicht hat das erst auch woanders gelegen. Auf jeden Fall is dat Skelett schon ziemlich alt. Achtzig Jahre oder so, meint die Spusi«, verkündet sie voller Stolz.

»Achtzig Jahre?« Frau Bandixen rechnet. »Da war der Krieg ja noch nich mal vorbei.«

»Aber Sie waren schon auf der Welt, Frau Bandixen, oder?« Alexandra stellt die Trockenhaube eine Stufe niedriger.

»Wie bitte?«, schreit die Seniorin.

»Alexandra meint, Sie haben da schon gelebt, Frau Bandixen«, wiederholt Sandra vom benachbarten Friseurstuhl.

»Mal grad eben«, stellt Frau Bandixen fest und macht Anstalten, wieder unter der Trockenhaube zu verschwinden.

»Ja, stimmt, dat Skelett müsste eigentlich in etwa so alt sein wie Sie, Frau Bandixen«, überlegt Heike. »Im Gegensatz zu Ihnen lebt es aber seit fünfzig Jahren oder so nich mehr, meint wohl die Spusi.«

»Das wird ja immer unheimlicher«, findet Wencke Petersen.

»Wat sagst du da, Heike? Fünfzig Jahre?« Jetzt kommt Frau Bandixen wieder ganz aus der Haube hervor. Die langen Lockenwicklernadeln stehen ihr wie Antennen vom Kopf, als könne sie damit Wellen aus der fernen Vergangenheit empfangen. »Hatten wir hier im Landkreis nich diesen spektakulären Vermisstenfall? Da ist doch einer verschwunden. Wer war das noch?«

»Da kann ich gar nichts dazu sagen.« Alexandra schüttelt die rote Löwenmähne. »Das war vor meiner Zeit.«

»Der war doch wie vom Erdboden verschluckt. Einfach weg.« Frau Bandixen ist es immer noch ein Rätsel. »Wer war dat bloß noch? War damals ja immer wieder in der Zeitung.«

»Wie kann das angehen?«, fragt sich Bankerin Wencke auf dem Wartestuhl und legt die ›Gala‹ jetzt endgültig zur

Seite. »Dass da jemand die ganzen Jahre über verschollen war?«

»Ja, das haben sich damals auch alle gefragt. War ein rregelrrechter Skandal.«

»Und Sie können sich auch nich mehr erinnern, wer das war?« Heike gibt die Hoffnung nicht auf. Sie würde Thies auch gern mal zu einer Erkenntnis verhelfen.

»Nee, nix mehr da.« Frau Bandixen schüttelt den Kopf, dass die Lockenwicklernadeln wackeln.

Und dann geht der Blick der Damen durchs Schaufenster nach draußen. Ein schmaler alter Geländewagen fährt mit hämmerndem Motor vor. Das Dröhnen bringt das ganze Schaufenster zum Vibrieren. Der Motor wird für einen Moment abgestellt. Dann steigt auf der Beifahrerseite eine Frau aus. Sie hat dieselbe rote Mähne wie Salonchefin Alexandra.

»Dat is doch die Bedienung aus der neuen Bäckerei in Schlütthörn«, bemerkt Dörthe sofort.

»Na, was will Madame denn hier schon wieder?« Alexandra ist nicht besonders gut auf Samira zu sprechen. »Oder hat sie sich jetzt doch zu einer anderen Frisur durchgerungen?« Sie fasst sich demonstrativ in ihre üppigen Haare, die exakt dasselbe Rot wie die der Schlangenfrau haben.

»Und auf dem Fahrersitz …« Heike zeigt nach draußen. »Is dat nich ihr Partner von damals?«

Die anderen sehen Sie fragend an.

»Na, der Messerwerfer, ›Zorro und Samira‹.«

»Und auf dem Rücksitz?« Auch Wencke Petersen

blickt staunend zu dem Auto. »Was macht René denn da?«

»Wer?«, will Heike wissen.

»René Sobrinski, unser neuer Mitarbeiter für das Investmentbanking. Was macht der da?« Sie überlegt, und dann fällt es ihr ein. »Das heißt, dieser andere Mann ist neuerdings Kunde bei uns … was soll der sein? Messerwerfer? Seltsam.«

Aber in dem Moment startet der Geländewagen auch schon wieder mit hämmerndem Motor, und Samira betritt schwungvoll den Salon.

»Haben Sie einen Termin?« Alexandra sieht sie provozierend an und streicht sich dabei ihre Löwenmähne hinter das Ohr. »Zu Pfingsten vielleicht doch ein paar Strähnchen?«

»Warum nicht.« Samira sieht sie schnippisch an. »Ein paar Strähnchen für ein neues Leben.«

»Gleich 'n neues Leben?« Heike wundert sich. »Sie haben in der Bäckerei doch gerade erst angefangen.«

»Nur zur Aushilfe.« Jetzt streicht auch sie sich die roten Haare zurück. »Mal sehen, was jetzt kommt.« Die Schlangenfrau klingt unternehmungslustig.

Die anderen hören sich das interessiert mit an. Nur Frau Bandixen war die ganze Zeit wieder unter ihrer Trockenhaube abgetaucht. Jetzt kommt sie auf einmal aufgeregt wieder daraus hervor.

»Mir fällt dat grade wieder ein, der Vermisste damals, dat war auch 'n Bäcker.«

44

Vier Tage bis Pfingsten

»Ach, Thies und Nicole, ihr seid dat.« Pensionswirtin Renate ist hocherfreut, als die beiden Polizisten vor ihrer Tür stehen. »Kommt doch erst mal rein.«

Die beiden Polizisten haben neue Erkenntnisse. Eher zufällig ist Ole Matthiesen bei seinen Recherchen auf die Telefonnummer von Renates Pension gestoßen. Bei der Durchsicht alter Vermisstenmeldungen hatte er vergeblich nach der möglichen Identität des Skeletts geforscht. Stattdessen hatte er eine etwa fünf Wochen alte Vermisstenmeldung entdeckt, die bei der Zentrale in Flensburg eingegangen war. Der Anruf kam anonym, aber die Telefonnummer, die Ole recherchiert hatte, kam Thies gleich bekannt vor. Sie steht schließlich seit Jahren gut sichtbar auf dem Schild im Vorgarten von »Renates Wellness-Oase«.

»Wir wollen gar nich lange ... wir haben eigentlich nur eine Frage.« Nicole kommt schnell zur Sache, denn sie möchte sich hier auf keinen Fall häuslich einrichten.

»Ich hab noch ’n Gast, der is mit Frühstück noch nich ganz durch. Wollt ihr auch erst mal ’n Kaffee?«

»Ich hab schon gehört, du hast mal wieder ’n Feriengast«, bemerkt Thies.

»Ja, dat is wohl 'n Engländer. Immer im karierten Jackett.« Auch beim Flüstern rollt sie das R. »So 'n büschen wat Besseres ... wie soll ich sagen ... englisch eben.«

»Renate, wir wollen dich wirklich nich lange aufhalten.« Aber da hat die Pensionswirtin Thies schon in ihre Küche gedrängt, und Nicole bleibt gar nichts anderes übrig, als ihnen zu folgen. Im Vorbeigehen wirft Thies einen Blick in das Frühstückszimmer.

»Moin, Moin«, grüßt der Gast auf Friesisch mit englischem Akzent und einem Eierlöffel in der Hand.

»Ja, Moin«, grüßt der Fredenbüller Dorfpolizist zurück. Nicole nickt nur.

»Sag mal, dat is doch der mit dem Toupet, von dem Antje und Wencke Petersen erzählt haben«, flüstert Thies seiner Kollegin zu. »Wat macht der hier? Urlaub?«

»Renate hat ja immer wieder ungewöhnliche Gäste«, erinnert sich die Kommissarin. Aber der sieht wirklich ziemlich schräg aus. »Was hatten Bounty und Wencke gesagt?«

»Dat er englische Jacketts wie der alte von Rissen trägt, und Wencke meinte, dass er in der Bank ein Schließfach angemietet hat. Is ihr irgendwie aufgefallen.« Thies redet die ganze Zeit im Flüsterton.

»Alles kein Grund, ihn wegen Mordverdachtes zu verhaften«, stellt die Kommissarin fest.

Renate hat ihrem Gast währenddessen Kaffee nachgeschenkt und versorgt jetzt auch die beiden Polizisten in der Küche mit einer Tasse.

»Kannst du uns etwas über den Mann sagen?« Nicole

deutet mit einer Kopfbewegung zum Frühstücksraum. »Für deine Honigmassage ist er ja nicht so der Typ, oder?«

»Nee, mit Wellness kann ich dem nich kommen. Wenigstens steht er auf die Eier vom Biohof, jeden Morgen zwei, und auf meine selbsteingemachte Hagebuttenmarmelade. Dat is ja schließlich auch Wellness.«

»Renate, wegen der Wellness sind wir nicht hier, wie du dir denken kannst.« Nicole will endlich mal weiterkommen.

»Ich hab schon gehört, ihr habt den Bäcker gefunden, der damals verschwunden ist.« Frau Bandixens Erkenntnis hat sich in Fredenbüll wie ein Lauffeuer verbreitet. Alle rätseln über das geheimnisvolle Skelett. Was ist damals vor fünfzig Jahren in der Schlütthörner Bäckerei passiert? Auch die Älteren, Piet Paulsen oder »Dauerwelle« Frau Bandixen haben nur noch vage Erinnerungen. Aber heute sind Thies und Nicole ja aus einem anderen Grund bei Renate.

»Uns ist bei einer Vermisstenmeldung deine Telefonnummer aufgefallen.« Thies sieht sie prüfend an, und die Pensionswirtin blickt fragend zurück. »Von deinem Telefon ist eine Vermisstenmeldung gemacht worden.«

»Kann nich sein!« Renate ist entrüstet. »Ich hatte damals noch gar kein Telefon.«

»Wir reden jetzt nicht über die Zeit vor fünfzig Jahren, sondern vor einem Monat«, erklärt ihr die Kommissarin. »Und der Vermisste war der ermordete Bäcker.« Renates Blick wird immer ratloser. »Hattest du in dieser Zeit eines der Zimmer vermietet?«

»Nee.« An Gäste in diesem Zeitraum kann Renate sich zunächst nicht erinnern. »Nur diese eine Frau war mal kurz da, zwei oder drei Mal. Aber immer nur für eine Nacht, und Frühstück wollte sie auch nicht.« Renate tut so, als würde die Übernachtung dann nicht zählen.

»Hatte die so 'ne spezielle Frisur?«, fragt Thies gleich nach. »So ein Igel mit bunten Stacheln?«

»Igel? Nee, dat war kein Igel.« Da ist sich Renate sicher. Und mit Frisuren kennt sie sich als Stammkundin im »Salon Alexandra« aus.

»*Alright*, ich wünsche einen schönen Tag«, grüßt der Major kurz durch die Küchentür. »Frau Renate und die Herrschaften.«

»Ihnen auch 'n schönen Tag, Herr Hasel … ähhh … spuuun.«

Die beiden Beamten nicken ihm kurz zu. Aber dann kehrt Nicole schnell zur Befragung zurück. »Wie sah sie denn aus?«

»Eigentlich normal.« Sie überlegt. »Also auf keinen Fall wie 'n Igel.«

»Das heißt stattdessen?« Nicole wird ungeduldig. Renate blickt sie fragend an. »Was hatte sie stattdessen für eine Frisur? Und wie sah sie aus?«

»Dunkle Haare. So 'n büschen kürzer als du, Nicole … und dunkler. Ach so, sie hatte irgendwie komische Ohren.«

Die Kommissarin verdreht angesichts dieser Beschreibung die Augen. Bei Befragungen hat sich Renate schon in früheren Fällen schwergetan, erinnert sich Nicole.

»Alter?«, fragt Thies. »Renate, wie alt war die Frau? So wie Nicole? Jünger? Älter?«

Renate wirkt angesichts der Frage überfordert »Vielleicht 'n büschen älter als Nicole, aber nich viel.«

Mehr scheint aus der Wirtin der »Wellness-Oase« im Augenblick nicht herauszubekommen sein.

»Wer ist die Frau?«, fragt die Kommissarin, als die beiden wieder in ihrem Auto die Fredenbüller Dorfstraße entlangfahren.

»Nicole, da war von zwei Frauen die Rede.«

»Der Igel und …«

»… die große Unbekannte … mit großen Ohren!« Auf einmal bekommt er seinen Kuhblick. Bei Thies fallen gleich mehrere Groschen.

45

Das Stromkabel ist längst repariert. Es hatte allerdings etwas Ärger gegeben. In der verkehrsberuhigten Zone war die Straßenbeleuchtung und im Drogeriemarkt neben der Bank ebenfalls der Strom ausgefallen. Der Filialleiter war alarmiert worden, dass die Schaufenster und auch drinnen sämtliche Regale mit Shampoos, Sonnencremes und Hafermilch im Dunkeln lagen. Der Drogist hatte gleich beim Energieversorger angerufen, und die Notfallzentrale hatte zunächst Baggerfahrer Dennis Wiese in Verdacht. Doch der Glasfasermann saß zum betreffenden Zeitpunkt in der »Hidden Kist« beim Feierabendbier und diskutierte mit Piet und Klaas die Vorzüge des schnellen Internets und das Forechecking beim HSV. Aber dann war der Strom genauso plötzlich, wie er ausgefallen war, wieder da. Charly Kegel und Rusty Ralf war es zwischenzeitlich gelungen, das unterirdische Kabel zu flicken. Die schlechte Stimmung in Scholles Crew war damit aber noch lange nicht behoben.

Dass Meerschweinchen Matze wieder obenauf ist und mit angesengten Haaren munter durch die Backstube fegt, hebt Scholles Laune nicht unbedingt. Ganz im Gegenteil. Das Vieh bringt den Bandenchef allmählich zur Weißglut. Er nimmt sich drei altbackene »Kliffkanten« und wirft sie nach dem Tier, das prompt hinter der Knetmaschine in Deckung geht. Vor allem aber sorgt sich Hans-Peter Scholz um den Zeitplan. In diesen Tagen wollten sie mit ihrem unterirdischen Tunnel längst an der Kellerwand der Bank angekommen sein, um Pfingsten dann den entscheidenden Durchbruch zu machen. Sobald der Geldtransporter mit den Pfingsteinnahmen der Fährreederei eingetroffen und das Geld im Safe verstaut ist, wollen sie zugreifen.

»Verdammte Scheiße, wir haben keine Zeit mehr«, giftet Scholle seine Kumpel an.

Bubu und Charly behaupten derweil, sie wären ganz nahe dran. »Nur noch ein paar Meter, wir haben es gleich,« versucht Bubu seinen alten Weggefährten zu beruhigen. »Ich hab dat im Gefühl.«

»Und ich hab im Gefühl, dass wir die paar Meter kaum schaffen, wenn du hier mit der Schaufel nur rumstehst!« Scholz fährt sich mehrmals hektisch durch seinen Haarkranz.

»Zur Not haben wir in der Hinterhand noch dat schwere Ge-geschütz.« Kegel deutet auf die Kiste mit den Dynamitstangen.

»Ihr macht mich wahnsinnig«, schreit Scholz. »Warum steht die Kiste hier immer noch rum? Verdammt noch mal, ich hab dir tausendmal gesagt, die muss hier verschwinden. Nicht auszudenken, wenn dat Zeugs hier hochgeht. Und die Scheiß-›Kik‹-Tüte mit den fotokopierten Scheinen muss auch weg!« Er redet sich immer mehr in Rage.

»Scholle, nun komm mal wieder runter«, will Charly Kegel ihn beruhigen.

Doch das bringt »das Hirn« erst richtig in Fahrt. Aus lauter Wut schnappt Scholle sich statt der alten »Kliffkanten« jetzt das Salzteigmodell der Schlütthörner Raiffeisenbank und wirft es mit ganzer Wucht gegen den Ofen. Der trockene Teig zerspringt sofort in tausend Teile. Der Streifen der Dorfstraße mit Bäckerei und Bank liegt in Krümeln auf dem Boden der Backstube.

»Was s-soll dat? Was ist dat denn für eine S-s-sauerei?« Jetzt schreit auch Kegel.

»Ganz ruhig, alles halb so wild, ich feg dat eben weg.« Bubu legt die Schaufel beiseite und greift in Zeitlupe zum Besen.

»Verdammte Scheiße.« Wie zur Bekräftigung schießt Scholz noch mal mit der Fußspitze ein etwas größeres Salzteigstück Einkaufszone quer durch die Backstube.

Scholle weiß nicht mehr, wem er trauen und auf wen er sich verlassen kann. Jeder belauert den anderen.

Der Major ist skeptisch. Seine Idee mit dem ausgetauschten Falschgeld findet er selbst natürlich genial. Aber sonst scheint er wenig engagiert und ist immer häufiger abwesend. Und dann wurde er angeblich schon wieder in der Nähe von Samiras Wohnwagen gesichtet. Und der Major will Rusty Ralf zusammen mit Samira im innigen Gespräch auf der Fredenbüller Dorfstraße gesehen haben. Rusty wirkt in den letzten Tagen irgendwie phlegmatisch, auffällig ruhig, kein Zittern mehr. Hat er möglicherweise wieder zur Flasche gegriffen? Hat Samira ihn verführt?

»Die Frau macht euch alle verrückt, ich hab es doch gleich gesagt.« Scholz war schon immer skeptisch. Und auch Charly ist nicht mehr so überzeugt wie am Anfang. Er will vor ein paar Tagen abends einen lauten Streit im Zirkuswagen gehört haben.

»Wer der Mann war, weiß ich nich«, erzählt Kegel. »Vor allem war dat die Stimme von Samira. ›Ich mach da nich mehr mit‹, hat sie geschrien. Hörte sich an, als wenn da Geschirr geflogen ist.«

»Wer war das?«, fragt sich Scholle. »Will die Schlangenfrau bei uns aussteigen?«

Und dann will Timo Grosche schon wieder zwei Typen gesehen haben, die sich vor der Bäckerei herumtreiben. Der eine gehört wohl zur Bank, meint er, und den anderen hat er nicht so recht erkennen können. Scholle findet im Augenblick alles verdächtig. Wird er langsam paranoid kurz vor seinem großen Coup, von dem er noch gar nicht weiß, ober er wirklich stattfindet?

Von draußen klingt das Brummen eines Lastwagens bis in die Backstube. Timo kommt die Treppe herunter. »Die haben da noch andere Schilder und Absperrungen abgeladen.«

»Schilder wegen der Kabelarbeiten? Darf nich wahr sein!« Scholle fährt sich nervös durch den Haarkranz.

Und dann kommt auch noch Samira, die eigentlich gerade in der Mittagspause ein paar Besorgungen machen wollte, auf ihn zugestürzt.

»Ich muss mit euch reden«, stammelt sie.

46

Die Ermittlungen nehmen Fahrt auf. Im Augenblick wissen Thies und Nicole allerdings noch nicht, in welche Richtung es gehen soll. Den Großbäcker Hagemeister müssten sie sicher noch mal befragen. Thies glaubt da eine heiße Spur zu wittern. Aber jetzt fahren sie erst mal nach Husum, um dem Altbäcker Hansen einen Besuch abzustatten. Die älteren Fredenbüller Piet Paulsen und Frau Bandixen hatten den wichtigen Hinweis geliefert, dass es sich bei dem Skelett um den damals spektakulären Vermisstenfall gehandelt haben könnte und dass dieser Vermisste vermutlich in der Bäckerfamilie Hansen zu suchen ist.

Der alte Hansen hat sich endgültig aus seiner Bäckerei zurückgezogen. Das Stammhaus und die fünf Filialen hat er verpachtet und einen Teil auch verkauft. Seine Kinder haben eigene Berufe und keine Ambitionen im Bäckereihandwerk. Der Altbäcker lebt inzwischen in einer Seniorenresidenz am Husumer Schloss und widmet sich ganz seinem Hobby, dem Modellbau von historischen Dampfschiffen. Zurzeit klebt, feilt und pinselt er an dem Schraubendampfer »Schaarhörn« von 1908 herum. Auch heute sitzt er im blauen Troyer vor seinem Schiffsmodell und ist vollkommen in die Arbeit vertieft, aber er freut sich über jeden Besuch.

»Dat sieht gut aus. Haben Sie aber ganz schön wat mit zu tun, oder?« Thies ist beeindruckt.

»Bin ich all die Jahre wenig dazu gekommen.« Einen millimeterdünnen Galgen für ein Rettungsboot in der einen und den Sekundenkleber in der anderen Hand sieht er die beiden an.

»Hätte ich gar nicht gedacht, ein ungewöhnliches Hobby für einen Bäcker«, bemerkt Nicole.

»In meinem Vorleben wollte ich mal Schiffbauer werden.« Hansen grient die beiden an. »Ich hab sogar ein paar Semester studiert.« Dabei sieht er die beiden Polizisten fragend an.

»Sie müssen entschuldigen, wir platzen hier einfach bei Ihnen herein und haben uns noch gar nicht vorgestellt«, fällt Nicole jetzt auf. »Kriminalhauptkommissarin Stappenbek von der Mordkommission Husum, und das ist mein Kollege PHM Detlefsen.«

»Wie bitte? Mordkommission, sagen Sie?« Vor lauter Schreck tropft ihm prompt der Schnellkleber aus der Tube. »Ich puzzle hier friedlich an meinem Dampfschiff herum, was hab ich mit Mord zu tun?«

»Dat wollen wir rauskriegen, deshalb sind wir hier.« Dabei hat Thies weiter die filigranen Details der »Schaarhörn«, den eleganten weißen Schiffsrumpf, die mit kleinen Wimpeln bestückten Masten und den hoch aufragenden gelben Schornstein im Blick.

»Sie haben ja wahrscheinlich auch schon gehört, dass bei den Grabungsarbeiten für die Glasfaserkabel ein Skelett aufgefunden wurde«, fährt Nicole fort.

»Skelett? Nee!« Der alte Hansen überlegt. »Oder doch. War da nich 'n Foto in der Zeitung? Aber was hab ich damit zu tun?«

»Unsere KTU hat herausgefunden, dass dat aufgefundene Skelett ziemlich genau vor fünfzig Jahren zu Tode gekommen ist … dat heißt, erst noch nich.« Thies kommt ins Schleudern. »Aber im Lauf der Zeit ist daraus dann ein Skelett geworden.« Nicole zieht die Augenbrauen hoch.

»Vor fünfzig Jahren?« In Bäckermeister Hansen arbeitet es.

»Wir haben jetzt mehrere Aussagen älterer Mitbürger aus dem Umfeld Fredenbüll und Schlütthörn …«

»Piet Paulsen und Frau Bandixen«, wird Thies konkreter und bekräftigt damit die Seriosität der Aussagen.

»… und diese Aussagen deuten darauf hin, dass es vor etwa fünfzig Jahren einen spektakulären Vermisstenfall in der Gegend gab … und dass dieser Fall mit Ihrer Bäckerei in Schlütthörn in Verbindung stand.« Nicole sieht den Bäcker prüfend an.

Die heitere Gelassenheit des Modellbauers ist mit einem Mal dahin. Hansen bringt keinen Ton mehr heraus. Nur aus der Tube des Sekundenklebers tropft es jetzt heftiger.

»Herr Hansen, haben Sie verstanden, was ich gesagt hab?«, fragt die Kommissarin nach.

»Ja, fünfzig Jahre.« Nervös versucht er sich Klebstoff von seinen Fingern zu wischen. »Vor fünfzig Jahren ist mein Bruder von einem Tag zum anderen verschwunden.« Hansen wird immer unruhiger. Er weiß offenbar nicht recht, was er weiter sagen soll.

»Was ist passiert?«, hakt Nicole nach.

»Der Vermisste war mein Bruder.« Der Altbäcker hat jetzt Schweiß auf der Stirn. »Er wollte gerade die Bäckereifiliale in Schlütthörn übernehmen. Kurz vorher war er dann ganz plötzlich verschwunden. Einfach weg. Wir waren damals alle vollkommen von den Socken. Das heißt, ich lebte damals ja gar nicht in Nordfriesland, sondern studierte in Hamburg Schiffbau. Wie gesagt.«

Jetzt starrt auch Nicole auf das Modellschiff. »Gab es damals Vermutungen, was passiert sein könnte?«, fragt sie weiter. »Gab es einen Verdacht?«

»Na ja.« Hansen legt den Kleber beiseite. »Der junge Hagemeister aus Neumünster hatte sich damals sehr um die Filiale bemüht. Hagemeister wollte sich auch vergrößern, genau wie wir.« Er überlegt. »Er hatte die Bäckerei praktisch schon in Besitz genommen, obwohl sie ihm noch gar nicht gehörte. Mein Bruder war ja verschwunden. Und dann hat meine Familie mich aus der Uni vom Schiffbau zurückgepfiffen, damit ich die Bäckerei übernehme. Fand ich damals überhaupt nicht komisch. Ich war ja eigentlich gar kein Bäcker. Eine Lehre hatte ich als Jugendlicher bei meinem Vater mal gemacht. Aber den Meister musste ich auf die Schnelle nachholen. Mein Vater wollte damals den Hagemeisters keine Filiale kampflos überlassen. Es ging damals los mit den ersten Großbäckereien. Hagemeister und wir wollten beide die Nummer eins im Norden werden. »

»Bäckerei-Krieg, oder wie seh ich dat?«, fragt Thies.

Nicole und er sehen sich elektrisiert an. Auf einmal

glauben sie, der Lösung des Falles ganz nahe zu sein. Im nächsten Moment stellen sich dann aber auch gleich wieder Zweifel ein. Das geheimnisvolle Skelett weist weit in die Vergangenheit zurück. Aber handelt es sich dabei wirklich um den Bruder des Bäckers Hansen? Und ist dieser wirklich ermordet worden oder auf andere Art zu Tode gekommen?

»Dat Skelett is Ihr Bruder, jede Wette.« Thies scheint fest überzeugt. »Auf den Knochen war nicht nur Mörtel, sondern auch Mehl. Dat spricht alles für einen Bäcker.«

Nicole signalisiert ihm, dass er seine Annahmen gegenüber dem alten Hansen etwas schonender formulieren sollte. Aber dann bittet sie den Altbäcker doch um eine DNA-Probe, um ihren Verdacht zu überprüfen. Bis sie ein Ergebnis haben, wird es allerdings mindestens zehn Tage dauern.

»Hatten Sie damals die Familie Hagemeister in Verdacht, dass sie für das Verschwinden Ihres Bruders verantwortlich sein könnte?«, fragt die Kommissarin jetzt etwas vorsichtiger.

»Ach, wissen Sie, ich habe die Bäckerei aufgegeben ... und jetzt ...« Er wirft einen Blick auf das halb vollendete Schiffsmodell. »... widme ich mich der ›Schaarhörn‹.« Er kratzt auf dem Tisch an einem bereits erhärteten Tropfen Sekundenkleber herum. »Aber, wo Sie es sagen, seltsam ist das schon. Vor fünfzig Jahren verschwindet mein Bruder, als er die Bäckerei in Schlütthörn übernehmen soll. Und nun verpachte ich an einen ehemaligen Mitarbeiter von Hagemeister, woraufhin dieser auch gleich verschwindet und wenig später tot aufgefunden wird.« Es wirkt so, als habe sich Hansen mit diesem Gedanken vorher noch gar nicht beschäftigt. Offenbar will er dies jetzt auch nicht weiterverfolgen und wendet sich demonstrativ wieder seinem Modellschiff zu.

»Die Spuren führen in die Bäckerei nach Schlütthörn« resümiert Thies, nachdem sie den Altbäcker Hansen verlassen haben. »Und sie führen in beiden Fällen zum Großbäcker Hagemeister mit seinen ›Backecken‹«. Was hat sich damals vor fünfzig Jahren in der Bäckerei in Schlütthörn abgespielt und was vor ein paar Wochen?

»Auch dat Skelett hatte Mehl an den Knochen«, stellt Thies noch mal fest.

»Aber das Mehl wird sich kaum die fünfzig Jahre im Straßengraben von Bongsbüll gehalten haben«, wendet Nicole ein.

»Außerdem hat die KTU Mörtel an den Knochen festgestellt ...« Thies überlegt.

Nicole schüttelt den Kopf. »Mehl und Mörtel? Das passt doch alles nicht zusammen.«

»In der Schlütthörner Bäckerei wird doch gerade renoviert«, fällt Thies ein.

»Komm, Thies, das Skelett hat doch da nicht fünfzig Jahre in der Bäckerei rumgesessen.«

»Vielleicht sollten wir uns die Bäckerei mal genauer angucken.«

47

Die Streitigkeiten in seiner Gang lassen Scholz keine
Ruhe. Was treibt Samira für ein Spiel? Was hat sie vor?
Mit wem trifft sie sich möglicherweise, mit wem macht
sie gemeinsame Sache? Bringt sie seinen großen Coup auf
den letzten Metern in Gefahr? Gibt es Verräter?

Auf dem Fahrrad ist er spät abends an den Deich gefahren. Es ist eigentlich schon Nacht. Aber über der Nordsee
ist noch deutlich die rötliche Abenddämmerung zu erkennen. Ein paar Austernfischer ziehen krakeelend über
ihn hinweg. Von der See kommt eine leichte feuchte Brise.

Er hat die Orte Schlütthörn und Reusenbüll hinter sich
gelassen. Vor dem Deich parken mehrere Autos. SUV,
Familienkutschen, ein Geländewagen. Was machen die
hier? Spaziergänger? Mitten in der Nacht? Vermutlich ir-
gendwelche verrückten Vogelbeobachter. Scholz wischt
den Gedanken beiseite. Er nimmt den kleinen asphaltier-
ten Weg, der schräg den großen Deich hinaufführt. Scholle
kommt dabei richtig aus der Puste. Von der Deichkrone
aus hat er einen weiten Blick über das ganze Deichvorland. Am Horizont kann er das Watt sehen, und von Weitem blinken ein paar Lichter von den Halligen herüber.
Und dann steht da unübersehbar, mitten in der baumlosen, platten Landschaft, an dem Weg zum Watt, hinter

einer Schautafel des NABU der alte Wohnwagen vom »Zirkus Zamproni«.

Ein Stück fährt er noch auf dem Rad, dann steigt er ab. Er wirft das Rad ins Gras und geht zu Fuß weiter, um nicht aufzufallen. Scholz ist nun wirklich nicht besonders groß. Trotzdem duckt er sich noch mal weg. Im selben Moment merkt er, wie unsinnig das ist. Hier in dieser baumlosen Landschaft kann er sich nirgendwo verstecken.

Als Scholle näher kommt, sieht er, dass in dem Camper Licht brennt. Er schleicht sich näher heran und geht zunächst hinter der Schautafel des NABU mit der Vogelwelt des Wattenmeeres in Deckung. Er lauscht. Vom Wagen weht ein ABBA-Song herüber. Er sieht an den Rotschenkeln und Pfuhlschnepfen auf der NABU-Tafel vorbei zu dem erleuchteten Zirkuswagen. In dem kleinen Fenster ist nichts zu erkennen, und hören kann er auch nichts, nur ›Dancing Queen‹, das sich mit dem Pfeifen einer Windbö und dem Piepen der Austernfischer mischt.

Dann ist es für einen Moment ganz still. Und plötzlich hört er die laute Stimme von Samira. Scholle hört, dass sie schreit, aber so genau kann er sie nicht verstehen. So etwas Ähnliches wie »Das kannst du vergessen« und »Ich hab dir das schon gesagt, ich mach das nicht«. Das andere ist eine männliche Stimme, die er nicht erkennen kann. Sie ist im Augenblick leiser. Gegen ›Dancing Queen‹ kann er sie kaum hören. Aber sie streiten heftig.

»Ich weiß, was ich gestern gesagt hab!«, schreit die Schlangenfrau. »Vergiss es! Heute sage ich was anderes!«

Scholle schleicht sich noch näher an den Camper heran. Aber er hält Abstand. Er will auf keinen Fall entdeckt werden. Samira darf ihn hier nicht sehen. Und der andere erst recht nicht. Vielleicht ist es einer aus seiner Gang. Im Augenblick haben beide aufgehört, sich gegenseitig zu beschimpfen. Stattdessen hört er ein Rumpeln. Es klingt, als wolle jemand die Tür öffnen. Scholz geht hinter der NABU-Tafel in Deckung und wartet ab.

Wer ist das in dem Zirkuswagen? Rusty, Charly, der Major? Bäcker Timo Grosche oder sogar Bubu? Nein, Bubu kann er ausschließen. Er kann doch gleich mal nachsehen, ob in den Schlafräumen über der Bäckerei einer fehlt. Der Major übernachtet in seiner Pension. Aber wenn einer der anderen nicht da ist, dann weiß er Bescheid. Oder ist es doch jemand ganz anderes, den er gar nicht auf der Rechnung hat? Im Moment bleibt Scholle noch wie angewurzelt hinter dem Schild mit den Rotschenkeln und Pfuhlschnepfen stehen und lauscht. Inzwischen spielt ABBA ›Super Trouper‹.

48

Drei Tage bis Pfingsten

Auf dem Weg zu den Hagemeisters nach Neumünster ist auch Polizeianwärter Ole Matthiesen mit an Bord. Thies ist der festen Meinung, dass sie den Großbäcker heute gleich festnehmen können. »Neben Ole auf der Rückbank ist ja noch 'n Platz frei.« Und so könnte der Polizeianwärter mal bei seiner ersten Festnahme dabei sein.

»Wir müssen Druck machen.« Davon ist Thies überzeugt. »Knallhartes Kreuzverhör ... oder Dreiecksverhör ... Ihr wisst schon, was ich meine.«

Dabei sind die drei sich noch gar nicht einig, wen sie zuerst aufsuchen sollen. Sollten sie zunächst Hagemeisters Büro in der Großbäckerei ansteuern oder seine Frau mit einem Besuch zuhause überraschen? Thies hat sich voll auf Hagemeister eingeschossen.

Hauptkommissarin Nicole ist skeptisch. »Wir haben bisher nichts gegen ihn in der Hand.«

»Nicole, der hatte sogar gleich zwei Motive, den Bäcker umzubringen.«

»Zwei?« Sie sieht ihren Kollegen fragend an. »Er wollte unbedingt den Laden in Schlütthörn haben. Aber bringt man deshalb gleich jemanden um?«

»Er selbst vielleicht nicht. Dafür hat er seinen Hand-langer auf der Harley.« Thies denkt an Auftragsmord.

»Besonders viel haben wir gegen den allerdings nicht in der Hand«, wendet Ole Matthiesen ein. »Nur eine zer-brochene Schaufensterscheibe und bei ihm ein blaues Auge, das wir noch nicht mal gesehen haben.«

»Dem hat der Dicke aus der Bäckerei einen einge-schenkt, dafür gibt es glaubwürdige Zeugenaussagen.«

»Ich weiß nicht recht … und wieso eigentlich zwei Mo-tive?« Nicole bleibt bei ihren Zweifeln.

»In dem Büro von Hagemeister stand doch dieses Fa-milienfoto auf dem Schreibtisch.« Für den Fredenbüller Polizisten ist das Foto ein zentraler Anhaltspunkt in ihren Ermittlungen.

»Ein Familienfoto reicht aber noch nicht für 'ne Fest-nahme.« Nicole sieht ihren Kollegen herausfordernd an. Aber sie weiß natürlich, was Thies meint.

»Was hat Renate gesagt? Kurze Haare, deutlich jünger als er, sieht gut aus …«

»Mal vorausgesetzt, man steht auf abstehende Ohren.« Sie hebt spöttisch die Augenbrauen. Und auch Ole muss grinsen.

»Nicole, dat war die Frau, die bei Renate übernachtet hat und vor der Bäckerei rumgegeistert ist. Wat wollte die da?«

»Sie hatte ein Verhältnis mit dem Ermordeten«, schaltet sich Ole ein. Thies signalisiert ihm gleich Zustimmung. »Ihr Mann, der Großbäcker, hat das rausbekommen und den Schlütthörner Bäcker, seinen ehemaligen Filialleiter, ermordet. Eigentlich ein klassischer Fall.« Für die beiden

Männer scheint der Fall damit schon fast gelöst. So überreden sie die Kommissarin erst mal, den privaten Wohnsitz der Hagemeisters anzusteuern.

Das große Einfamilienhaus aus den Neunzehnhundertachtzigerjahren liegt außerhalb der Stadt auf einem Waldgrundstück am Rand eines Golfplatzes. Vor dem Backsteinbau mit mehreren Türmchen und dem Dach mit lackierten Ziegeln weht an einem Mast in der Einfahrt eine blau-weiß-rote Schleswig-Holstein-Flagge mit einem Wappen in der Mitte. In der gepflasterten Einfahrt stehen ein Audi Cabrio und ein Mini Countryman.

»Die ist zuhause«, meint Ole und deutet auf die Autos.

Nachdem Thies den Klingelknopf gedrückt hat, tönt ein ganzes Glockenspiel aus der Backsteinvilla heraus. Dann passiert eine Weile gar nichts. Durch das vertikale Glasfester neben der Haustür ist zunächst nichts zu sehen. Schließlich erscheint eine Frau im Windfang und öffnet. Sie trägt eine enge weiße Hose und ein schwarzes Shirt, das ihr von einer Schulter rutscht, sodass der goldene Schriftaufdruck mit den Buchstaben LOVE deutlich ins Kippen gerät. Thies und Ole Matthiesen sind irgendwie beeindruckt.

»Frau Hagemeister?«, fragt Nicole. Sie stellt sich und ihre Kollegen vor. »Wir haben ein paar Fragen an Sie.«

»Ich weiß gar nicht, wie ich Ihnen weiterhelfen kann.« Aber dann bittet sie die drei Beamten in ihre offene Wohnküche.

»Wir ermitteln im Mordfall des Bäckers Jens Küth«, beginnt die Kommissarin. Ihre beiden Kollegen nehmen vor dem Küchentresen auf den mit weißem Leder bezogenen Barhockern Platz. »Ist Ihnen Jens Küth bekannt?« Die drei sehen sie erwartungsvoll an.

»Jens Küth?« Sie überlegt, das heißt, eigentlich muss sie nicht überlegen, das sieht Thies sofort. »Herr Küth war, soviel ich weiß, einer der Filialleiter im Betrieb meines Mannes ... in Eckernförde, glaube ich.«

»War dieser Küth für Sie nich vielleicht auch noch ganz wat anderes?« Thies kommt gleich auf den Punkt.

»Was soll das denn heißen?« Dunja Hagemeister spielt im Augenblick noch die Ahnungslose, gleichzeitig wirkt sie irgendwie betroffen und mitgenommen. Sie steht wie eine Bardame hinter dem Küchentresen, als wolle sie den Polizisten gleich einen Drink servieren.

»Wir haben verschiedene Zeugen, die Sie in Schlütthörn und auch in Fredenbüll gesehen haben«, schaltet sich jetzt auch der Polizeianwärter selbstbewusst ein.

»Ist es neuerdings verboten, nach Nordfriesland zu fahren?« Im Augenblick ist Dunja noch nicht sonderlich gesprächsbereit.

»Sie haben in der Fredenbüller ›Wellness-Oase‹ ...«, fährt Ole fort.

»... also, bei Renate«, erklärt Thies.

»... vor einigen Wochen ein Zimmer gemietet.«

»Auch das ist doch erlaubt, wenn man mal ein paar Tage ausspannen will, oder?« Sie läuft nervös hinter dem Tresen auf und ab.

»Ja, sicher«, räumt Thies ein.

»Von dem Telefonanschluss der Pension haben Sie Jens

Küth bei der Polizei als vermisst gemeldet«, vermutet Nicole einfach mal ins Blaue. »Das haben wir so ermittelt.«

»Das hier ist nur eine Befragung«, betont Thies zwischendurch. Er blickt auf ihre entblößte Schulter, auf der jetzt ein schwarzer BH-Träger zu sehen ist, und wendet seinen Blick wieder ab. »Ihnen wird im Augenblick nichts vorgeworfen. Wir wollen einfach nur wissen, was passiert ist.« Entgegen seinem sonstigen offensiven Befragungsmodus schlägt Thies bei Frau Hagemeister vergleichsweise verständnisvolle Töne an. Nicole wundert sich.

»Da ist ja auch ein deutlicher Altersunterschied zu Ihrem Mann«, bemerkt Ole.

»Fällt schon auf«, bestätigt Thies noch mal. Es klingt dabei mehr wie ein Kompliment.

»Wir haben Ihren Mann ja schon kennengelernt und befragt ...«, der Polizeianwärter ringt um Worte, »... und da könnte man schon auf die Idee kommen ...«

»Auf was für Ideen denn, bitte schön?« Frau Hagemeister klingt vorwurfsvoll.

»Na ja, dat man sich vielleicht anderweitig mal umguckt.« Thies scheint Verständnis zu haben. Nicole wirft ihm den nächsten verwunderten Blick zu.

Dunja zupft ihr *LOVE*-Shirt auf die Schulter zurück und streicht sich nervös eine Haarsträhne hinter eines der leicht abstehenden Ohren.

»Es gibt für mich eigentlich gar keinen Grund, etwas zu verheimlichen.« Sie zündet sich eine Zigarette an.

Thies, Nicole und Ole Matthiesen sehen sie erwartungsvoll an.

49

In der »Hidden Kist« herrscht heute Hektik. Zwischen den Stehtischen stehen dicht gedrängt die Durchreisenden zu den Nordseeinseln.

»Antje, gibt dat die Fritten bei dir heute gratis?« Der Schimmelreiter staunt und wirft neue Münzen in den Daddelautomaten, dessen »Dadadüdadadüdüda« gegen den allgemeinen Geräuschpegel kaum zu hören ist.

»Gibt es hier diesen ›Croque Störtebeker‹ oder wie der heißt?«, will eine Frau wissen, die mit üppigen Tätowierungen auf den nackten Schultern und Armen tatsächlich wie eine Piratin aussieht.

»Ich möchte unbedingt so ein ›Putenschaschlik Hawaii‹ haben«, ruft ein Mann mit Schiebermütze Richtung Theke.

»Putenschaschlik is aus«, meckert Paulsen postwendend zurück. »Das is hier dat letzte Schaschlik.« Er deutet mit dem Pommes-Piekser auf seinen Teller.

Postwendend fegt eine Nordseeurlauberin mit ihrem Rucksack mal eben Piet Paulsens Pilsglas vom Stehtisch. Das Meerschweinchen ist vor lauter Schreck von seinem Stammplatz unter Bountys Barhocker zu Antje hinter den Tresen geflüchtet und sitzt in der äußersten Ecke des Imbisses neben der brutzelnden Fritteuse.

»Finn, pass bloß auf, dass dein Freund hier nich gleich frittiert wird«, sorgt sich Bounty.

Finn läuft gleich panisch um die Glastheke herum und schnappt sich das zitternd neben dem heißen Fett hockende Haustier. »Mensch, Matze, was machst du da für Sachen«, schimpft er. »Matze!« Doch seit ein paar Tagen ist sein Meerschweinchen ihm irgendwie fremd geworden. »Ich weiß auch nicht, er ist auf einmal so komisch.« Er sieht seinen Quasipatenonkel Piet fragend an.

»Wer kann ihm dat verdenken? Dem is der Trubel mit den ganzen Touristen hier auch zu viel.«

Aber Finn kommt das ganze Verhalten des Tieres höchst seltsam vor.

»Nee, normal is dat nich!« Antje rotiert mit hochrotem Kopf zwischen Kaffeemaschine, Toaster und Grill. »Aber für dat Meerschweinchen hab ich jetzt wirklich keine Zeit.«

Die Schlange vor dem Imbiss wird derweil immer länger. Aber dann springen die Wartenden, aufgeschreckt durch einen hämmernden Diesel, zur Seite. Dennis Wiese fährt seinen kleinen Schaufelbagger direkt vor den Imbisseingang, steigt vom Führersitz und stürmt an den Wartenden vorbei an den Tresen.

»Ich seh schon, allerlei los hier heute. Ich will nur schnell mein Sandwich rausholen.« Dennis Wiese ist in Eile. »Wir haben Schlütthörn erreicht. Kurz vor der Einkaufsstraße, wo die Läden alle sind, Drogeriemarkt, Bank, Bäckerei und so weiter. Heute nur noch die letzten fünfzig Meter, dann schaffen wir dat pünktlich zu Pfingsten.«

»Wunderbar, dann hat Wencke zu Pfingsten Glasfaser vor ihrer Bank.« Klaas klingt fast etwas neidisch.

Als Dennis gerade sein Sandwichpäckchen entgegennehmen will, bemerkt er Finn mit seinem Haustier. »Na, hat sich dat Meerschweinchen wieder gefunden?« Klaas und Bounty zucken mit den Schultern. »Na ja, dat Viech is mir doch vor ’n paar Tagen vor die Schaufel gelaufen.« Und dann dieselt Dennis mit seinen Fischbrötchen auch schon wieder Richtung Schlütthörn.

»Wieso haben wir noch nichts?«, beschwert sich die Wartende mit den Tätowierungen. »Langsam sind wir auch mal dran! Unsere Fähre geht heute noch!«

»*Carpe Diem*!« Der Schimmelreiter nickt und deutet auf den tätowierten Schriftzug auf dem Unterarm der Frau.

»Wat heißt dat denn?«, will Klaas wissen.

»Wenn heute ’ne Fähre fährt, solltest du die ruhig nehmen«, erklärt Hauke.

»Woher weißt du das?« Bounty wundert sich.

»Wir haben bei Tobarben Fußmatten mit dem Spruch im Programm«, erklärt der Teppichprofi.

»Aber Schaschlik und Fischbrötchen gibt es erst morgen, oder wie seh ich die Sache?«, beschwert sich ein anderer, der sich nervös zwischen die beiden Stehtische drängelt.

»Es ist ein echter Wahnsinn, der hier abläuft.« So voll hat Bounty die »Hidde Kist« noch nicht erlebt. »Die Fähren auf die Inseln müssen ja wohl aus allen Nähten platzen.«

»Bei der Nordfriesischen Fährreederei klingelt heute die Kasse«, vermutet Paulsen.

»Ja, die machen richtig Kohle!« Der Schimmelreiter füttert den »Explosion« mit vergleichsweise bescheidenen zwanzig Cent.

50

Einen Moment lang hat Dunja Hagemeister sich noch gewunden, aber dann hat sie ihre Liaison mit dem ermordeten Bäcker Jens Küth zugegeben. Ihr Mann, der Großbäcker, wird damit auf einmal zum Hauptverdächtigen. Thies sagt es ja schon seit längerem. Und Dunja gibt sich sichtlich wenig Mühe, ihren Mann nicht zu belasten. Nicole hat schon den leisen Verdacht, ob sie ihn auf diese Weise loswerden will. Die beiden Männer scheinen dafür Verständnis zu haben. Sie sind offenbar hin und weg von der Frau im *LOVE*-Shirt. Nicole kann es nicht fassen. Sie hat noch ein paar Fragen an Frau Hagemeister.

»Ihr Mann hat sich ja sehr um die Bäckerei in Schlütthörn bemüht, wissen Sie warum?«

Dunja sagt gar nichts, aber sie wirkt unruhig. Sie zündet sich eine neue Zigarette an.

»Wir haben im Zusammenhang mit Ihrer Familie ja noch mit einem weiteren Fall zu tun. Sie haben vermutlich auch von dem Skelett gehört, das hier bei Bauarbeiten gefunden wurde?«

»Dem konnte man ja gar nicht entgehen, stand ja in allen norddeutschen Zeitungen. Sogar bei uns in Neumünster.«

»Sind Sie auf die Idee gekommen, dass dieser Fund mit

Ihrer Familie zu tun haben könnte?«, fragt die Kommissarin weiter.

»Mit dem Skelett hatte ich aber kein Verhältnis, falls Sie darauf hinauswollen.« Sie verzieht die Mundwinkel zu einem höhnischen Schmunzeln. Die beiden Männer müssen sich das Grinsen verkneifen. Nicole findet es gar nicht komisch.

»Die Spur dieses Fundes führt offensichtlich aber auch wieder in die Schlütthörner Bäckerei und letztlich wohl auch zu der Familie Hagemeister.« Die Kommissarin klingt schnippisch. »Wir warten noch auf Ergebnisse unserer KTU. Aber unsere Ermittlungen deuten in diese Richtung.«

»Uns is schon klar, dat war lange vor Ihrer Zeit.« Thies signalisiert gleich wieder Verständnis. Nicole wirft ihm einen vorwurfsvollen Blick zu.

»Trotzdem wissen Sie möglicherweise etwas darüber«, fragt sie weiter. »Das ist in der Familie Hagemeister doch bestimmt ein Thema.«

»Was soll ich damit zu tun haben?« Dunja zuckt mit den Schultern, aber ihre Ohren leuchten mittlerweile rot aus den Haaren heraus.

»Die betreffende Tat liegt fünfzig Jahre zurück«, stellt Ole Matthiesen noch mal klar. »Da waren Sie noch gar nicht auf der Welt, und ich auch nicht.« Er hält einen Moment inne. »Das war die Generation Ihres Schwiegervaters.«

»Sie sitzen hier nich auf der Anklagebank«, will Thies sie beruhigen. »Sie können hier ganz unbesorgt auspacken.« Er hat den berechtigten Eindruck, dass sie mit ihrem Mann und dessen Familie längst abgeschlossen hat.

Frau Hagemeister zieht ihr Shirt auf die Schulter zurück und klopft mit den lackierten Fingernägeln nervös auf dem Küchentresen herum. »Ich glaube, das ist eine längere Geschichte. Soll ich uns erst mal einen Kaffee machen?«

»Och, ja, gar nich schlecht.« Polizeianwärter Ole ist nicht abgeneigt.

»Wir sind nicht zum Kaffeetrinken gekommen. Sie sollen einfach nur unsere Fragen beantworten.« Nicole will hier nicht den ganzen Tag verbringen.

»Ich würd einen mittrinken«, fällt Thies ihr in den Rücken.

Die Kommissarin verdreht die Augen. Gegen die Bäckersfrau im schulterfreien *LOVE*-Shirt hat sie keine Chance.

Dunja beschickt den chromglänzenden Kaffeeautomaten. »Mein Schwiegervater ist vor einigen Monaten ja gestorben, ich weiß nicht, ob mein Mann Ihnen das erzählt hat.« Sie serviert den beiden Männern Espresso Macchiato. »Sie nicht doch einen?«, wendet sie sich an Nicole, die sich schließlich missmutig erbarmt.

Beim Servieren des Espressos erzählt Dunja vom Tod ihres Schwiegervaters. Der Kaffee macht sie gesprächig. Irgendwie scheint sie dringend ein paar Dinge loswerden zu wollen. Den drei Polizisten verschlägt es die Sprache.

Auf dem Sterbebett hat der alte Hagemeister seinem Sohn einen Mord oder Totschlag gestanden. Anfang der

Siebzigerjahre kämpften die Bäckerfamilien Hansen aus Husum und Hagemeister aus Neumünster erbittert um die Stellung als Nummer eins im Norden. Sie stritten um jeden neuen Standort und besonders um die Schlütthörner Bäckerei, die wegen der Lieferverträge mit den Fährschiffen äußerst lukrativ war. Bei einer angeblich rabiaten körperlichen Auseinandersetzung zwischen den beiden sei der damals junge Hansen zu Tode gekommen.

Thies, Nicole und Ole stehen mit offenem Mund da und vergessen glatt, ihren Espresso zu trinken. Thies findet als Erster die Sprache wieder. »Dat deckt sich mit unseren Ermittlungen«, behauptet er einfach mal.

»Das Beste kommt noch.« Dunja kommt immer mehr in Fahrt, und an der Familie Hagemeister lässt sie dabei kein gutes Haar. »Den toten Konkurrenten hat er selbst entsorgt, angeblich irgendwo in der Bäckerei eingemauert, soweit ich das verstanden habe.«

»Die Mörtelspuren an dem Skelett«, kombiniert Ole.

»Nach der Tat glaubte mein Schwiegervater damals freie Bahn in Schlütthörn zu haben. Doch dann tauchte aus dem Nichts plötzlich Hansens Bruder auf, der eigentlich gar kein Bäcker war.«

»Der alte Hansen, der gerade in Rente gegangen ist.« Thies kippt den Espresso mit einem Schluck.

»Deshalb wollte Hagemeister jetzt unbedingt den Schlütthörner Laden, um an den Toten ranzukommen«, überlegt Matthiesen. »Und die Bäckerei wollten die Hagemeisters sowieso schon immer.«

»Und als ihm sein ehemaliger Mitarbeiter Jens Küth

dazwischenfunkte, hat er den auch entsorgt, diesmal auf dem Sperrmüll.« Für die beiden Männer scheint der Fall gelöst. Nicole staunt.

»Eben sind wir noch von einer Eifersuchtstat ausgegangen.« Nicole sieht die beiden an, und dann wendet sie sich noch mal an Dunja. »Kennen Sie die Frau Ihres Geliebten, Frau Küth?«

»Hat so 'n bunten Igel auf dem Kopf«, erklärt Thies.

»Jaaa, die Dame ist mir bekannt ... allerdings nur aus der Entfernung, nur vom Sehen. Aber das reicht mir. Allein schon diese Frisur!«

»Na ja, zwei Motive sind besser als gar keines«, verkündet Thies, als sei dies eine alte Kriminalisten-Weisheit. Wenn es nach ihm ginge, würde er Hagemeister sofort verhaften. Nicole will aber vorher noch mal mit ihm sprechen.

»Ihren Mann erreichen wir vermutlich in seinem Büro in dem Bäckereibetrieb?«

»Da bin ich gar nicht so sicher. Ich weiß nicht, wo er steckt. Zuhause ist er seit ein paar Tagen nicht gewesen. Und ob er im Betrieb war ... ich weiß es nicht.« Dunja klingt resigniert.

»Flüchtig?« Thies sieht seine Kollegin fragend an. »Fahndung?«

51

Zwei Tage bis Pfingsten

Den Großbäcker Hagemeister haben sie in seinem Betrieb nicht angetroffen. Seine Mitarbeiter haben ihn ebenfalls nicht gesehen. In seinem Büro in der Großbäckerei ist er seit ein paar Tagen nicht gesichtet worden. Den Mord an Jens Küth können sie ihm zwar noch nicht nachweisen, und für das Skelett ist sein Vater verantwortlich, aber inzwischen hat Nicole die Fahndung rausgegeben. Während Nicole mit Fiete auf der Rückbank Finn vom Fußball abholt, wollen Thies und Ole Matthiesen die neue Crew im »Backbord« warnen. Nach den Bäcker-Morden fürchtet Thies, dass auch Timo Grosche in Lebensgefahr ist. Normalerweise freut er sich ja über jeden neuen Mordfall. »Aber man muss dat ja nich drauf anlegen.«

Vor der Tür der Bäckerei »Backbord« steht der Pinto mit offener Kofferraumklappe. Als Thies und Ole den Laden betreten wollen, kommt ihnen Charly Kegel, den Thies ja schon aus der »Hidden Kist« kennt, entgegen. Unter einem Arm trägt er eine Kiste, in der anderen Hand eine Plastiktüte von »Kik«.

»Na, ordentlich Brötchen eingetütet?« Der Fredenbüller Polizeihauptmeister nickt ihm zu.

»Ja, nee, Werkzeug und so. Wir sind mit Renovieren hier jetzt g-grob durch.« Kegel verstaut Tüte und Kiste im Kofferraum des amerikanischen Oldtimers. Thies wirft einen interessierten Blick auf das ungewöhnliche Automodell.

»Die Marke hab ich noch nie gesehen.« Ole, der sich mit Autos auskennt, staunt ebenfalls. Außerdem gerät der Polizeianwärter in seiner Thermo-Unterwäsche heute wieder ordentlich ins Schwitzen. Es ist warm geworden.

Vom Ortseingang ist das metallene Schürfen des Baggers im Sand zu hören. Fünfzig Meter weiter arbeitet sich Dennis mit dem Schaufelbagger den Straßengraben entlang. »Wiese schafft dat ja tatsächlich noch bis Pfingsten.« Thies sieht die Dorfstraße hinunter. Kegels Blick wirkt unruhig.

Auch im Laden herrscht nervöse Anspannung. Den beiden Polizisten fällt gleich auf, dass heute eine andere Bedienung hinter der Theke steht. Der schwergewichtige Bubu Buschke müht sich gerade, die feinen Zitronentaler unfallfrei in ein Tütchen zu bekommen. Und das Zusammenrechnen der Preise für die unterschiedlichen Kekssorten fällt ihm nicht leichter.

»Eure Fachverkäuferin mit der roten Löwenmähne heute gar nich im Dienst?«, fragt Thies.

»Ja, weiß auch nicht. Ist heute einfach nicht zur Arbeit erschienen.« Bäckermeister Grosche klingt etwas ratlos. »Is eigentlich nich ihre Art. Vielleicht krank. An ihr Handy geht sie auch nicht.«

Vor der Ladentheke hat sich eine längere Schlange gebildet. Mehrere Kundinnen wollen Vorbestellungen für Pfingsten aufgeben. Bubu ist sichtlich überfordert. Für Schreibarbeiten fühlt er sich eigentlich nicht zuständig. Grosche kommt ihm zur Hilfe. Die Kundinnen rufen ihre Brot- und Kuchenwünsche quer durch den Laden. Und dann meint Thies, noch andere Geräusche aus dem Keller zu hören. Es klingt dann doch nach Renovierungsarbeiten, nach einer Flex oder Bohrmaschine.

»Wird immer noch da unten gearbeitet bei euch in der Backstube?«, fragt Ole. »Wir müssten uns da auch mal kurz umgucken.«

»Wieso umgucken? Wozu?« Bäckereimeister Grosche war eben schon nervös, jetzt wird er hektisch. »Das ist gerade ganz schlecht, Sie sehen ja selbst, was hier gerade los ist.«

»Habt ihr gar nichts mit zu tun«, will Thies ihn beruhigen. »Ich geh schon alleine runter und seh mich mal um.«

»Auf keinen Fall!«, protestiert Grosche, und auch Bubu fällt hinter der Theke vor Schreck gleich ein Zellophantütchen Zitronentaler aus der Hand, worauf das Feingebäck in tausend Krümel zerfällt. Die Kundin protestiert, und Timo weiß überhaupt nicht mehr, wo ihm der Kopf steht. »Bubu, so geht dat nicht!«

Jetzt kommt auch Scholle dazu. »Lass mich mal! Feingebäck is nich so seine Sache«, erklärt er den Polizisten gegenüber.

»Was wollen Sie denn da unten überhaupt? Da gibt es nichts zu sehen!« Grosche steht jetzt vor dem Treppenabgang zur Backstube. »Brauchen Sie da nich so 'n Durchsuchungsformular oder so?«

»Das sind laufende Ermittlungen!«, erklärt Ole. »Es geht dabei um einen Mordfall, der etliche Jahre zurückliegt.«

»Dat Opfer is 'n Skelett, das auch mal Bäcker war, vermutlich in dieser Bäckerei.« Thies setzt seine wichtige Miene auf. »Und wahrscheinlich ist er hier in dieser Bäckerei zu Tode gekommen und vergraben worden oder eingemauert, keine Ahnung. Die KTU hat Spuren von Mehl und Mörtel nachgewiesen.«

»Haben Sie das Skelett möglicherweise gefunden?«, fragt Ole nach.

»Skelett? Nee, dat wär uns aufgefallen.« Grosche und Bubu wechseln nervöse Blicke. Die eben noch ungeduldig wartende Kundschaft ist schlagartig verstummt. Alle hören gebannt zu.

»Timo, lass mal, ganz ruhig!« Dabei wirkt auch Scholz reichlich aufgeregt. »Ich geh mal mit runter. Wir haben klar Schiff gemacht unten in der Backstube.« Er nickt seinen beiden Kumpeln zu.

Und dann gehen Thies und Polizeianwärter Ole mit Scholle zusammen in die Backstube hinunter. Eigentlich hatten sie vor, die Besatzung des »Backbord« vor dem Großbäcker zu warnen. Aber jetzt wollen sie sich hier doch noch mal umsehen.

52

Nicht nur in der Küstenbäckerei »Backbord«, auch im »Salon Alexandra« herrscht Hochbetrieb. Die Salonchefin wirft die Glätteisen an, und die langjährige Mitarbeiterin Janine rückt das fahrbare Haarwaschbecken in Position. Zu Pfingsten müssen unbedingt noch ein paar frische Dauerwellen, modisch sommerliche »Blunt Cuts« und »Micro Bobs« frisiert werden. Raiffeisenbankerin Wencke Petersen hat sich schon freigenommen. Zusammen mit einer süddeutschen Freundin hat sie ab morgen Wellness-Pfingsten auf Föhr gebucht, und dafür will sie unbedingt noch mal nachschneiden lassen. Auch Marret und Dörthe steht der Sinn nach einer frühsommerlichen Typveränderung, und Heike möchte mit geglätteten Haaren beim Hamburger Hafengeburtstag zum »Schlepperballett« antanzen. Salonchefin Alexandra hat sie spontan dazwischengeschoben, weil Schlangenfrau Samira nicht zu ihrem Termin erschienen ist.

»Die kann da jetzt nich weg«, schreit die schwerhörige Frau Bandixen, die ihren Stammplatz unter der Trockenhaube für ein Weilchen geräumt hat und sich auf einem der Wartestühle die Zeit mit der ›Bunten‹ vertreibt. »In der Bäckerei is ja der Teufel los, und dann sind da auch noch Bauarbeiten, dieser junge Mann mit seinem

Bagger. In Schlütthörn is es vorbei mit der Ruhe, schrecklich.«

»Im ›Backbord‹ geht alles drunter und drüber.« Dörthe winkt ab. »Da is die Bedienung ausgefallen, und den Verkauf bekommen die Männer nicht hin. Ich wollte mit Marret zusammen schon als Aushilfe anfangen. Aber Marret hat ja schon wat vor.«

Wencke Petersen lacht. »Ja, bei uns in Schlütthörn ist richtig was los, das ist nicht so beschaulich verschlafen wie in Fredenbüll«, ruft die Raiffeisenbankerin, die einen der begehrten Friseurstühle ergattern konnte, und wischt sich das aus den Haaren herunterlaufende Shampoo von den Augenbrauen. »Und dann ist heute auch noch der Herr für das Glasfaserkabel mit seinem Schaufelbagger bei uns angekommen.«

Das Duftgemisch von Haarspray, Shampoo und Festiger bringt die Damen regelrecht in Wallung.

»Dat Wetter soll ja gut werden zu Pfingsten.« Marret will mit ihrer neuen Fönfrisur Freunde in Sankt Peter besuchen und die Strandsaison einläuten.

Für Pfingsten scheinen alle Pläne zu haben. Heike und Thies wollen endlich ihre Tochter Telje besuchen, die seit zwei Jahren Medizin in Essen studiert. Auch Tadje will mitfahren, um ihre Zwillingsschwester mal wieder zu treffen. Heike hat schon das Auto gepackt und dabei einen halben Hausstand für ihre Tochter im Kofferraum verstaut. Auf dem Weg in den Ruhrpott will sie unbedingt noch der Windjammerparade und dem »Schlepperballett« auf dem Hamburger Hafengeburtstag einen Besuch abstatten. Zu den Schleppern konnte sie auch Thies ausnahmsweise mal überreden.

Gegen das Heulen der Föne und die angeregten Diskussionen der Damen dringt von draußen kaum ein Laut in den Friseursalon. Doch dann plötzlich zittern die Scheiben. Durch die Frisurenposter hindurch ist kurz ein auf der Dorfstraße vorüberbretternder Lieferwagen zu hören und zu sehen. Sogar Frau Bandixen blickt von der ›Bunten‹ auf.

»Wer war dat denn? Mit dem Verkehr wird dat ja immer verrrückter!«, ruft die Rentnerin mit rollendem R in den Salon.

»Dat war doch der Geldtransporter.« Marret hat das Fahrzeug gleich erkannt.

»Die wollen bestimmt zu dir, Wencke«, vermutet Heike.

»Ja, heute große Lieferung!«, verkündet die Filialleiterin, während Janine ihr die shampoonierte Kopfhaut massiert.

»Wirklich?«, fragt Alexandra.

»Ja, das ist tatsächlich ein größerer Geldtransport. Das sind die Einnahmen der Fährreederei. Da kommt zu Pfingsten allerlei zusammen.«

»Wie viel is es denn?«, will Dörthe wissen.

»Bankgeheimnis.« Wencke kneift die Augen zusammen, während ihr etwas Schaum über die Wange läuft. »Sonst kommt ihr noch auf die Idee, die Bank zu überfallen.«

»Haben wir doch alles schon gehabt«, bestätigt Polizistengattin Heike.

»Müssen Sie da nich in der Bank sein, um die Scheine in Empfang zu nehmen?« Frau Bandixen hat so ihre Bedenken.

»Das Pfingstwochenende ist neben Ostern tatsächlich der Termin mit den höchsten Einnahmen. Noch mehr als die Sommerferien.« Wencke lehnt den Kopf in das Waschbecken zurück, um sich von Janine die Seife aus dem Haar brausen zu lassen. »Aber das muss der Kollege Sobrinski mal allein hinbekommen. Ich muss mich erst mal um meine bayrische Freundin kümmern. Die sollte eigentlich jeden Moment ankommen, wenn sie sich zwischen den Deichen nicht verfahren hat.«

53

Den Besuch der beiden Polizisten haben Grosche, Scholle
und seine Crew glimpflich überstanden. Als die Stimmen
der Polizisten im Laden zu hören waren, haben Scholle
und Rusty sofort den Schrank vor den Tunneleingang
geschoben. Rusty ist im letzten Moment noch durch den
Spalt in die Abgrabung Richtung Raiffeisenbank ge-
schlüpft und hat dort versucht, endlich das immer noch
reichlich lädierte Meerschweinchen zu erwischen. Dieser
Dorfpolizist und sein junger Kollege haben sich in der
Backstube umgesehen und ihre Blicke über den steiner-
nen Fußboden und die Wände der Backstube und des
Treppenabgangs streifen lassen. Scholle wusste gar nicht
recht, wie ihm geschah, aber er war natürlich nervös. Hinter der Wand hörte Scholz von fern ab und zu auch Geräusche, die sein Komplize Rusty am anderen Ende des
Tunnels verursachte. Er war stinksauer auf ihn, er hätte
mal wieder ausflippen können. Doch in Gegenwart der
beiden Sheriffs durfte er sich natürlich nichts anmerken
lassen. Aber er hatte auch nicht den Eindruck, dass sie etwas bemerkt haben. Besonders helle wirkten die beiden
auf ihn nicht. Nein, dem »Hirn« Scholle können die beiden Dorfbullen nicht das Wasser reichen.

Jetzt müssen sie sich voll auf ihren Coup vorbereiten.

In einem Endspurt haben sie mit ihrer Grabung gestern noch die unterirdische Außenwand des Tresorraumes erreicht, vorausgesetzt, die Berechnungen des Majors stimmen. Scholz hat Buschke gleich von der Ladentheke zurück in den Tunnel beordert. Statt an der »Kliffkante« wird Bubu jetzt mit Spitzhacke und Stemmeisen an der Betonwand gebraucht. Hinter der Kuchentheke ist der Dreizentner-Mann ohnehin eine echte Fehlbesetzung. Die Zeit drängt, wenn sie ihren Coup noch durchziehen wollen. Dieser Idiot mit dem Schaufelbagger kommt immer näher. Gestern hat er schon sein Dixi-Klo mitten in der Fußgängerzone aufgestellt. Der Typ scheint hier länger bleiben zu wollen. Und dann fuhr eben der Geldtransporter gegenüber bei der Bank vor. Mit großen Augen haben Scholle und Charly beobachtet, wie die beiden Geldboten gleich mehrere Stahlkassetten in die Bank getragen haben. Scholle ist seitdem ganz aufgeregt. Sie müssen jetzt Tempo machen, wenn sie morgen oder spätestens übermorgen in den Tresorraum einsteigen wollen. Charly wollte die Dynamitstangen schon wieder aus dem Auto holen. Ausgerechnet heute muss Samira in der Bäckerei ausfallen.

Da kam Frau Schlotterbeck-Thran wie gerufen. Eigentlich wollte die Bewährungshelferin nur die bestellte »Deichbiene« abholen, aber dann hat ihr Schützling Timo sie kurzerhand als Aushilfe engagiert. Frau Schlotterbeck hat sich ihre gelockten Haare mit mehreren Spangen zurechtgesteckt, den Bäckereikittel übergestreift und tütet jetzt »Deichdinkel«, »Blanken Hans« und »Seute Deerns« ein. Scholle ist das ein Dorn im Auge. Denn von den Grabungen im Keller darf die Bewährungshelferin auf keinen Fall etwas mitbekommen. In dem Durcheinander wird er immer nervöser. Aber allzu lange hat der Laden ja gar nicht mehr geöffnet, und dann sollte Imke Schlotterbeck auch schnell wieder verschwinden.

54

»Irgendwo waren die da am Hämmern und Bohren. Es war weiter weg, aber ich hab das deutlich gehört.« Ole Matthiesen macht sich Gedanken.

»Ole, mir musst du dat nich sagen, ich hab das doch auch gehört. Aber was war das?«

Thies und der Polizeianwärter sitzen in der kleinen Fredenbüller Wache und überlegen, was zu tun ist. Nicole ist noch mit ihren beiden Söhnen unterwegs und sowieso schon halb im Pfingsturlaub. Die Aufklärung der beiden Mordfälle an den Bäckern brenne ihr nicht unbedingt auf den Nägeln, meint die Kommissarin. »Das Skelett liegt hier seit Jahrzehnten herum. Da kommt es auf die paar Pfingsttage auch nicht mehr an.«

Bei den Mordfällen mag Nicole ja recht haben, aber jetzt wittern ihre beiden männlichen Kollegen eine ganz andere Straftat. Und nun ist Gefahr im Verzug.

»Das Hämmern und Bohren könnte vielleicht auch unser Freund mit dem Glasfaserkabel gewesen sei«, überlegt Thies.

»Aber mit seinem Schaufelbagger hämmert und bohrt der ja nicht«, wendet Ole ein. »Außerdem kam es aus einer anderen Richtung. Direkt von gegenüber.« Er macht eine bedeutsame Pause. »Und da ist die Bank.«

Im Augenblick hat Thies noch den Kuhblick, aber langsam beginnt er zu begreifen. »Du meinst, die Bäcker sind gar keine Bäcker. Die wollen in die Bank rein?«

»Für 'ne Bäckerei is da auffällig viele Handwerker unterwegs. Und der Dicke hinterm Tresen is doch auch kein echter Bäckereifachverkäufer, kannst du mir doch nicht erzählen!«

»Und wie wollen die in die Bank rein? Unten durch?«, fragt Thies.

»Die graben sich von der Bäckerei unter der Straße zur Bank durch«, entwickelt Ole seine Theorie. »Jede Wette. Hat man doch öfters schon gehört.«

»Könnte sich jetzt zu Pfingsten lohnen, da liegen über die Feiertage die ganzen Einnahmen von der Fähre in der Bank.« Aber so ganz mag der Fredenbüller Polizeihauptmeister die Geschichte noch nicht glauben.

»Irgendwo muss ein Zugang zu einem Tunnel sein. Wir hätten da genauer hinsehen müssen.« Ole klingt richtig ärgerlich.

»Mir ist auch nichts aufgefallen.«

»Wenn wir so einen Geheimgang gefunden hätten, könnten wir die Täter gleich auf frischer Tat ertappen und verhaften.«

»Komm, Ole, dat bringt doch nix. Bisher is noch nichts passiert. Im Augenblick können wir die nur wegen unerlaubten Ausbaus der Backstube rankriegen.«

»Und was wollen wir jetzt machen? Zugucken, wie sie die Bank überfallen?« Ole möchte eigentlich tätig werden.

»Wir müssen sie genaustens beschatten und im richtigen Moment zuschlagen.« Statt Kuhblick setzt Thies jetzt seine wichtige Miene auf. »Wir brauchen einen logistischen Plan, wenn wir diesen Scholle und seine Bande schnappen wollen!«

»Schnappt Scholle! Aber die dürfen auf keinen Fall mitbekommen, dass wir sie beobachten«, überlegt Matthiesen. »Uns beide kennt die Truppe ja und Nicole auch. Wir können uns da schlecht im Polizeiwagen vor die Tür stellen, und Zivilfahrzeug fällt auch auf. Da können wir lange warten.«

In dem Moment klingelt Thies' Handy. Heike ist dran und mahnt zur Abreise. »Beim Friseur bin ich durch, Auto is gepackt, wir können eigentlich los.«

»Ja, Heike, is grade schlecht, wir haben hier jetzt noch 'n Banküberfall reingekriegt.«

»Banküberfall?!«

»Na ja, bisher noch nich, aber kommt wahrscheinlich gleich, dat müssen wir noch mal abwarten.«

»Du bist gut! Wann bist du damit denn durch? Wir müssen los, heute Abend is ›Schlepperballett‹!«

»Heike, ich ruf gleich zurück.« Er beendet das Telefonat.

»Deine Frau sitzt auch auf Kohlen, nä?« Ole hat Verständnis.

»Jetzt lass uns erst mal mal überlegen, wo können wir uns postieren? Der Drogeriemarkt schräg gegenüber is zu weit weg. Die Läden können wir sowieso vergessen, dat fällt auf.« Thies überlegt, und dann hat er die zündende

Idee. »Unser Freund Dennis Wiese hat vor der Bank doch gerade 'n Dixi-Klo aufgestellt, dat is doch ideal!« Er ist regelrecht begeistert. »Dat müsstest du dann allerdings allein machen.«

»Ich?« Der Polizeianwärter weiß nicht recht, was er sagen soll.

»Zu zweit aufs Klo? Dat wird ungemütlich!« Da lässt Thies keine Missverständnisse aufkommen.

Schon bei dem Gedanken an das enge Klohäuschen bricht Ole in der Thermo-Unterwäsche der Schweiß aus.

»Ole, dat is jetzt deine Bewährungsprobe!«

55

Eigentlich wird Scholle in der Bäckerei dringend gebraucht. Aber jetzt will er doch mal nach Samira sehen.
Wo ist die Schlangenfrau abgeblieben? Hat sie ihre eigenen Pläne? Kommt sie ihnen vielleicht in die Quere?
Scholz muss wissen, was mit der Frau los ist. Er will sich
auf die Suche machen. So lange muss der Major die Operation im Tunnel unter Aufsicht haben. Horst hat sich
ausnahmsweise ebenfalls einen Bäckereikittel übergezo-
gen und in die Grabung begeben. Währenddessen schnappt
sich Scholle ein Rad und fährt zum Deich hinaus zu Samiras Zirkuswagen.

In einiger Entfernung von dem Wohnwagen drosselt
Scholz das Tempo. Als er nichts Auffälliges bemerkt, lässt
er die Schautafel mit den Seevögeln diesmal links liegen.
Ein Stück vor dem Zirkuswagen wirft er das Rad ins Gras.
Er geht entschlossen auf das Wohnmobil zu. Diesmal
kennt Scholle keine Hemmungen. Aus dem Inneren des
Wagens hört er Musik. Schon wieder ABBA, ›Waterloo‹.
Scholle kennt den Song. Er versucht zunächst durch das
kleine Fenster zu sehen. Doch durch den kleinen Spalt,
den die roten Gardinen offen lassen, ist nichts zu erkennen. Scholz geht zur Tür. Er steigt die paar Stufen der
kleinen Leiter hinauf und drückt die Klinke. Die Tür ist

nicht verschlossen. Samira scheint in ihrem Wagen zu sein.

»Samira!«, ruft Scholz durch den Türspalt. »Ich bin's, Scholle!« Im Inneren des Wohnwagens rührt sich nichts, nur ›Waterloo‹.

»Sandra!« Jetzt schreit er.

Er öffnet die Tür und betritt den plüschig eingerichteten Wohnwagen. Das durch die Gardinen vor dem Fenster spärlich hereinfallende Licht taucht den Innenraum in schummrig rotes Halbdunkel. Viel zu erkennen ist da nicht. Aber eins sieht Scholle sofort. Samira sitzt aufrecht im Gymnastikoutfit in scheinbar gespannter Haltung auf einem Campingstuhl mit einem blumengemusterten Sitzkissen. Ihre Gesichtsfarbe ist kalkweiß, der Ausdruck versteinert. Der starre Blick scheint durch Scholz hindurchzusehen. Es wirkt, als befinde die Schlangenfrau sich in einer besonders konzentrierten Meditationsübung. Als sei das Ganze eine besondere Yogaposition. Doch Samira macht kein Yoga mehr und keine Bengali-Gymnastik. In ihrer Brust steckt ein monströses Messer.

Scholle ist wie paralysiert. Er kann nicht fassen, was er da sieht. Währenddessen geht der Song aus dem altmodischen Radiorecorder mit einer Ausblendung zu Ende. Für einen Moment ist es ruhig, dann beginnt ›Waterloo‹ von neuem.

»Warum Samira?«, brummt Scholz. »Wer macht so was? Wozu?« Und wieso spielt hier dieser Song? ABBA war ihre Lieblingsband, aber wieso dudelt hier die ganze Zeit diese Musik?

Scholle tritt näher an die Tote heran. Hat einer aus seiner Crew die Schlangenfrau umgebracht? Der Major und auch Charly sind ja offenbar an ihrem Wohnwagen gesichtet worden. Aber doch nicht, um sie umzubringen! Er hatte ja schon immer den Verdacht, dass einer der beiden mit ihr gemeinsame Sache machen wollte. Und mit wem hat sie vor zwei Tagen gestritten, als Scholle den Wagen vom »Zirkus Zamproni« beobachtet hat? War das ihr Mörder? Aber gestern war sie doch noch in der Bäckerei.

Er muss sich beherrschen, Samira das Messer nicht einfach aus der Brust zu ziehen. Aber er weiß natürlich genau, er darf hier nichts verändern, nichts anfassen und vor allem keine Fingerabdrücke hinterlassen. Eigentlich müsste er die Polizei verständigen. Aber bringt er damit nicht sich und seine Komplizen in Verdacht und den großen Raiffeisen-Coup in Gefahr? Oder vielleicht ist es sogar ganz praktisch. Die Polizei wäre voll und ganz mit dem Mord beschäftigt, und sie könnten sich in aller Ruhe der Wand zum Tresorraum widmen.

Erst mal schaltet Scholle die Autoreverse-Taste auf dem Radiorecorder aus. ABBA verstummt, von draußen sind lachende Möwen zu hören. Und dann fällt ihm auch gleich ein, dass er hier möglichst keine weiteren Fingerabdrücke hinterlassen sollte. Oder soll er am besten doch einfach gleich die Polizei anrufen? Er hat mit Samiras Tod schließlich nichts zu tun.

Fassungslos stiert er auf das Messer in Samiras Brust. Was ist das für ein seltsames Messer? Ein Küchenmesser oder auch ein Schlachtermesser ist das nicht. Der Übergang zwischen Klinge und Heft ist ungewöhnlich. Es sieht aus … wie ein Wurfmesser. Ein Messer, wie es auf dem Jahrmarkt oder von Zirkusakrobaten benutzt wird. Auf einmal ist Scholle alles klar.

56

Ein Tag bis Pfingsten

In der Bäckerei läuft der Betrieb wieder auf Hochtouren. Imke Schlotterbeck-Thran, die heute noch mal aushelfen muss, erweist sich hinter dem Kuchentresen als Naturtalent. Die »Deichdinkel«, »Kliffkanten« und »Wellenbrecher« gehen nur so über die Ladentheke. Die sahnigen Friesentortenstücke jongliert sie schwungvoll mit dem Tortenheber auf die Papptabletts, als wäre das eine Spezialdisziplin in ihrem Sozialpädagogikstudium gewesen. Aber es gibt auch Unruhe im Laden, einige Kunden werden ungeduldig. Die »Kliffkanten« sind mal wieder ausgegangen, und Bubu hat bei seinem kurzen Zwischenspiel hinter der Theke mehrere Vorbestellungen offenbar nicht notiert.

»Ich hab zu Pfingsten zehn Stücke ›Deichbiene‹ bestellt«, echauffiert sich eine Schlütthörnerin in pfingstlich lindgrünen Sportklamotten.

Und dann stürmt auch noch Raiffeisenbankerin Wencke Petersen aufgeregt in den Laden. »Entschuldigung, dass ich mal eben dazwischenfrage.« Sie drängelt sich an den Tresen. »Sagen Sie, hab ich gestern beim Brötchenholen mein Handy hier liegen lassen?« Wencke hatte das

Fehlen ihres Smartphones erst heute Morgen bemerkt. Gestern Abend musste sie mit ihrer Freundin erst mal Wiedersehen feiern. Und jetzt sucht sie hektisch alle möglichen Orte ab. Die beiden wollen gleich die Fähre nach Föhr bekommen.

»Ein Handy?« Imke Schlotterbeck zieht das lange Messer aus der Friesentorte und sieht sie etwas ratlos an.

»Sie waren doch gestern im Laden«, funkt jetzt die Schlütthörnerin in Hellgrün dazwischen. »Dann müssen sie doch auch mitgekriegt haben, dat ich zehn Stücke ›Deichbiene‹ bestellt hab?«

»Ja, ja, kann sein.« Wencke ist nervös. »Haben Sie vielleicht gesehen, ob ich mein Handy hier verloren hab?«

»Ihnen ist doch die Tasche umgekippt«, fällt der Frau gleich ein. »Da von der Ablage an der Theke runter, und dann lagen die Sachen hier auf dem Boden.« Sie überlegt. »Aber 'n Handy war nich dabei. Dat wär mir aufgefallen.«

»Ist hier gestern ein Handy gefunden worden?«, fragt Imke Schlotterbeck Bäckermeister Grosche, der jetzt dazukommt.

»Handy? Nee.«

»Tut uns leid, Frau Petersen.« Die Aushilfsbedienung zuckt bedauernd die Schultern.

»Wo war ich denn noch? In der Drogerie? Oder hab ich es doch in der Bank liegen lassen?«, brummt Wencke mehr zu sich selbst und stolpert konfus aus dem Laden.

Im Tunnel sind währenddessen die Arbeiten in vollem Gange. Bubu Buschke ist wieder in seinem Metier und schwingt in geduckter Haltung die Spitzhacke. Die Außenwand des Tresorraumes erweist sich als hartnäckig. Rusty hat zunächst Bedenken wegen des Krachs. Aber auch im Laden ist so viel Betrieb, dass der zusätzliche Lärm gar nicht weiter auffällt. Und dann ist von schräg oben ein diffuses, dumpfes Rumpeln und Knirschen zu hören.

»Was is dat denn jetzt?«, fragt Rusty. »Das donnert hier direkt über uns.«

»Da is ja noch einer am Arbeiten.« Bubu lässt für einen Moment die Spitzhacke sinken.

»Ich sag euch, dat is der Idiot mit seinem Scheißbagger.« Charly hat den Glasfasermann schon längst auf dem Kieker.

»Ich will mal hoffen, dass er mit seinem Bagger nicht in unseren Tunnel durchbricht.« Der Major schiebt sich die gelb getönte Brille auf die Nase. Die anderen blicken besorgt zur mit ein paar Holzbrettern notdürftig abgestützten Decke der Abgrabung. Prompt rieseln ein paar Erdkrumen zwischen den Brettern hindurch.

»Wer, verdammt noch mal, braucht schon dieses Scheißglasfaserkabel?«, schimpft Charly.

Aber dann ist der Rest der Bande auch schon wieder bei der Arbeit. Bubu hat das Stemmeisen in der Hand, und Charly Kegel hat prophylaktisch mal ein paar Bohrlöcher in den Beton gebracht.

»Kleine D-dynamitstange rein, dann macht dat einmal W-wumm, und die W-wand is weg.«

»Dafür haben wir dann die versammelte nordfriesische

Polizei vor der Tür stehen«, bemerkt Major Horst Hazelspoon.

Der Beton bröselt und splittert nur spärlich, aber ganz allmählich entsteht eine größere Vertiefung in der Wand.

Meerschweinchen Matze hat sich hinter einem Stützpfeiler verkrochen und beobachtet das Geschehen aus sicherer Entfernung. Charly will dem Nager gleich wieder mit einem Spaten zu Leibe rücken.

»Lass ihn doch«, versucht Bubu seinen Komplizen zu beruhigen. »Er tut doch keiner Fliege was zu Leide.«

»Dat Viech macht mich wahnsinnig!« Kegel würde ihn am liebsten in die Luft sprengen.

Der Major behält derweil den Überblick und weist die genaue Richtung. Anlässlich des finalen Durchbruchs hat er nicht nur sein Tweed-Jackett, sondern auch sein Haarteil abgelegt. Er gibt zwar nur Hinweise, wo genau Bubu Spitzhacke und Meißel ansetzen soll, aber selbst dabei ist er ins Schwitzen gekommen.

Und dann bricht mit einem Schlag ein größeres Stück Beton kurz über dem Boden aus der Wand. Bubu fackelt nicht lange und setzt noch einen kräftigen Hieb mit der Spitzhacke hinterher. Es splittert und bröselt erneut, diesmal deutlich mehr. Und dann klafft ein kleines Loch in der Wand. Charly, Rusty, Bubu und der Major halten sofort inne. Sie erstarren förmlich. Bubu wirft einen Blick durch das Loch. Zu sehen ist nichts. Aber das muss der Tresorraum sein. Jetzt wirft auch Rusty Ralf einen Blick durch das kleine Loch, dann horcht er hinein.

»Ich hör noch was. Da ist noch Betrieb!«

»Halt, aufhören!«, stoppt der Major den Mann an der Spitzhacke. »Solange noch jemand in der Bank ist, müssen wir mit dem Durchbruch warten … aber wir haben es geschafft. Wir sind jetzt praktisch drin.« Horst wischt sich den Schweiß von der Stirn und setzt sein Toupet wieder auf.

Gleichzeitig ist das Schaben des Baggers über ihnen zu hören. So bekommen sie gar nicht mit, dass Scholle durch den Tunnel gelaufen kommt.

»Wir sind durch!«, ruft Charly ihm gleich entgegen.

Doch Scholz nimmt es gar nicht zur Kenntnis.

»Was ist, hast du Samira angetroffen?«, will Rusty wissen. »Macht sie krank oder was?«

»Schön wär's. Schlimmer! Sie ist tot!« Scholle steht in dem Tunnel als Einziger aufrecht, dafür aber vollkommen aufgelöst inmitten seiner Crew.

»Was sagst du da? Tot?« Den Major juckt es gleich wieder unter dem Toupet. »Das kann doch nicht angehen.«

»Erstochen. Dat war Mord, eindeutig!« Scholz fuchtelt hektisch mit den Armen, soweit das in dem engen Schacht überhaupt möglich ist. »Ich hab bisher noch keine Polizei gerufen. Aber eigentlich müssten wir da … weiß auch nich, vielleicht anonym anrufen?«

»Wer kann das gewesen sein?«, stellt Bubu in Zeitlupe die entscheidende Frage.

»Dat kann ich euch ganz genau sagen!« Scholz sieht die anderen aus seinen großen braunen Augen an.

Aber die anderen hören schon gar nicht mehr richtig hin. Charly zeigt auf das Loch in der Wand, durch das gerade Meerschweinchen Matze hindurchschlüpft.

»Guckt euch dat an, dat Scheißviech is in' T-T-Tresorraum abgehauen.«

57

Das Dixi-Klo ist neben WC und Urinal mit einem Spiegel, einem Kleiderhaken und einem sogenannten Doppelentlüftungssystem ausgestattet. Nur einen Sehschlitz hat das Dixi leider nicht. Und den braucht Ole Matthiesen ganz dringend, um die Raiffeisenbank im Blick zu haben. Mit seinem Schweizer Taschenmesser, das er immer dabeihat, hat er sich einen schmalen Spalt in den blauen Kunststoff der Kabine geschnitzt, durch den er die Bank und auch die Bäckerei einigermaßen im Blick hat. Der Blick in die Einkaufsstraße wird durch die Plakatwand *Highspeed für zuhause* weitgehend versperrt.

Sonderlich komfortabel ist es im Dixi-Klo nicht. Die meiste Zeit steht Ole. Zwischendurch nimmt er immer mal wieder kurz auf dem WC Platz. Doch aus dieser Position kann er nicht nach draußen sehen. Außerdem wird es langsam warm in der engen Kabine. Die Thermo-Unterwäsche ist im Frühsommer doch nicht so praktisch. Seine Polizeijacke hat er inzwischen ausgezogen. Ein Kleiderhaken ist ja vorhanden. Wenigstens hat er sich eine große Wasserflasche mit in die Kabine genommen. Zum Klo hat er es ja nicht weit.

Viel passiert ist bisher nicht. Immer noch strömt die Kundschaft in die Bäckerei, verlässt mit riesigen Brottüten und Kuchenpaketen den Laden. Die Bank hat mittlerweile geschlossen. Eben hatten noch drei Kunden den Schalterraum betreten und wieder verlassen. Ganz sicher ist sich Ole allerdings nicht, ob alle drei wieder herausgekommen sind. Auf jeden Fall hat ein Bankmitarbeiter die automatische Glaseingangstür gesperrt.

Am Eingang ist nichts Verdächtiges zu beobachten. Wenn hier etwas passieren sollte, dann ja auch im Inneren und wahrscheinlich, für ihn nicht sichtbar, im Keller der Filiale. Hören kann er von der Bank auch nichts. Von der anderen, der Sichtscharte abgewandten Seite schallt der lärmende Diesel und das Schürfen der Baggerschaufel im Sand herüber. Der Krach kommt von Minute zu Minute immer näher. Dann erstirbt der Zweiklang vom Tuckern des Dieselmotors und dem Schürfen der Baggerschaufel auf einmal. Stattdessen ist der Fahrer lautstark zu hören.

»Ich glaub, es hakt! Dat darf ja wohl nich wahr sein. Was is dat denn?« Glasfasermann Dennis Wiese steigt offenbar von seinem Sitz und krabbelt in den gerade ausgehobenen Graben. Sehen kann Ole das nicht.

»Was ist denn los?«, fragt eine vom Einkaufen kommende Passantin. »Will es nich recht weitergehen?«

»Sie sind gut.« Wiese klingt entrüstet. »Dat is 'ne Bombe!«

»Eine Bombe? Meinen Sie wirklich?«

»Wat soll dat sonst sein?!« Wiese klingt überzeugt und fast ein bisschen stolz. »Dat is 'n Fall für 'n Räumkommando. Dat muss erst mal alles abgesperrt werden ... wir müssen die Polizei anrufen.«

Matthiesen im Dixi-Klo wird unruhig. Er ist die Polizei, aber er kann sich ja hier jetzt nicht outen. Er hat einen Auftrag. Er muss in Deckung bleiben. Sonst gefährdet er die ganze Operation.

»Wieso nimmt da niemand ab?« Jetzt ist die Stimme von Dennis Wiese ganz nah. »Niemand zuhause bei der Polizei … dat gibt's doch nich.«

Und dann wird der Türgriff der Klokabine betätigt. Ole zuckt zusammen. Aber er hat natürlich abgeschlossen.

»Besetzt, dat is ja komisch.« Wiese rüttelt an der Tür. »Hallo, is da jemand drin?!«

Ole sagt keinen Piep und rührt sich nicht. Er muss hier in seinem Beobachtungsstand unerkannt bleiben.

»Was is dat schon wieder für eine Scheiße?« Wiese schlägt mit der flachen Hand auf die Tür. »Dat is unbefugte WC-Benutzung.« Und dann leiser zu sich selbst. »Oder haben die Heinzel von Dixi dat abgeschlossen? Hast nur Ärger mit den Klos!« Mit Toiletten hat Dennis tatsächlich kein Glück, das war schon in seiner Zeit als Zugbegleiter im Nord-Ostsee-Express so.

Aber dann zieht Wiese wieder ab. Ole wischt sich den Schweiß von der Stirn. Er ist kurz davor, sich der schusssicheren Unterwäsche zu entledigen. Doch dann fällt ihm ein, hier findet möglicherweise gleich ein Bankraub statt, und dabei könnte es durchaus zu Schusswechseln kommen. Ole hat so seine Erfahrungen.

In der Fußgängerzone wird es ruhiger. Dann sieht er eine Frau auf den Eingang der Bank zulaufen. Am Eingang tippt sie einen Code ein, worauf die automatische

Glastür sich öffnet. Matthiesen meint, die Filialleiterin zu erkennen. Was macht die hier noch? Die Bank hat doch längst geschlossen.

Wenig später kommt Nicoles Zivil-Mondeo mit mobilem Blaulicht in die verkehrsberuhigte Zone gebrettert. Thies und Nicole springen aus dem Wagen und stürzen in die Bäckerei. Nicoles Sohn Finn sieht ihnen vom Rücksitz hinterher. Genauso schnell stürmen die beiden Polizisten auch schon wieder aus dem »Backbord« heraus. Der Mondeo braust mit quietschenden Reifen und immer noch mit Blaulicht davon, Richtung Neutönninger Siel und Deichvorland. Ole klebt förmlich hinter dem Sehschlitz, um nichts zu verpassen. Trotz Doppelentlüftungssystem herrschen in der Dixi-Zelle mittlerweile Saunatemperaturen.

Lange zum Überlegen kommt der Polizeianwärter nicht. Sein Handy klingelt. Er braucht einen Moment, es aus der am Haken hängenden Jacke herauszufischen. »Nee, nee, nee, die jungen Leute, selbst auf dem Klo immer mit ihren Handys zugange«, ruft eine am Dixi-Klo vorbeigehende Passantin.

Ole nimmt ab, Thies ist dran. »Ihr sollt mich doch nur im Notfall hier im Klo anrufen«, zischt der Polizeianwärter.

»Dat is ein Notfall. Wir haben einen weiteren Mord« verkündet Thies lautstark. »Is uns eben angezeigt worden, erst anonym und dann … wir waren ja noch mal … du hast uns ja sicher gerade gesehen.« Weiter kommt er gar nicht.

»Mord? Wieso? Noch 'n Mord?« Aber Ole hat auch Neuigkeiten, die er unbedingt loswerden will. »Hier is auch was passiert. Unser Baggerfahrer hat hier grade 'ne Bombe ausgegraben.«

»Für Bomben haben wir jetzt keine Zeit. Das Ding muss warten!«

»Wollen mal hoffen, dass sie das tut.« Ole wischt sich den Schweiß von der Stirn. »Außerdem hat eben eine Frau die Bank betreten. Ich glaub, das war Wencke Petersen.«

»Wencke, ja, das is die Filialleiterin, dat ist unverdächtig … Ole, halt die Stellung, wir müssen uns jetzt erst mal um die Tote kümmern.«

Ole ist ja ausgesprochen aufgeweckt, aber jetzt blickt er nicht mehr ganz durch.

58

Thies und Nicole sind gerade am Zirkuswagen eingetroffen, der einsam hinterm Deich in der weiten Landschaft
steht. Nicole hatte Finn eben noch vom Training abge-
holt, auch Fiete hängt freudestrahlend im Kindersitz
neben ihm auf der Rückbank. Nicht nur Heike und Tadje,
auch Nicole und ihre Familie sind schon halb im langen
Pfingstwochenende. Niggi steht samt Gitarre abfahrt-
bereit zuhause. Der alte Volvo-Kombi ist bereits gepackt,
und das Kanu, mit dem sie zu einer Paddeltour auf der
Eider starten wollen, ist auf dem Dachgepäckträger fest-
gezurrt. Der anonyme Anruf mit der Meldung des Mordes kam gänzlich ungelegen. »Immer wenn ich mal
Urlaub hab, das darf doch nicht wahr sein«, hat Nicole
geschimpft. »Mord kennt keine Ferienpläne«, hat Thies
gekontert und sich voller Enthusiasmus in den nächsten
Mordfall gestürzt.

Hatte Heike nicht gerade von dem Zirkuswagen und
der Schlangenfrau Samira erzählt, die jetzt in der Bäckerei
arbeitet? Deshalb waren Thies und Nicole zunächst beim
»Backbord« vorbeigefahren, wo sie feststellen mussten,
dass Samira tatsächlich vermisst wurde. Den anonymen
Anruf wollte dort aber niemand getätigt haben.

Nach kurzer Zeit trifft auch Kriminaltechniker Börnsen am Fundort der Toten ein, diesmal ohne Gerichtsmediziner Carstensen, der sich schon zu einem pfingstlichen Segeltörn auf der dänischen Südsee verabschiedet hat. Auch Börnsen ist alles andere als begeistert und will die tote Schlangenfrau möglichst zügig in die Gerichtsmedizin nach Kiel verfrachten.

Während der KTU-Mann die Tote begutachtet, die Tatwaffe sicherstellt, Fotos macht und sich nach Spuren am Fundort der Leiche umsieht, machen sich Thies und Nicole ihre Gedanken. Wer hat die Bäckereifachverkäuferin umgebracht? Hängen die Fälle zusammen?

»Ich würd mal sagen, mit dem Skelett hat die Schlangenfrau nichts zu tun«, stellt Thies fest. »Dann schon eher mit dem Bäcker im Sperrmüll.«

»Vielleicht müssen wir auch in eine ganz andere Richtung denken«, sagt die Kommissarin. »Heike hat doch von dieser Zirkusnummer erzählt? Samira und …?«

»Zorro! ›Zorro und Samira‹, die haben wir mit den Kindern mehrmals gesehen im ›Zirkus Zamproni‹, wenn der bei uns gastiert hat«, erinnert sich Thies.

»Zorro, na ja, dieses Messer ist schon auffällig. Ein Wurfmesser, oder?« Nicole hat die Szene deutlich vor Augen.

»Wie jetzt? Du meinst, die haben ihre alte Zirkusnummer hier im Wohnwagen noch mal aufgeführt, und dabei is was schiefgelaufen, oder wie?« Thies muss sich über seine Kollegin wundern. »Für mich spricht alles für die Bande aus der Bäckerei. Die haben doch alle gesessen, dat sind Kriminelle, da kann die Schlotterbeck … Dings erzählen, was sie will. Samira wollte denen dazwischenfunken, nicht mitmachen, wat weiß ich. Und dann haben sie sie über die Klinge springen lassen.«

»Wurfmesser statt tödlicher ›Kliffkanten‹.« Nicole schüttelt den Kopf. »Na ja, vorausgesetzt, Ole und deine Theorie stimmen, dass die Crew aus der Bäckerei die Bank ausrauben will.«

»Und deshalb sollten wir jetzt unbedingt mal sehen, wat Ole im Dixi-Klo so schnackt.« Thies will möglichst schnell an den Ort des Geschehens zurück.

»Wir können das sowieso erst später richtig ermitteln, und nach Pfingsten haben wir vielleicht erste Erkenntnisse der Kriminaltechnik. Profil der Wunde des Messerstiches? Gibt es Übereinstimmung mit den Verletzungen des anderen Opfers?«

KTU-Mann Börnsen ist schon dabei, die ermordete Schlangenfrau in seinem Kombi zu verstauen. In dem Moment klingelt Thies' Handy. Er hat kaum den grünen Button gedrückt, schon tönt Heikes Stimme durch den Zirkuswagen.

»Thies, wir wollen los. Tadje und ich warten, das Auto ist gepackt. Tadje muss nur noch dat Bügelbrett auf dem Dachgepäckträger festmachen.« Heike will Telje für ihr WG-Zimmer im Ruhrpott einen halben Hausstand mitbringen.

»Dat sieht im Augenblick schlecht aus. Wir haben hier 'n neuen Mordfall, in Schlütthörn gibt's 'ne Bombe und gleich 'n Bankraub … wahrscheinlich.«

»Thies, dann holen wir dich ab. Wir warten, bis du fertig bist, und dann können wir gleich weiter. Dann schaffen wir das vielleicht noch bis zum ›Schlepperballett‹.«

59

Ole sieht eine ihm unbekannte Frau hektisch in der verkehrsberuhigten Zone umherlaufen. Eben war sie kurz in der Bäckerei, jetzt läuft sie vor der Bank nervös auf und ab. Sie versucht zwischen den Plakaten *Wir machen den Weg frei* einen Blick durch das Schaufenster in das Innere der Bank zu werfen.

»Hallo! Wencke! Hallo!« Sie klingt verzweifelt. Hektisch stolpert sie noch einmal am Schaufenster entlang, dann stürzt sie auf den neben seinem Bagger stehenden Dennis Wiese zu. Ole kann sie jetzt nicht mehr sehen, aber hören.

»Meine Freundin ruft um Hilfe. Ich habe es ganz deutlich gehört. Sie ist drinnen in der Bank.«

»Und wat soll ich dabei jetzt machen? Ich hab hier 'ne Bombe!« Glasfasermann Dennis Wiese hat eigene Probleme.

Jetzt hält es Ole nicht mehr in seinem Dixi-Klo. Er entriegelt die Tür und kommt heraus. Die Frau und auch Dennis Wiese stürmen gleich auf ihn zu.

»Ach, Sie haben hier die ganze Zeit dat Klo blockiert.« Wiese ist entrüstet. »So geht dat aber nich … oder etwa Magen-Darm?«

»Nee, das is 'ne Observation.« Weiter geht Matthiesen

nicht auf ihn ein und wendet sich stattdessen der Frau zu.

»Die Wencke ist da drin!«, platzt es aus ihr heraus. Der süddeutsche Tonfall ist dabei unüberhörbar.

»Ja, Wencke Petersen ist dort Filialleiterin«, erklärt Ole.

»Ja, nein, aber sie hat um Hilfe gerufen.« Die Frau ist aufgeregt. »Ich bin eine Freundin von der Wencke. Wir wollten schon längst los, nach Föhr zum Wellnessen. Sie wollte nur kurz ihr Handy holen, das hat sie in der Bank liegenlassen. Und jetzt habe ich sie um Hilfe rufen hören.« Die Freundin klingt verzweifelt.

»Sind Sie sicher, dass es Wencke Petersen war? Haben Sie die Stimme erkannt?«

»Ich kenne doch die Stimme! Das war Wencke!«

»Hat sie noch etwas anderes gerufen?«

»Nein, nur ›Hilfe‹! Und das klang auch so gepresst.«

Ole weiß nicht recht, wie er die Situation einschätzen soll. Wird Wencke Petersen von den mutmaßlichen Bankräubern festgehalten? Handelt es sich hier um eine Geiselnahme?

»Kommen sie erst mal aus der Schusslinie!« Aber wo er mit Wenckes Freundin in Deckung gehen soll, weiß er im ersten Moment auch nicht. »Im Klo wird dat 'n büschen eng. Und Sie gehen am besten auch mal hinter Ihren Bagger!«, weist er Wiese an.

Jetzt ist der junge Polizeianwärter doch unsicher, was er machen soll. Er ist nur froh, dass er die schusssichere Thermo-Unterwäsche anbehalten hat. Und dann ruft er lieber doch mal bei Nicole an.

»Das sieht nach einer Geiselnahme aus«, verkündet Ole.

»Wer ist die Geisel?«, kommt Thies' Stimme aus der Freisprechanlage von Nicoles Auto.

»Wencke Petersen! Ich behalte die Lage im Blick. Im Augenblick ist alles unter Kontrolle, und wenn nötig halte ich Kontakt zu den Geiselnehmern.« Der Polizeianwärter gibt sich alle Mühe, seine Unsicherheit zu verbergen.

»Gute Arbeit«, lobt Thies durch die Freisprechanlage. »Wir sind auf dem Weg und in ein paar Minuten bei dir.«

Im nächsten Moment prescht Nicoles Zivil-Mondeo auch schon in die Fußgängerzone. Thies springt aus dem Wagen und hat gleich ein Megaphon zur Hand.

»Ist die Identität der Geiselnehmer bekannt?«, fragt er Ole Matthiesen. »Die Bande aus der Bäckerei, oder?« Daran besteht für Thies kaum ein Zweifel. »Die haben sich durchgegraben, wir haben schließlich die Geräusche gehört.« Und dann schaltet er das Megaphon an.

»Hier spricht die Polizei. Wenn Sie Wencke Petersen in Ihrer Gewalt haben, melden Sie sich. Nehmen Sie mit uns Kontakt auf.« Die blecherne Stimme schallt von Knistern unterbrochen durch die kleine Fußgängerzone.

Dann öffnet sich die Glastür. In dem Spalt der geöffneten Tür erscheint ein Mann mit einem Fu-Manchu-Bart und einer Pistole. Die Waffe hält er einem anderen Mann mit der orangen Einheitskrawatte der Raiffeisenbanker an den Kopf. Thies meint, Sobrinski, Wenckes neuen Mitarbeiter für die Anlageberatung, zu erkennen, obwohl seine gegelte Haarbürste ziemlich durcheinandergeraten ist.

»Er hat Frau Petersen und mich in seiner Gewalt«, ruft der Mann.

Im selben Moment flitzt das Meerschweinchen zwischen den Beinen der beiden hindurch ins Freie. Finn erkennt seinen Matze trotz des angesengten Fells sofort und springt aus dem Mondeo. Nicole greift sich geistesgegenwärtig ihren Sohn. Aber da hat Finn sich Matze längst geschnappt.

»Matze, was ist mit dir denn passiert?!«

60

Inmitten der dramatischen Ereignisse müssen sich zwei
Kundinnen unbedingt noch ihre vorbestellten »Deich-
dinkel« für Pfingsten abholen. Imke Schlotterbeck hält
tapfer die Stellung hinterm Tresen. Timo Grosche und
Scholle beobachten die Ereignisse durch das Schaufenster.
Scholz ist schockiert, was da in der Bank passiert. Er hat
seinen alten Gegenspieler Damaschke natürlich sofort erkannt. Sollte er ihm mal wieder zuvorgekommen sein?
Wenn das so ist, müssen sie schnellstens die Spuren besei-
tigen. Scholle und seine Crew schreiten sofort zur Tat.

Rusty und Bubu haben bereits den Blitz-Zement ange-
setzt, um zumindest provisorisch den Eingang und vor allem den Ausgang des Tunnels, das Loch im Tresorraum
der Bank, wieder dichtzumachen. Der Steinbrocken mit
dem Stück Innenwand der Bank in Originalfarbe ist noch
vorhanden. Bubu und Rusty machen sich gleich daran,
das Mauerteil wieder einzusetzen. Für den Entrümpe-
lungsspezialisten sind solche kleinen Instandsetzungs-
arbeiten keine große Sache. Frau Schlotterbeck-Thran
wundert sich über das geschäftig umherlaufende Reno-
vierungsteam. Sie schiebt es auf eine erfolgreiche Resozialisierung. Aber so ganz geheuer ist es ihr auch nicht.

Der Major ist währenddessen schon mitten in logistischen Planungen für den Rückbau der Tunnels. Er deutet vielsagend nach draußen, wo Dennis Wiese mit seinem Bagger ein paar solvente Sandberge angehäuft hat. Ein paar Tage wird das wohl brauchen. Aber über Pfingsten kann die Truppe ja ungestört arbeiten.

Hans-Peter Scholz und Charly Kegel stehen im Eingang der Bäckerei. Das heißt, Scholle steht nicht, er läuft mittlerweile hektisch vor dem Laden auf und ab und rauft sich den filzigen Haarkranz. Er würde Damaschke am liebsten an die Gurgel gehen, auch wenn er gar nicht so genau weiß, was sein ewiger Gegenspieler vorhat. Hat Damaschke die beiden Bankleute mit der Waffe bedroht, dass sie den Tresor mit den Geldern der Fährreederei geöffnet haben? Will er jetzt mit den beiden als Geiseln fliehen? Inzwischen ist sich Scholz sicher, dass Damaschke ihm seinen genialen Plan klauen und von der Bäckerei in die Bank durchgraben wollte. Deshalb hatte Bäcker Küth dran glauben müssen. Und dann waren Scholle und Timo Grosche ihm im letzten Moment dazwischengekommen. Jetzt nimmt Damaschke Rache und verdirbt ihnen ihren schönen Plan. Vier Wochen intensive Grabungsarbeiten, alles für die Katz! Es ist zum Verrücktwerden! Scholle könnte schon wieder durchdrehen.

Jetzt erscheinen der bewaffnete Damaschke und seine Geisel erneut in der automatischen Tür der Bank. Nicole hat inzwischen das Megaphon in den Händen.

»Lassen Sie die Geisel frei! Wir finden eine Lösung. Was sind Ihre Forderungen?«

»Einen vollgetankten Fluchtwagen und freien Abzug.

Wenn ihr mich linkt, leg ich die Geiseln um!«, schreit Damaschke und gibt einen Schuss in die Luft ab.

»Frau Petersen befindet sich ebenfalls in seiner Gewalt!«, ruft der Bankmitarbeiter im blauen Anzug. Es klingt so, als sei er fast ein bisschen stolz darauf.

»Und ich hab hier 'ne Bombe im Graben liegen!«, schreit Dennis Wiese dazwischen. »Da muss dringend geräumt werden. Dat is brandgefährlich … eigentlich müsste der ganze Ort evakuiert werden!«

Inzwischen steht auch Imke Schlotterbeck im Bäckereikittel vor dem Eingang des Ladens.

»Was ist da denn los?« Sie klingt besorgt.

»G-Geiselnahme, so wie es aussieht«, klärt Charly Kegel sie auf.

Erstaunt sieht sie zur Bank auf der gegenüberliegenden Seite. Sie starrt den in der geöffneten Schiebetür stehenden Geiselnehmer und seine Geisel an.

»Sagt mal, den kenn ich doch«, wundert sich die Bewährungshelferin.

»Damaschke!«, rotzt Scholle verächtlich.

»Damaschke?«

»Ja, der Typ mit der Pistole.«

»Nein, ich meine den anderen, mit der orangen Krawatte.« Frau Schlotterbeck überlegt.

»Wieso? Das ist die Geisel, der Bankfritze«, bestätigt Scholz.

»Seltsam, die Geisel war auch mal ein Kunde von mir. Sobrinski, wenn ich das richtig erinnere. Die Resozialisierung war sehr erfolgreich verlaufen. Er hatte sich schon in der Haft mit Finanzdingen beschäftigt, mit der Börse, mit Fonds und Swips und Swaps oder wie die Dinger heißen, ich kenn mich da nicht aus … Er hat dann tatsächlich eine Banklehre gemacht und ist offensichtlich hier bei der Raiffeisenbank Nordfriesland gelandet.«

61

»Sind noch andere Personen in der Bank?«, will Nicole von Ole Matthiesen wissen.

»Der Kidnapper mit den beiden Bankleuten«, antwortet der Polizeianwärter.

»Hast du gesehen, wie der Geiselnehmer die Bank betreten hat?«

»Ich weiß nicht.« Ole zögert. »Ich glaube nicht … ich bin mir nicht ganz sicher.« Ole zögert. »Kurz vor der Schließung gingen noch drei Leute in die Bank, und ich weiß nicht, ob sie alle drei wieder rausgekommen sind.«

»Ist doch nun egal«, findet Thies. »Wir sollten uns jetzt erst mal um dat geforderte Auto kümmern. Wo bekommen wir jetzt so schnell 'n Wagen her? Und dann auch noch vollgetankt? Die Tanke in Schlütthörn hat schon dicht.«

Nicht nur die Mannschaft aus der Bäckerei verfolgt die Vorgänge aufmerksam. Es finden sich immer mehr Schaulustige ein. Askan von Rissen wollte vor Pfingsten eigentlich nur noch mal an den Geldautomaten. Er stutzt und meint den Geiselnehmer zu kennen. Hatte dieser Typ mit dem komischen Bart sich nicht ebenfalls um den Bäckerladen bemüht?

»Wie heißt er gleich? Gamaschek? Was macht der hier schon wieder?«

Finn, Baby Fiete und Meerschweinchen Matze verfolgen alles gespannt vom Rücksitz des Zivil-Mondeos aus. Nicole wirft immer mal wieder einen besorgten Blick zu ihrem Auto.

Jetzt erscheint Damaschke wieder in der Tür. Diesmal ohne Geisel, aber mit der Pistole in der Hand.

»Wo bleibt das Auto?«, schreit er zu den Polizisten hinüber. »Ich hab nich vor, die Scheißpfingsttage hier zu verbringen! Macht los, wenn ihr die Geiseln lebendig wiedersehen wollt!« Der Fu-Manchu-Bart bebt und signalisiert Kampfbereitschaft. Dann verschwindet er sofort wieder hinter der Glastür.

Mehrere Passanten bleiben stehen und fragen neugierig, was hier gerade passiert.

»Dat hier is kein Volksfest, dat is 'n Bankraub mit Geiselnahme! Gehen Sie bitte weiter!«, blafft Thies sie an. Aber dadurch werden die Leute erst recht neugierig.

»Gehen Sie wenigstens in Deckung! Der Täter ist bewaffnet!« Ein Paar geht hinter der großen Plakatwand *Highspeed für zuhause* in Deckung, eine Frau hinter dem Dixi-Klo.

»Und ich hab hier 'ne Bombe vor meinem Bagger!«, bringt sich auch Dennis Wiese wieder in Erinnerung. »Dat muss abgesperrt werden!« Zwischenzeitlich hat auch er sich hinter der Plakatwand verschanzt.

Dann fahren auch noch Tadje und Heike im vollgepackten Auto verbotenerweise ein Stück in die verkehrsberuhigte Zone hinein. Auf dem Dachgepäckträger klemmt ein notdürftig festgezurrtes Bügelbrett, das jeden

Moment herunterzurutschen droht. Heike steigt aus und läuft auf Thies zu.

»Was ist hier denn los?« Im ersten Moment begreift sie die Situation gar nicht. »Wir wollen dich abholen.«

»Heike, wir sind hier mitten in einem Bankraub mit Geiselnahme!« Thies kann es nicht fassen.

»Ja, ich weiß schon. Aber vielleicht geht das ja doch schneller als gedacht, und wir schaffen dat doch noch zum ›Schlepperballett‹. Was zum Umziehen für dich hab ich dabei.«

»Heike, mach mich nicht wahnsinnig!« Und dann wendet er sich Nicole zu. »Nicole, wo wollen wir 'n Auto herkriegen?«

Der Blick der Kommissarin geht hinüber zur Bäckerei, genau genommen zu dem alten Pinto, der neben dem Privatwagen der Detlefsens und ihrem Dienstwagen das einzige Fahrzeug in der Fußgängerzone ist.

»Gehört der Wagen einem von Ihnen?«, ruft sie zur Bäckerei und geht dann selbst die paar Schritte hinüber.

»Das ist Charlys Wagen«, gibt Scholz gleich Auskunft.

»Ja, sowieso«, bestätigt Kegel.

»Sie haben ja vermutlich mitbekommen, wir brauchen schnell ein Fahrzeug, um die Situation hier zu entschärfen.«

»Mein Auto? Ich glaub, ich sp-pinne!« Charly bangt um seinen Oldtimer, außerdem denkt er auch sofort an die Ladung im Kofferraum.

»Wir wollen das hier möglichst nicht eskalieren lassen«, erklärt Nicole.

Jetzt kommt auch Thies dazu. »Wie die Hauptkommissarin sagt, die Betonung liegt auf *schnell*.«

»Komm, Charly, wenn wir der Polizei helfen können.« Der resozialisierte Bäckermeister Timo möchte behilflich sein.

»Charly, fahr den Wagen vor!« Der Major, der jetzt auch vor die Bäckerei getreten ist, sieht ihn durch seine gelbe Riesenbrille eindringlich an.

Auch Bewährungshelferin Imke Schlotterbeck nickt ihm aufmunternd zu. Sie weiß schließlich auch nichts von der Dynamitkiste und den falschen Geldscheinen im Kofferraum des Pinto. Alle reden auf Charly ein, bis er schließlich die Autoschlüssel zückt.

»Is er vollgetankt?«, will Thies noch wissen.

Kegel nickt. »Getankt? Gerade g-gestern.«

Dann fährt er den Wagen die paar Meter vor den Eingang der Bank, ein Stück vor die großen Waschbetonkübel mit den Stiefmütterchen. Er steigt aus, lässt den Schlüssel stecken, und dann geht auf einmal alles ganz schnell.

62

»Das Fahrzeug ist bereitgestellt!« Kaum hallt Thies'
Stimme über die kleine Einkaufsstraße, schon erscheint
Ronnie Damaschke mit Pistole und den beiden Geiseln
im Eingang der Bank. Er hält Wencke Petersen die Waffe
an die Schläfe. Investmentberater Sobrinski daneben trägt
eine große Plastiktüte mit dem Raiffeisenslogan *Wir machen den Weg frei* in der Hand.

»Lassen Sie die Geisel frei!«, ruft Thies über das Megaphon. »Wir haben Ihre Forderung erfüllt. Das Auto steht
bereit. Vollgetankt!«

Damaschke öffnet die Tür des Pinto und wirft eine Tasche oder einen Rucksack in den Wagen. So genau ist das
hinter dem Auto und neben den voluminösen Blumenkü-
beln nicht zu sehen. Wencke Petersen nutzt den Moment,
sich loszureißen.

»Halt, hiergeblieben!«, schreit Damaschke. Er zielt
kurz mit der Waffe auf die Filialleiterin und gibt dann
aber nur einen Schuss in die Luft ab.

»Sobrinski ist keine Geisel!«, kreischt Wencke im Laufen aufgeregt. »Mein Kollege steckt mit dem unter einer
Decke!« Im nächsten Moment ist sie schon bei Thies,
Nicole und Ole hinter deren Dienstfahrzeug in Deckung
gegangen und wird von Thies in Empfang genommen.

Damaschke steigt gerade in den Wagen, als auch Sobrinski die Flucht ergreift. Statt ebenfalls in den Pinto zu steigen, läuft er mit der Raiffeisentüte am Drogeriemarkt vorbei die Einkaufsstraße hinunter.

»Wo will er denn hin?«, ruft Ole und zeigt ihm hinterher. »Verfolgung aufnehmen, oder?« Dabei sieht er fragend zu Nicole.

»Schnappt Sobrinski!«, ruft Scholle ihm vom Eingang der Bäckerei hinterher.

Damaschke startet den Motor des Pinto, der sofort unternehmungslustig spuckt. Bevor er losfährt, lässt er noch schnell die Seitenscheibe herunter. Er sieht zur Bäckerei zu seinem Intimfeind hinüber.

»Tja, Scholle, war wohl nix. Schöne Scheiße!« Er versucht ein dreckiges Grinsen.

»Du bist hier noch lange nich weg!«, schreit Scholle zu ihm hinüber.

Ole nimmt die Verfolgung Sobrinskis auf, die beiden laufen die Fußgängerzone hinunter. Damaschke lässt den Motor des Pinto aufheulen, um schnell seinen fliehenden Komplizen einzuholen. Er haut krachend einen Gang rein.

»Vorsicht, nich den Rückwärtsgang. Der liegt beim P-P-P-Pinto neben dem ersten«, schreit Charly Kegel. Aber zeitgleich mit dem P-P-Stakkato lässt Damaschke schon die Kupplung kommen. Der Wagen schnellt mit quietschenden Reifen und verblüffender Beschleunigung rückwärts, er macht einen regelrechten Satz und knallt mit ganzer Wucht gegen die schweren Waschbetonkästen.

Für eine Schrecksekunde ist es still. Nur die Stimme

von Ole Matthiesen »Halt! Stehen bleiben!« ist zu hören. Dann gibt es einen gewaltigen Knall. Der Kofferraum des Pinto speit Feuer. Und dann gibt es einen zweiten, sehr viel lauteren Knall, eher eine Detonation, als würde ganz Schlütthörn gesprengt werden, einen dritten und vierten Knall. Das Auto steht sofort in Flammen. Blechteile und Glassplitter fliegen durch die Luft. Die drei Polizisten, Wencke Petersen, Heike, Tadje und alle anderen gehen in Deckung und weichen herumfliegenden Autoteilen aus. Auch Ole Matthiesen unterbricht die Verfolgung und sucht im Eingang des Drogeriemarktes Schutz.

Aus dem Kofferraum des Pinto knallt es immer wieder wie bei einem gigantischen Feuerwerk. Es klingt fast wie im Krieg. Mit jedem Knall schießen Papierfetzen, brennende Schnipsel aus dem zerfetzten Auto. Über der Fußgängerzone geht ein Konfettiregen nieder. Ein Paar, das hinter dem Dixi-Klo Schutz sucht, greift nach den Papierfetzen.

»Das ist Geld!«, ruft der Mann. »Das ganze Geld verbrennt!«

»Und im Auto sitzt einer, der verbrennt auch.« Seiner Frau steht der Schrecken im Gesicht.

Nicoles Sohn Finn klebt direkt hinter der Seitenscheibe des Zivilfahrzeugs. Baby Fiete ist auf dem Rücksitz selig eingeschlafen, und Matze hat sich unter dem Beifahrersitz verkrochen.

»Wat is dat denn?« Dennis Wiese lugt hinter seinem Schaufelbagger hervor. »Und hier liegt gleich noch die nächste Bombe.«

Ole Matthiesen kommt aus dem Eingang des Drogeriemarktes heraus und will die Verfolgung des Komplizen aufnehmen. Doch Sobrinski ist im Augenblick nicht zu sehen.

Alle starren konsterniert auf das knallende und brennende Auto, das immer mehr in seine Einzelteile zerfällt.

»Wir müssen den da rausholen!«, ruft Nicole.

»Aber wie?« Thies hat seinen Kuhblick aufgesetzt. »Keine Chance, dat können wir vergessen. Da kommen wir nich ran. Ich fürchte …« Er bricht den Satz ab.

63

Ole Matthiesen läuft hektisch die kleine Ladenzeile entlang. Er schwitzt in seiner Thermo-Unterwäsche. Von Sobrinski keine Spur. Wo hat er sich versteckt? Von Weitem ist schon die Sirene des Krankenwagens zu hören. Ole sucht den Hinterhof des Drogeriemarktes ab. Er wirft auch einen Blick hinter die Müllcontainer und in einen Geräteschuppen. So viele Versteckmöglichkeiten gibt es hier eigentlich gar nicht. Doch der Investmentbanker ist abgetaucht.

Über Schlütthörn steht eine Rauchsäule. Ole Matthiesen zerfließt in seiner Thermo-Unterwäsche. Inzwischen ist die Feuerwehr gleich mit einem ganzen Löschzug eingetroffen. Brandmeister Thormählen aus Fredenbüll schreitet sofort zur Tat. Das brennende Fahrzeug ist innerhalb weniger Minuten von Löschschaum bedeckt. Die Feuerwehrleute versuchen in das Auto zu kommen. Aber durch die Explosion und den Brand ist alles verkeilt. Ein Feuerwehrmann setzt bereits die Brechstange an.

»Wie sieht es aus mit ihm da drinnen?«, fragt Thormählen.

»Gar nich gut. Von dem is nich mehr viel übrig.« Sein Kollege hat da wenig Hoffnung.

Thies, der dazukommt, mag gar nicht hinsehen. Auch

Finn hat den Dienstwagen seiner Mutter verlassen, um sich das mal anzusehen, wird von Nicole aber gleich eingefangen.

»Du gehst zurück ins Auto! Sofort!«, fährt sie ihn an. »Pass bitte auf Fiete auf! Und wo is Matze überhaupt?«

»Der sitzt unterm Sitz neben dem Verbandkasten. Ganz brav.«

»Das bist du jetzt auch, bitte! Sofort zurück ins Auto!« Da lässt Nicole keine zwei Meinungen aufkommen.

»Frau Kommissarin!«, kommt Dennis Wiese dazwischen. »Ich will ja nix sagen, aber ich hab da 'ne Bombe vor meinem Bagger liegen!«

»Später! Sie sehen ja selbst …« Im Augenblick droht ihr die Situation über den Kopf zu wachsen.

»Später? Später liegt vielleicht ganz Schlütthörn in Schutt und Asche … wenn die Bombe hochgegangen is. Dat is so 'n altes Ding von den Engländern aus dem Krieg noch, keine Ahnung. Die sind nich so ganz ohne, wat man so hört.«

»Imke, bei Ihnen alles in Ordnung?«, ruft Askan von Rissen neben dem Dixi-Klo zur Bäckerei hinüber, als er die Bewährungshelferin dort entdeckt. Sie winkt zurück.

Ole durchforstet derweil weiter die Schlupfwinkel in den Hinterhöfen der Ladengeschäfte. Er hat bereits das Ende der kleinen Schlütthörner Fußgängerzone erreicht. Besonders groß ist sie ja nicht. Dann schaut er noch mal in den Hof des Drogeriemarktes. Er will den Hof gerade wieder verlassen, da sieht er einen knallblauen Anzugärmel hinter einem Mauervorsprung herausgucken. Er geht entschlossen darauf zu. In dem Augenblick springt ihm der Anlageberater der Raiffeisenbank Schlütthörn entgegen, will ihn zur Seite schubsen und an ihm vorbeirennen. Aber der kräftige Ole greift ihn sich sofort. Es kommt zu einem kurzen Gerangel, dann überwältigt der Polizeianwärter den Banker und legt ihm die Handschellen an.

64

»Sag mal, Thies, dat ›Schlepperballett‹ können wir jetzt ja wohl vergessen.« Heike ist sauer. Immer wenn sie mit Thies etwas unternehmen will, kommt etwas dazwischen.

»Heike, du siehst doch selbst, wat hier los is.« Im Grunde genommen ist Thies ganz froh, dass er um das »Schlepperballett« auf dem Hamburger Hafengeburtstag herumkommt.

»Mama, ist doch nicht so schlimm«, schaltet sich Tadje jetzt ein. »Heute Nacht ist doch auch noch der ›Blue Port‹.«

»Blue Port?« Heike wird gleich hellhörig, während Thies sich wieder seinen Aufgaben zuwenden will.

»Der ganze Hamburger Hafen blau erleuchtet«, erklärt Eventmanagerin Tadje. »Alles im Blaulicht.«

»Blaulicht?« Da wird Thies hellhörig, das gefällt ihm schon besser.

»Verdammte Scheiße, wat is denn nun mit meiner Bombe?« Dennis Wiese hat die Hoffnung fast aufgegeben. Aber jetzt wird die Crew vor der Bäckerei auf ihn aufmerksam.

»Charly, du kennst dich doch mit Bomben aus?«, überlegt Bubu, der die ersten Restaurierungsarbeiten im Schacht offenbar abgeschlossen hat und jetzt ebenfalls vor der Bäckerei steht.

»Bitte nicht!« Scholle traut dem Frieden nicht.

Aber dann schreitet Charly Kegel zur Tat und will sich an die Entschärfung der Bombe machen. Auch Thies und Nicole sind beunruhigt. Aber sie müssen sich erst mal um die Explosion vor der Bank kümmern. Dass Kegel sofort die präzise Bezeichnung »Langzeitzünder M 124« über die ganze Straße schreit, beruhigt sie auch nicht. Charly begutachtet das verrostete Stahlteil mit Kennerblick.

Er macht sich kurzerhand an das Herausdrehen des Zünders. Dennis Wiese steht daneben, auch zwei weitere Männer sehen zu und genießen offenbar den Nervenkitzel.

»Sollten wir nicht doch lieber einen Fachmann hinzuziehen?« Nicole hat jetzt doch größte Bedenken und weiß nicht mehr, wo ihr der Kopf steht.

»Vielleicht sollten wir Herrn Kegel eine Chance geben.« Imke Schlotterbeck hat auch in dieser Situation die Ruhe weg.

Und dann hält Sprengstoffspezialist Kegel den alten Zünder auch schon in der Hand.

»Der hier is erst mal raus.« Er zeigt stolz das alte Teil. »Aber der Sprengstoff is nach wie vor in der B-Bombe.«

»Hast du öfter schon mal gemacht? Oder?«, vermutet Wiese.

»Hat er öfter gemacht«, antwortet Scholz stattdessen. »Is aber nicht immer gut gegangen.«

»Trotzdem vielen Dank, auch im Namen der Norddeutschen Glasfaser.«

»Na ja, eigentlich 'n bisschen schade, die alten Dinger haben 'n richtig schönen W-w-wumm.«

Damaschkes Fluchtauto ist inzwischen mit Löschmittel überschäumt. Die Rettungssanitäter verfrachten gerade den verbrannten Bankräuber in ihr Fahrzeug. Der Notarzt konnte nur noch den Tod feststellen.

In dem ganzen Durcheinander führt Ole Matthiesen stolz den Bankmitarbeiter René Sobrinski weg und liefert ihn bei den Husumer Kollegen an deren Polizeiwagen ab, die ihn gleich in die Untersuchungshaft nach Flensburg überführen sollen. Dass er seine Raiffeisentüte nicht mehr dabeihat, fällt keinem auf.

Es finden sich immer mehr Schaulustige ein, die die Ereignisse entsetzt, aber auch interessiert verfolgen. Auch auf Charly Kegels Gesicht spiegelt sich jetzt das Entsetzen. Dabei geht es ihm in erster Linie um sein Auto. Er mag ja, wenn es knallt. Aber musste es unbedingt sein Pinto sein?

»Dat is 'n Konstruktionsfehler, aber trotzdem 'n schöner Wagen! Wer bezahlt mir den jetzt?«

»Den muss die Polizei dir ersetzen«, will Scholle ihn beruhigen.

»Da gibt es bestimmt Mittel und Wege«, meint auch Imke Schlotterbeck-Thran. »Vielleicht nicht dasselbe Modell.«

»Ja, nä, mit dem Thema P-Pinto bin ich durch.«

65

Pfingsten und danach

Der Leichnam des Bankräubers Ronnie Damschke war nach der Explosion des Fluchtautos kaum mehr zu identifizieren. Auch die Tasche, in der er vermutlich die Beute transportiert hatte, war zusammen mit allem anderen vollständig verbrannt, davon gingen alle aus. Die heftige Explosion des Autos wurde nicht eingehender untersucht, sondern auf die Fehlkonstruktion des Oldtimers geschoben.

Die Tatwaffe, das Wurfmesser, gehörte eindeutig dem ehemaligen Zirkusakrobaten. Er hatte damit seine frühere Partnerin Sandra Schulz, die Schlangenfrau Samira, erstochen, als die seine Bankraubpläne an ihre jetzigen Partner um Hans-Peter Scholz verraten wollte. Das Stichprofil des Wurfmessers konnten Gerichtsmedizin und Kriminaltechnik ebenfalls bei dem ermordeten Bäcker Jens Küth nachweisen. Auch für diesen Mord ist Damaschke nach derzeitigem Ermittlungsstand verantwortlich. In seiner Haft hatte er von Scholz' Plan erfahren und wollte ihm zuvorkommen. Und dann drohte ihm der Bäcker Jens Küth einen Strich durch die Rechnung zu machen. Mit tragischen Konsequenzen für den ehemaligen Filialleiter der »Backecke« Eckernförde.

Mit dem ausgegrabenen Skelett konnte Messerwerfer Damaschke allerdings nicht in Verbindung gebracht werden. Zum Zeitpunkt des angeblichen Mordes an dem Bäcker Hansen war er ein Säugling. Die DNA-Tests bestätigen aber, dass es sich bei dem Skelett um einen Angehörigen der Familie Hansen, vermutlich den vor fünfzig Jahren verschollenen Bruder des Seniors Rolf Hansen handelt, der jetzt in der Seniorenresidenz Modellschiffe baut. »Schon enorm, was die KTU nach so langer Zeit noch erkennen kann«, findet Ole Matthiesen. »Denn im Grunde genommen war er ja nich mehr wiederzuerkennen«, stellt Thies fest. Von weiteren Ermittlungen wurde Abstand genommen. Der Fall liegt zu weit zurück, eine todesursächliche Gewalteinwirkung ließ sich nicht mehr eindeutig nachweisen, und mögliche Tatverdächtige sind wahrscheinlich gar nicht mehr am Leben. Investmentberater René Sobrinski wurde wegen Untreue und Beihilfe zur Geiselnahme zu einer Haftstrafe von vier Jahren verurteilt und sitzt seine Strafe in der JVA Flensburg ab. Der einschlägig vorbestrafte Mario Koschitz wurde zu einer Geldstrafe von hundertzwanzig Tagessätzen à siebzig Euro verurteilt. Seine Harley »Low Rider S« musste er deshalb verkaufen. Mario fährt seitdem ein gebrauchtes E-Bike.

Scholle und seine Crew waren über Pfingsten eifrig tätig, wenn auch ganz anders als gedacht. Sie nutzten die Feiertage, um den Tunnel zwischen Bäckerei und Bank wieder zurückzubauen. Als Füllmaterial bedienten sie sich bei dem in der Einkaufsstraße neben dem Kabelkanal bereitliegenden Aushub. Glasfasermann Dennis Wiese wunderte sich nach Pfingsten, wo sein ganzer Sand geblieben war. »Und womit krieg ich die Grabung jetzt wieder dicht? Kann mir einer dat mal verraten?« Ein paar Tage später hatte der Major Horst in Begleitung von Bubu Buschke und einer Aktentasche noch einmal den Tresorraum der Raiffeisenbank aufgesucht. In der Tasche befand sich kein Geld, sondern ein Päckchen Schnell-»Moltofill« und ein kleiner Becher Farbe im Ton Altweiß, mit der sie die letzten Auffälligkeiten in der Wand des Tresorraums kaschierten.

Am Mittwoch nach Pfingsten, dem turnusmäßigen Abholtermin der Biotonnen, stand plötzlich ein Mitarbeiter der Abfallwirtschaftsgesellschaft Nordfriesland mit vorwurfsvoller Miene im »Backbord«. Die Kollegen hatten im Biomüll leere Farbeimer, alte Pinsel und Bauschutt in einem Mehlsack gefunden, die Bubu in den Containern des benachbarten Drogeriemarktes entsorgt hatte und die ganz offensichtlich von den Renovierungsarbeiten der Bäckerei stammten. Außerdem eine Plastiktüte.

»Dat is von euch, und den Scheiß holt ihr da schön wieder raus.«

Timo Grosche und Scholle staunten nicht schlecht, als sie dann einen Blick in die Plastiktüte mit dem Raiffeisenslogan warfen. Die Fährschiffeinnahmen von einer knappen Million, die Sobrinski bei seiner Flucht zurücklassen musste und sicher später wieder an sich nehmen wollte, hatten die Pfingsttage in der Biotonne unbeschadet überstanden.

Anschließend kam es zwischen Scholz und Bäcker-meister Grosche zu heftigen Diskussionen, wie sie mit dem überraschenden Fund weiter verfahren sollten. Scholle war ganz euphorisch. Durch die überraschende Wendung hatte der verunglückte Bank-Coup doch noch zum Erfolg geführt. Er wollte schon an die Verteilung der Beute gehen. Doch Timo Grosche war dagegen. Er wollte den erfolgreichen Start mit seiner Bäckerei nicht gefähr-den und das gefundene Geld zurückgeben. Erstaunlicher-weise gingen auch in Scholles Crew die Meinungen ausei-nander. Und als die Bäckereiaushilfe Schlotterbeck-Thran am Rande von dem Streit etwas mitbekam und sich ihren Teil dabei dachte, lenkten auch Scholle und der Major ein. Es gab ja zumindest einen üppigen Finderlohn, und einen kleinen Teil der Beute hatte Scholle dann doch vor-her abgzweigt »Wir haben Auslagen gehabt. Fahrtkos-ten, Material. Dat is mehr recht als billig.«

Bei einem Besuch der Bäckerei waren Thies noch ver-dächtige Zementreste auf dem Boden und in einer Ecke ein Sandsack aufgefallen, aber angesichts der Rückgabe der Gelder hatte er darüber hinweggesehen. Frau Schlot-terbeck-Thran hatte ihm mit sanfter Stimme verschwöre-risch zugeraunt. »Der Timo hat seine Strafe abgesessen. Ich denke, jetzt sollten wir ihm zugestehen, dass er seinen Weg findet.« Inzwischen plant Grosche schon eine wei-tere »Backbord«-Filiale in Bredstedt.

Auch die anderen sind auf dem besten Weg, ins gesell-schaftliche Leben zurückzufinden. Bubu Buschke hat eine Bäckerlehre begonnen. Seitdem knetet der Dreizentner-Mann in der heißen Backstube im XXL-Shirt mit der Aufschrift *Back dir deine Zukunft* den Teig. Der Major isst »Rundstück warm« in der »Hidden Kist«, und Rusty Ralf melkt ab und zu den »Explosion Compact«. Der Automatenaufsteller hat schon mit der Abhängung des Gerätes gedroht.

Dennis Wiese machte in seiner Baggerschneise auf dem Weg nach Dithmarschen einen weiteren Fund. Doch die Splitterbomben aus dem Krieg entpuppten sich als Teile eines WMF-Topf-Sets aus den neunzehnhundertsechziger Jahren. »Dat Ding war gar nicht verrostet«, hatte sich Wiese schon gewundert. Der zur Hilfe gerufene Entschärfungsspezialist Charly Kegel hatte es mit einem Blick gesehen. »Dat is C-Cromargan.« Auch sonst hat sich der Sprengstoffspezialist neuen Aufgaben zugewandt. Für die Küstenbäckerei kreiert Charly Eisbomben und spektakulär explodierende Hochzeitstorten, die bei den nordfriesischen Brautpaaren schlichtweg der Knaller sind.

Allein Scholle und der Major Horst Hazelspoon haben ihren alten Träumen noch nicht ganz abgeschworen. Für einen Kurzurlaub hatten sie sich in einer kleinen Ferienwohnung im Hinterland von Monte Carlo eingemietet. Scholz unternimmt regelmäßige Ausflüge ins Spielcasino, der Major wirft einen Blick auf die reichen amerikanischen Witwen und frischt dabei sein Englisch auf. Am Ende landete er dann doch bei der geliebten Buttercremetorte im »Café Moin Moin« von Sankt Peter-Ording.

Dunja Hagemeister hat sich endgültig von ihrem Mann

getrennt und bedient neuerdings halbtags im »Backbord«. Timo Grosche hat sie mit seiner »Deichbiene« verzaubert. Dunjas Schwäche für Bäckermeister scheint ungebrochen. Und dann wurden Imke Schlotterbeck-Thran und Askan von Rissen in dessen englischem Cabrio-Oldtimer auf dem Weg zu einem romantischen Picknick bei Sonnenuntergang am Außendeich beobachtet.

Eine Woche lang hatten Nicole und ihre Familie Highspeed-Internet in ihrem schönen alten Reetdachhaus. Danach war das Internet bei ihnen und sämtlichen Häusern am Deich ausgefallen. Meerschweinchen Matze hatte gleich das frisch verlegte neue Glasfaserkabel angeknabbert. So ganz sicher ist sich Finn gar nicht, dass es Matze war. Denn die Meerschweinchen Matze und Marlies haben inzwischen eine größere Familie gegründet. In der »Hidden Kist« hat die Meerschweinchen-Familie allerdings Hausverbot.

Das Bügelbrett ist unglücklicherweise nicht bei Telje in Essen angekommen, sondern wurde den Detlefsens kurz vor dem Kamener Kreuz durch eine Bö vom Autodach ins Straßenbegleitgrün geweht. Für das nächste Jahr haben Thies und seine Töchter Heike ein Hamburg-Wochenende zum Hafengeburtstag geschenkt. Wenigstens hatten sie es diesmal noch zur »Blue-Port-Night« geschafft, und Thies war begeistert. »Der ganze Hafen im Blaulicht, als wenn gleichzeitig überall Alarm is, dat können die Hamburger Kollegen gar nich schaffen.«

Die Brötchen aus dem »Backbord« sind aus Antjes Imbissküche nicht mehr wegzudenken. Im Sommer drängelten sich Scholle und seine Gang zum Schollenessen in den engen Imbiss. Und zum Wochenende nach Pfingsten kam Imke Schlotterbeck-Thran in »De Hidde Kist«.

»Na, wen von uns wollen Sie denn heute re-so-zi-a-li-sieren?« Paulsen lässt genüsslich jede Silbe durch seine gewaltigen Zähne zischen.

»Keine Sorge, ich bring euch heute Butterkuchen aus dem ›Backbord‹. Kommt ganz frisch aus dem Ofen.« Das gewaltige Kuchenblech, mit dem Imke sich zwischen die beiden Stehtische drängt, ist nicht zu übersehen. »Ihr müsst mich nur mal durchlassen.«

»Jo, Frau Bewährungshelferin, gerne doch. Wir machen den Weg frei!«

REZEPTE AUS DEM »BACKBORD«
UND »DE HIDDE KIST«

Deichdinkel

Einen Hefewürfel (42 g) mit 15–20 g Salz in 650 ml Wasser auflösen, 1 kg Dinkelmehl (am besten frisch gemahlen) hinzugeben, durchkneten und 10 Esslöffel Olivenöl hineinarbeiten. 20 Minuten gehen lassen, den Teig oben einschneiden, 10 Minuten bei 240 Grad und dann 40–50 Minuten bei 200 Grad backen. In der »Hidden Kist« serviert Antje das Deichdinkel mit sauer eingelegtem Hering.

Rundstück warm

Seit der Major immer mal im Imbiss vorbeischaut, hat Antje diesen norddeutschen Klassiker auf der Karte. Hierzu ein Stück Schweineschulter mit Zwiebeln und Knoblauch anbraten, dann mit Suppengrün, Senf, Chili, Backpflaumen und Zitronenschale ca. zwei Stunden im Bräter schmoren. Fleisch und Gemüse aus dem Sud herausnehmen, die Soße einkochen lassen, pfeffern, salzen, mit einem Löffel Crème fraîche und eventuell etwas Speisestärke binden. Knuspriges Brötchen aufschneiden, jede Hälfte mit einer schönen Scheibe Schweinebraten belegen und mit der eingedickten heißen Soße übergießen. Dazu gibt es bei Antje eine saure Gurke.

Schollen für Scholle

Schollen in Eigelb wenden und braten. Dazu Kartoffelsalat: Kartoffeln kochen, pellen und in dünne Scheiben schneiden. Weiße Zwiebeln andünsten, mit Essig und Gemüsebrühe ablöschen, mit etwas Zucker abschmecken, pfeffern. Die Marinade abkühlen lassen, Öl einrühren und geschnittene Kartoffeln dazugeben. Der Salat darf gern eine Weile durchziehen. Währenddessen kann Scholle schon mal seinen nächsten Coup planen.

Bienenstich »Deichbiene«

Aus 500 g Weizenmehl, 25 g Hefe, 250 ml Milch, 2 Eiern, 60 g weicher Butter, 3 EL Zucker und einer Prise Salz einen Hefeteig herstellen. Nach zweimaligem Gehen den Teig mit einem Mandelbelag bestreichen. Hierzu 100 g Butter, 4 EL Honig, 3 EL flüssige Sahne, 100 g Zucker bei geringer Hitze schmelzen. 200 g gehobelte Mandeln unterheben. Teig etwa eine halbe Stunde backen, anschließend auskühlen lassen und die ganze Teigplatte waagerecht mit einem großen Brotmesser halbieren. Für die Cremefüllung einen halben Liter Milch mit einer Messerspitze Vanillemark und 1–2 EL Zucker aufkochen, ein Päckchen Vanillepuddingpulver einrühren, andicken und dann abkühlen lassen. 250 g geschlagene Sahne unterziehen. Die untere Hälfte des Hefeteigs mit der Vanillecreme bestreichen, die obere Hälfte in Portionsstücke schneiden, auf die Creme setzen, eine Weile kaltstellen und dann insgesamt in Stücke teilen.

Rhabarberkuchen »Friesenfrühling«

250 Gramm weiche Butter, 200 g Zucker, 1 Päckchen Vanillezucker und eine Prise Salz aufschlagen, 4 Eier, 250 g Mehl, 74 g Speisestärke, 2 TL Backpulver unterrühren. Alles auf ein tiefes Backblech geben. 750 g geputzten Rhabarber in kleinen Stücken auf den Rührteig geben und eine gute halbe Stunde bei 200 Grad backen. Vor dem Servieren mit etwas Puderzucker bestreuen. Und wenn die Erdbeerzeit beginnt, kombiniert Timo Grosche den Rhabarber mit Erdbeeren.

Renates Hagebuttenmarmelade

500 g Hagebutten (am besten selbst gesammelt) grob hacken und in einem halben Liter Wasser (Renates Tipp: stattdessen Apfelsaft) ca. eine Stunde kochen. Anschließend durch ein Passiersieb drücken oder besser noch durch die »Flotte Lotte« drehen, mit Gelierzucker im Verhältnis 1 zu 2 aufkochen, mit etwas Zitronensaft abschmecken und in Gläser füllen.